现当代经典散文品读·

XIANSHI JIAOGUAN LIXIANG

现实浇灌理想

徐宏杰◎主编

安徽师范大学出版社
ANHUI NORMAL UNIVERSITY PRESS

丛书策划：汪鹏生
责任编辑：胡志恒　王　贤
装帧设计：丁奕奕

图书在版编目(CIP)数据

现实浇灌理想 / 徐宏杰主编. —— 芜湖:安徽师范大学出版社,2018.7
(现当代经典散文品读)
ISBN 978 - 7 - 5676 - 2840 - 3

Ⅰ.①现… Ⅱ.①徐… Ⅲ.①散文集–中国–当代 Ⅳ.①I267

中国版本图书馆CIP数据核字(2017)第102695号

现实浇灌理想
XIANSHI JIAOGUAN LIXIANG　　　　徐宏杰　主编

出版发行:安徽师范大学出版社
　　　　　芜湖市九华南路189号安徽师范大学花津校区　　邮政编码:241002
网　　　址:http://www.ahnupress.com/
发 行 部:0553-3883578 5910327 5910310(传真)
印　　　刷:浙江新华数码印务有限公司
版　　　次:2018年7月第1版
印　　　次:2018年7月第1次印刷
规　　　格:700 mm×1000 mm　1/16
印　　　张:16.75
字　　　数:212千字
书　　　号:ISBN 978 - 7 - 5676 - 2840 - 3
定　　　价:50.00元

如发现印装质量问题,影响阅读,请与发行部联系调换。

写在《现当代经典散文品读》出版之际

　　《现当代经典散文品读》丛书，按照内容分为10册，选入的近三百篇散文，是现当代中外优秀散文名篇，几乎可视为百年散文史的缩影。编选者视野开阔，粹取拣择中，可见出其独特的眼光。选入的文章，篇篇可读，文字优美，有发人深省的内涵。既有文学大家的名篇佳什，又有一些年轻作家的感人至深的新作，甚至包括当代一些网络作者的好文章。作者中有学养丰厚的著名人文学者，也有研究自然科学的科学家、发明家。编选者立意在知识的丰富、美好人生的发掘、伟大智慧的分享。在知识性、思想性和欣赏性等多方面，丛书都有较高的价值。读起来使人时而低徊欲泣，时而激扬蹈厉，时而心入浩茫辽阔中，时而意落清澈碧溪前。这套书可以作为在校学生课外阅读的材料，也可以作为一般读者经典阅读的进阶。

　　每篇散文后所附"品读"文字，也是值得"品味"的，对帮助欣赏、理解所选文章极有帮助。篇幅一般都不短，内容丰富，不是泛泛的作者介绍，也不是说一些写作背景和特点的话，而是意在"品读"所选文章背后的价值世界。不少品读文字，更像是一篇研究作品。如《诗意的栖居》一册中所选建筑学家梁思成的《千篇一律与千变万化——音乐、绘画、建筑之间的通感》，是建筑学中的名作。它涉及艺术哲学中的一个重要原理。艺术要追求变化，这个道理很多人讲过，但这篇文字则谈重复在艺术创造中不可忽缺的价值。人们常常将重复当作一种缺点，但梁先生认为，没有重复就没有艺术。重复是音乐的灵魂。《诗经》在一定程度上也是重复的艺术，那回环往复的咏唱是《诗经》的命脉。重复也是建筑的基本语言，颐和园七百多米的长廊，人民大会堂的廊柱，因重复而体现出特别的魅力。编选者在细腻的分析中，发掘此文深长的意味，给读者以重要启发。由趣味学习，到专业学习，这套书有不可忽视的价值。

　　散文的重要特点之一，是用优美的语言，自由而较少拘束的形式，表达当下直接的生命感受，散文也可以说是当下生命体验的记录。因此，好的散文家，一定是对人生、自然、生命、宇宙、理想等有感觉的人，一定是对世界有"温情"的人。那种整天沉浸在琐屑利益竞逐中、对生活持漠然态度的人，不会有通灵清澈的觉悟，不会有朗然明快的理想，也写不出有感染力的文字。好的散文不是"写"出的，而是从清澈、真实的心灵中"泻"出的。我通读这套书所选的文章，仔细品味编选者的点评，丛书中无处不在的清新气息，给我极深的印象。就像本丛书所选美学家宗白华先生的《美从何处寻》中所说的，世界充满了美，我们要有一双发现美的眼睛。美不光在外在的形式，更在那生命的潜流中。正因此，散文，不是美的文字，而在传递一种美丽的精神。人，不在于有光鲜的外表，而在于有一种光明的情怀。外在的"容"可以"整"，内在精神世界是无法通过技术性的劳作"整"好的。这套书在知识获取的同时，对提升人的精神境界、护持人的生命真性、分享生命的美好等方面，都具有独特的价值。

　　这套宏大的散文名篇选读丛书，是由徐宏杰先生花近十年时间独立完成的。他是当代闻名的语文特级教师，是语文教学和研究方面的权威学者，他在教学之余，投入如此心力，来完成这样的作品，为他深爱的学生，更为全国广大读者。这样的精神尤令人感佩。这套书中凝结着他三十余年教学经验和研究所得。他曾经跟我说,他是以充满敬意的心来做这项工作的。从我阅读的感受,他的确是这样做的:从选文到解说,他以敬心体会所选文章背后的温情和智慧;又以敬心斟酌自己的品读文字,力求给读者,尤其是青少年读者留下真正有价值的信息。

朱良志

2018年4月10日于北京大学

理想是闲适、随意的自由；现实是忙碌、紧张的羁绊。理想很崇高，但要建筑在现实之上；现实不如理想美好，但却更加真实。由现实浇灌的理想，便不是无本之木。祝愿所有的理想，在长久的坚持之后，都能成为现实。

目
录

五

四断想

◇ 闻一多

旧的悠悠死去,新的悠悠生出,不慌不忙,一个跟一个,——这是演化。

新的已经来到,旧的还不肯去,新的急了,把旧的挤掉,——这是革命。

挤是发展受到阻碍时必然的现象,而新的必然是发展的,能发展的必然是新的,所以青年永远是革命的,革命永远是青年的。

新的日日壮健着(量的增长),旧的日日衰老着(量的减耗),壮健的挤着衰老的,没有挤不掉的。所以革命永远是成功的。

革命成功了,新的变成旧的,又一批新的上来了。旧的停下来拦住去路,说:"我是赶过路程来

本文选自闻一多《闻一多精选集》(北京燕山出版社2012年版)。闻一多,中国现代伟大的爱国主义者,坚定的民主战士。新月派代表诗人,新诗集《红烛》《死水》是现代诗歌经典之作。

的。我的血汗不能白流,我该歇下来舒服舒服。"新的说:"你的舒服就是我的痛苦,你耽误了我的路程,"又把它挤掉,⋯⋯如此,武戏接二连三的演下去,于是革命似乎永远"尚未成功"。

让曾经新过来的旧的,不要只珍惜自己的过去,多多体念别人的将来,自己腰酸腿痛,拖不动了,就赶紧让。"功成身退",不正是光荣吗?"后生可畏焉知来者之不如今也!"这也是古训啊!

其实青年并非永远是革命的,"青年永远是革命的"这定理,只在"老年永远是不肯让路的"这前提下才能成立。

革命也不能永远"尚未成功"。几时旧的知趣了,到时就功成身退,不致阻碍了新的发展,革命便成功了。

旧的悠悠退去,新的悠悠上来,一个跟一个,不慌不忙,那天历史走上了演化的常轨,就不再需要变态的革命了。

但目前,我们还要用"挤"来争取"悠悠",用革命来争取演化。"悠悠"是目的,"挤"是达到目的的手段。

于是又想到变与乱的问题。变是悠悠的演化,乱是挤来挤去的革命。若要不乱挤,就只得悠悠的变。若是该变而不变,那只有挤得你变了。

子在川上,曰:"逝者如斯夫,不舍昼夜!"古训也发挥了变的原理。

1919年五四运动中，闻一多先生积极参加学生运动，走上街头，紧随校园学生队伍的洪流；他激情澎湃，曾手书岳飞《满江红》，贴于学校饭厅门前。斗争中闻一多先生被选为清华学生代表，之后，他毅然投身于这一伟大斗争中，发表演说，创作新诗，成为五四新文艺园中的拓荒者之一；还出席了在上海召开的全国学生联合会。在时代大潮中，闻一多总是立于汹涌的潮头，勇往直前。抗战期间在昆明西南联大任教并积极投身爱国民主运动。1946年7月15日在云南昆明发表《最后一次演讲》被国民党特务暗杀。

《五四断想》是作者为西南联大"悠悠体育会"举办五四周年《纪念特刊》所写，文中多次使用"悠悠"一词，颇有机智幽默色彩。当五四运动在历史的进程中渐行渐远的时候，我们对它的认识与评价依然还在不断地讨论和修正中，不过，这恰好说明"五四"的伟大、深刻与复杂，五四本身的伟大是谁都抹杀不了的。在众多的理论专著和学术文章中，李泽厚先生的《启蒙与救亡的双重变奏》实事求是地评说了"五四"。李泽厚先生开宗明义指出："'五四'运动包含两个性质不相同的运动，一个是新文化运动，一个是学生爱国反帝运动。"这就避免了后人对五四运动"常常笼统地歌颂它们"，在二者复杂的关系中拎出了两条清晰的线索。其实，启蒙与救亡是伟大的五四运动的根本精神。启蒙就是用理性的精神来打破几千年来禁锢着中国人思想的专制主义与蒙昧主义。用当时人的话来说，就是要"以现代知识"来"重新估定一切传统价值的"的"一种新态度"。当然，爱国主义的"救亡"也是我们今天不能忽略的。史载：1919年5月4日那一天北京的青年学生高喊着"内除国贼，外抗强权"的口号壮怀激烈地走向天安门广场。但是，五四的意义又不能仅局限于此，从根本上说，它与欧洲的文艺复兴和宗教改革一样，是人的解放的开始,是中国走向世界的第一步。所以说,五四运动是中国近代史上最大、最重要的一次启蒙运动,一次思想解放运动。如果从启蒙和救亡的"双重变奏"着眼,哲学家李慎之先生在《重新点燃启蒙的火炬——"五四"运动八十年祭》一文中说得较为细致具体:五四运动从来就有宽、窄二义。窄义的五四运动是指1919年5月4日那一天北京几千学生,以北京大学为首,游行到天安门,喊着"内除国贼,外抗强权"的口号,开大会,发传单,唤醒民众,一直到火烧赵家楼,反对北洋军阀政府向日本出卖主权,答应日本提出的"二十一条"无理要求的一场学生运动。广义的是指大体上从1915年起陈独秀在上海创办《青年》(次年改为《新青年》)杂志反对旧礼教,提倡"民主"与"科学"的一场新文化运动。这场新文化运动因为五四学生运动的声威以及继起的历次群众运动的影响日益扩大,总的来说,它确定了中国要走向现代化的目标。

闻一多先生的《五四断想》把"创新和改进是五四运动的主题之一"视为五四运动在时代发展的进程中面对旧世界和反动、腐朽的反革命势力做不懈斗争的最好的诠释之一。这和上面提到的"广义的五四运动"基本一致。本文是一篇饱蘸浓郁情感,蕴含深刻哲理的杂感,在闻一多的杂文中别具特色。文章虽短小,却笔调舒缓劲健,排比对照,挥写自如,颇有诗意,在给你以深刻的理性启示的同时还给你一种情绪的感染。作者写作此文的时候,五四运动已经过去了20多年,暴风骤雨般的革命以及革命之后的反思与展望,在各种不同的角度进行。本文从较高的层次重新认识了五四运动,站在理论与哲学的高度梳理论证了新与旧发展的辩证关系,高屋建瓴地总结出了历史发展的某些规律,为后来人所重视。

1945年5月,抗日战争的胜利曙光冉冉升起,中国历史即将翻开新的一页,不少人似乎为这"新"的莅临而欢呼雀跃、而沉溺其中。诗人闻一多应约写下这篇微言大义的《五四断想》,深情地寄寓着将个人前途与民族命脉系扣在一起的西南联大莘莘学子：回望、拜谒五四时，更应该意识当时"旧的"（文化、社会、习俗等）"不肯让路的"，阻碍"新的上来"，因此必须不能有所懈怠地用热血、青春、胆识、才干等继续去"挤"、继续去"革命"，因为"新的必然是发展的，能发展的必然是新的"。"新的必然是发展的，能发展的必然是新的"这一观点，蕴含了闻一多先生对五四精神的个性解读和哲学阐释。"创新和改进"是五四运动的主题之一。闻一多先生的这篇文章就是对这一主题的最好诠释，革命是除旧布新的最有效途径，而青年则是革命动力的源泉，五四运动就是一场由青年人和拥有青年人心态和激情的人发起的运动，他们力图通过努力来推动中国社会的变革。

"新的必然是发展的"，作为一种信念，其重要性还在于它昭示了与几千年来国人的生存信条与文化理念的大断裂。"新的必然是发展的"，说的是坚守信念的掷地有声。在旧时代开展革命，要信念；人生存于世，要信念；社会的建设与发展，也要信念。信念是革命火炬，是精神食粮，是工业血液……五四运动揭开了中国文化嬗变与社会转轨的大幕，它高举"科学"与"民主"的大纛，给国人以全新的心灵冲击和行动指向，这种"全新"诠释了何谓真正的前所未有，也诠释了何谓真正的生命活力。"新的必然是发展的"，鼓舞着人们为了"新"与"发展"而全身心的投入。"新的必然是发展的"让人展望并信心倍增。正因为有了这股"新"的气势，搅动了"一潭绝望的死水"，在松动之中让人们呼吸到外来的新鲜空气；正因为有了这般求新的意绪，激发了广大青年的爱国热忱和探索欲望；正因为有了发展的态度，唤醒了我们对自身的"猛回头"，审视、甄别，最终敞开双臂拥抱世界……这种对"新"的簇拥，对"新"的投入，源于它在心灵上给人启迪与鞭策。

无疑，五四所产生的效应便是"把旧的挤掉"——"革命"。而闻一多在这里对五四的"断想"事实上已超越了五四文化革命本身，进入到

五四断想

对历史法则及其哲理层面的昭示。每一个变革与创新的时代,都是一个青春的时代。在这种时代里,人们都发挥着无限的想象与创造的力量去产生前所未有的新的文明成果。而这种新的东西必将对旧有的一切发出彻底的扫荡。当后人追想起这种时代时,从中得到的启悟将是丰富的。五四正是这样一个令人神往、给人遐想的时代。曾受过这样一个时代风潮洗礼的闻一多,在二十多年以后,回想起当年令人意气风发的五四,他所发出的是对历史法则的慨叹:"旧的悠悠死去,新的悠悠生出,不慌不忙,一个跟一个,——这是演化。新的已经来到,旧的还不肯去,新的急了,把旧的挤掉,——这是革命。"

本文篇幅短小精悍而笔力舒缓雄健,在深刻的哲理阐释中包含着炽热的情感,看似信笔写来,却始终贯穿着辩证法,是文章的灵魂所在。读闻一多先生《五四断想》,回首伟大的五四运动,我们千万要记住德国古典哲学家这样一句名言:"要有勇气运用你自己的理智,这就是启蒙运动口号。"

共产党宣言

◇〔德〕马克思　恩格斯

　　一个幽灵，共产主义的幽灵，在欧洲游荡。为了对这个幽灵进行神圣的围剿，旧欧洲的一切势力，教皇和沙皇、梅特涅和基佐、法国的激进派和德国的警察，都联合起来了。

　　有哪一个反对党不被它的当政的敌人骂为共产党呢？又有哪一个反对党不拿共产主义这个罪名去回敬更进步的反对党人和自己的反动敌人呢？

　　从这一事实中可以得出两个结论：

　　共产主义已经被欧洲的一切势力公认为一种势力；现在是共产党人向全世界公开说明自己的观点、自己的目的、自己的意图并且拿党自己的宣言来反驳关于共产主义幽灵的神话的时候了。

　　本文选自马克思、恩格斯《共产党宣言》（人民出版社1997年版）。《共产党宣言》是马克思、恩格斯为第一个无产阶级的国际共产主义组织——共产主义者同盟起草的纲领，于1848年2月在伦敦第一次发表。全文共四部分，这里节选的是第一部分。

为了这个目的,各国共产党人集会于伦敦,拟定了如下的宣言,用英文、法文、德文、意大利文、弗拉芒文和丹麦文公布于世。

资产者和无产者

至今一切社会的历史都是阶级斗争的历史。

自由民和奴隶、贵族和平民、领主和农奴、行会师傅和帮工,一句话,压迫者和被压迫者,始终处于相互对立的地位,进行不断的、有时隐蔽有时公开的斗争,而每一次斗争的结局都是整个社会受到革命改造或者斗争的各阶级同归于尽。

在过去的各个历史时代,我们几乎到处都可以看到社会完全划分为各个不同的等级,看到社会地位分成多种多样的层次。在古罗马,有贵族、骑士、平民、奴隶,在中世纪,有封建主、臣仆、行会师傅、帮工、农奴,而且几乎在每一个阶级内部又有一些特殊的阶层。

从封建社会的灭亡中产生出来的现代资产阶级社会并没有消灭阶级对立。它只是用新的阶级、新的压迫条件、新的斗争形式代替了旧的。

但是,我们的时代,资产阶级时代,却有一个特点:它使阶级对立简单化了。整个社会日益分裂为两大敌对的阵营,分裂为两大相互直接对立的阶级:资产阶级和无产阶级。

从中世纪的农奴中产生了初期城市的城关市民;从这个市民等级中发展出最初的资产阶级分子。

美洲的发现、绕过非洲的航行,给新兴的资产阶级开辟了新天地。东印度和中国的市场、美洲的殖民化、对殖民地的贸易、交换手段和一般商品的增加,使商业、航海业和工业空前高涨,因而使正在崩溃的封建社会内部的革命因素迅速发展。

以前那种封建的或行会的工业经营方式已经不能满足随着新市场的出现而增加的需求了。工场手工业代替了这种经营方式。行会师傅被工业的中间等级排挤掉了;各种行业组织之间的分工随着各个作坊内部的分工的出现而消失了。

但是,市场总是在扩大,需求总是在增加。甚至工场手工业也不再能满足需要了。于是,蒸汽和机器引起了工业生产的革命。现代大工业代替了工场手工业;工业中的百万富翁,一支一支产业大军的首领,现代资产者,代替了工业的中间等级。

大工业建立了由美洲的发现所准备好的世界市场。世界市场使商业、航海业和陆路交通得到了巨大的发展。这种发展又反过来促进了工业的扩展。同时,随着工业、商业、航海业和铁路的扩展,资产阶级也在同一程度上得到发展,增加自己的资本,把中世纪遗留下来的一切阶级排挤到后面去。

由此可见,现代资产阶级本身是一个长期发展过程的产物,是生产方式和交换方式的一系列变革的产物。

资产阶级的这种发展的每一个阶段,都伴随着相应的政治上的进展。它在封建主统治下是被压迫的等级,在公社里是武装的和自治的团体,在一些地方组成独立的城市共和国,在另一些地方组成君主国中的纳税的第三等级;后来,在工场手工业时期,它是等级君主国或专制君主国中同贵族抗衡的势力,而且是大君主国的主要基础;最后,从大工业和世界市场建立的时候起,它在现代的代议制国家里夺得了独占的政治统治。现代的国家政权不过是管理整个资产阶级的共同事务的委员会罢了。

资产阶级在历史上曾经起过非常革命的作用。

资产阶级在它已经取得了统治的地方把一切封建的、宗法的和田园诗般的关系都破坏了。它无情地斩断了把人们束缚于天然尊长的形形色色的封建羁绊。它使人和人之间除了赤裸裸的利害关系,除了冷酷无情的"现金交易",就再也没有任何别的联系了。它把宗教虔诚、骑士热忱、小市民伤感这些情感的神圣发作,淹没在利己主义打算的冰水之中。它把人的尊严变成了交换价值,用一种没有良心的贸易自由代替了无数特许的和自力挣得的自由。总而言之,它用公开的、无耻的、直接的、露骨的剥削代替了由宗教幻想和政治幻想掩盖着的剥削。

资产阶级抹去了一切向来受人尊崇和令人敬畏的职业的神圣光环。它把医生、律师、教士、诗人和学者变成了它出钱招雇的雇佣劳动者。

资产阶级撕下了罩在家庭关系上的温情脉脉的面纱,把这种关系变成了纯粹的金钱关系。

资产阶级揭示了,在中世纪深受反动派称许的那种人力的野蛮使用，是以极端怠惰作为相应补充的。它第一个证明了，人的活动能够取得什么样的成就。它创造了完全不同于埃及金字塔、罗马水道和哥特式教堂的奇迹；它完成了完全不同于民族大迁徙和十字军征讨的远征。

资产阶级除非对生产工具，从而对生产关系，从而对全部社会关系不断地进行革命，否则就不能生存下去。反之，原封不动地保持旧的生产方式，却是过去的一切工业阶级生存的首要条件。生产的不断变革，一切社会状况不停的动荡，永远的不安定和变动，这就是资产阶级时代不同于过去一切时代的地方。一切固定的僵化的关系以及与之相适应的素被尊崇的观念和见解都被消除了，一切新形成的关系等不到固定下来就陈旧了。一切等级的和固定的东西都烟消云散了，一切神圣的东西都被亵渎了。人们终于不得不用冷静的眼光来看他们的生活地位、他们的相互关系。

不断扩大产品销路的需要，驱使资产阶级奔走于全球各地。它必须到处落户，到处开发，到处建立联系。

资产阶级，由于开拓了世界市场，使一切国家的生产和消费都成为世界性的了。使反动派大为惋惜的是，资产阶级挖掉了工业脚下的民族基础。古老的民族工业被消灭了，并且每天都还在被消灭。它们被新的工业排挤掉了，新的工业的建立已经成为一切文明民族的生命攸关的问题；这些工业所加工的、已经不是本地的原料，而是来自极其遥远的地区的原料；它们的产品不仅供本国消费，而且同时供世界各地消费。旧的、靠本国产品来满足的需要，被新的、要靠极其遥远的国家和地带的产品来满足的需要所代替了。过去那种地方的和民族的自给自足和闭关自守状态，被各民族的各方面的互相往来和各方面的互相依赖所代替了。物质的生产是如此，精神的生产也是如此。各民族的精神产品成了公共的财产。民族的片面性和局限性日益成为不可能，于是由许多种民族的和地方的文学形成了一种世界的文学。

资产阶级，由于一切生产工具的迅速改进，由于交通的极其便利，把一切民族甚至最野蛮的民族都卷到文明中来了。它的商品的低廉价格，是它用来摧毁一切万里长城、征服野蛮人最顽强的仇外心理的重炮。它迫使一切民族——如果它们不想灭亡的话——采用资产阶级的生产方式；它迫使它们在自己那里推行所谓的文明，即变成资产者。一句话，它按照自己的面貌为自己创造出一个世界。

资产阶级使乡村屈服于城市的统治。它创立了巨大的城市，使城市人口比农村人口大大增加起来，因而使很大一部分居民脱离了农村生活的愚昧状态。正像它使农村从属于城市一样，它使未开化和半开化的国家从属于文明的国家，使农民的民族从属于资产阶级的民族，使东方从属于西方。

资产阶级日甚一日地消灭生产资料、财产和人口的分散状态。它使人口密集起来，使生产资料集中起来，使财产聚集在少数人的手里。由此必然产生的结果就是政治的集中。各自独立的、几乎只有同盟关系的、各有不同利益、不同法律、不同政府、不同关税的各个地区，现在已经结合为一个拥有统一的政府、统一的法律、统一的民族阶级利益和统一的关税的统一的民族。

资产阶级在它的不到一百年的阶级统治中所创造的生产力，比过去一切世代创造的全部生产力还要多，还要大。自然力的征服，机器的采用，化学在工业和农业中的应用，轮船的行驶，铁路的通行，电报的使用，整个整个大陆的开垦，河川的通航，仿佛用法术从地下呼唤出来的大量人口，——过去哪一个世纪料想到在社会劳动里蕴藏有这样的生产力呢？

由此可见，资产阶级赖以形成的生产资料和交换手段，是在封建社会里造成的。在这些生产资料和交换手段发展的一定阶段上，封建社会的生产和交换在其中进行的关系，封建的农业和工场手工业组织，一句话，封建的所有制关系，就不再适应已经发展的生产力了。这种关系已经在阻碍生产而不是促进生产了。它变成了束缚生产的桎梏。它必须被炸毁，它已经被炸毁了。

起而代之的是自由竞争以及与自由竞争相适应的社会制度和政治制度、资产阶级的经济统治和政治统治。

现在，我们眼前又进行着类似的运动。资产阶级的生产关系和交换关系，资产阶级的所有制关系，这个曾经仿佛用法术创造了如此庞大的生产资料和交换手段的现代资产阶级社会，现在像一个魔法师一样不能再支配自己用法术呼唤出来的魔鬼了。几十年来的工业和商业的历史，只不过是现代生产力反抗现代生产关系、反抗作为资产阶级及其统治的存在条件的所有制关系的历史。只要指出在周期性的重复中越来越危及整个资产阶级社会生存的商业危机就够了。在商业危机期间，总是不仅有很大一部分制成的产品被毁灭掉，而且有很大一部分已经造成的生产力被毁灭掉。在危机期间，发生一种在过去一切时代看来都好像是荒唐现象的社会瘟疫，即生产过剩的瘟疫。社会突然发现自己回到了一时的野蛮状态；仿佛是一次饥荒、一场普遍的毁灭性战争，使社会失去了全部生活资料；仿佛是工业和商业全被毁灭了，——这是什么缘故呢？因为社会上文明过度，生活资料太多，工业和商业太发达。社会所拥有的生产力已经不能再促进资产阶级文明和资产阶级所有制关系的发展；相反，生产力已经强大到这种关系所不能适应的地步，它已经受到这种关系的阻碍；而它一着手克服这种障碍，就使整个资产阶级社会陷入混乱，就使资产阶级所有制的存在受到威胁。资产阶级的关系已经太狭窄了，再容纳不了它本身所造成的财富了。——资产阶级用什么办法来克服这种危机呢？一方面不得不消灭大量生产力，另一方面夺取新的市场，更加彻底地利用旧的市场。这究竟是怎样的一种办法呢？这不过是资产阶级准备更全面更猛烈的危机的办法，不过是使防止危机的手段越来越少的办法。

资产阶级用来推翻封建制度的武器，现在却对准资产阶级自己了。

但是，资产阶级不仅锻造了置自身于死地的武器；它还产生了将要运用这种武器的人——现代的工人，即无产者。

随着资产阶级即资本的发展，无产阶级即现代工人阶级也在同一程度上得到发展；现代的工人只有当他们找到工作的时候才能生存，而且只有当他们的劳动增殖资本的时候才能找到工作。这些不得不把自己零星出卖的工人，像其他任何货物一样，也是一种商品，所以他们同样地受到竞争的一切变化、市场的一切波动的影响。

由于推广机器和分工，无产者的劳动已经失去了任何独立的性质，因而对工人也失去了任何吸引力。工人变成了机器的单纯的附属品，要求他做的只是极其简单、极其单调和极容易学会的操作。因此，花在工人身上的费用，几乎只限于维持工人生活和延续工人后代所必需的生活资料。但是，商品的价格，从而劳动的价格，是同它的生产费用相等的。因此，劳动越使人感到厌恶，工资也就越减少。不仅如此，机器越推广，分工越细致，劳动量也就越增加，这或者是由于工作时间的延长，或者是由于在一定时间内所要求的劳动的增加,机器运转的加速,等等。

现代工业已经把家长式的师傅的小作坊变成了工业资本家的大工厂。挤在工厂里的工人群众就像士兵一样被组织起来。他们是产业军的普通士兵,受着各级军士和军官的层层监视。他们不仅仅是资产阶级的、资产阶级国家的奴隶,他们每日每时都受机器、受监工、首先是受各个经营工厂的资产者本人的奴役。这种专制制度越是公开地把营利宣布为自己的最终目的,它就越是可鄙、可恨和可恶。

手的操作所要求的技巧和气力越少,换句话说,现代工业越发达,男工也就越受到女工和童工的排挤。对工人阶级来说,性别和年龄的差别再没有什么社会意义了。他们都只是劳动工具,不过因为年龄和性别的不同而需要不同的费用罢了。

当厂主对工人的剥削告一段落,工人领到了用现钱支付的工资的时候,马上就有资产阶级中的另一部分人——房东、小店主、当铺老板等等向他们扑来。

以前的中间等级的下层,即小工业家、小商人和小食利者,手工业者和农民——所有这些阶级都降落到无产阶级的队伍里来了,有的是因为他们的小资本不足以经营大工业,经不起较大的资本家的竞争;有的是因为他们的手艺已经被新的生产方法弄得不值钱了。无产阶级就是这样从居民的所有阶级中得到补充的。

无产阶级经历了各个不同的发展阶段。它反对资产阶级的斗争是和它的存在同时开始的。

最初是单个的工人,然后是某一工厂的工人,然后是某一地方的某一劳动部门的工人,同直接剥削他们的单个资产者作斗争。他们不仅仅攻击资产阶级的生产关系,而且攻击生产工具本身;他们毁坏那些来竞争的外国商品,捣毁机器,烧毁工厂,力图恢复已经失去的中世纪工人的地位。

在这个阶段上,工人是分散在全国各地并为竞争所分裂的群众。工人的大规模集结,还不是他们自己联合的结果,而是资产阶级联合的结果,当时资产阶级为了达到自己的政治目的必须而且暂时还能够把整个无产阶级发动起来。因此,在这个阶段上,无产者不是同自己的敌人作斗争,而是同自己的敌人的敌人作斗争,即同专制君主制的残余、地主、非工业资产者和小资产者作斗争。因此,整个历史运动都集中在资产阶级手里;在这种条件下取得的每一个胜利都是资产阶级的胜利。

但是,随着工业的发展,无产阶级不仅人数增加了,而且它结合成更大的集体,它的力量日益增长,它越来越感觉到自己的力量。机器使劳动的差别越来越小,使工资几乎到处都降到同样低的水平,因而无产阶级内部的利益、生活状况也越来越趋于一致。资产者彼此间日益加剧的竞争以及由此引起的商业危机,使工人的工资越来越不稳定;机器的日益迅速的和继续不断的改良,使工人的整个生活地位越来越没有保障;单个工人和单个资产者之间的冲突越来越具有两个阶级的冲突的性质。工人开始成立反对资产者的同盟;他们联合起来保卫自己的工资。他们甚至建立了经常性的团体,以便为可能发生的反抗准备食品。有些地方,斗争爆发为起义。

工人有时也得到胜利,但这种胜利只是暂时的。他们斗争的真正成果并不是直接取得的成功,而是工人的越来越扩大的联合。这种联合由于大工业所造成的日益发达的交通工具而得到发展,这种交通工具把各地的工人彼此联系起来。只要有了这种联系,就能把许多性质相同的地方性的斗争汇合成全国性的斗争,汇合成阶级斗争。而一切阶级斗争都是政治斗争。中世纪的市民靠乡间小道需要几百年才能达到的联合,现代的无产者利用铁路只要几年就可以达到了。

无产者组织成为阶级,从而组织成为政党这件事,不断地由于工人的自相竞争而受到破坏。但是,这种组织总是重新产生,并且一次比一次更强大,更坚固,更有力。它利用资产阶级内部的分裂,迫使他们用法律形式承认工人的个别利益。英国的十小时工作日法案就是一个例子。

旧社会内部的所有冲突在许多方面都促进了无产阶级的发展。资产阶级处于不断的斗争中:最初反对贵族;后来反对同工业进步有利害冲突的那部分资产阶级;经常反对一切外国的资产阶级。在这一切斗争中,资产阶级都不得不向无产阶级呼吁,要求无产阶级援助，这样就把无产阶级卷进了政治运动。于是，资产阶级自己就把自己的教育因素即反对自身的武器给予了无产阶级。

其次，我们已经看到，工业的进步把统治阶级的整批成员抛到无产阶级队伍里去，或者至少也使他们的生活条件受到威胁。他们也给无产阶级带来了大量的教育因素。

最后，在阶级斗争接近决战的时期，统治阶级内部的、整个旧社会内部的瓦解过程，就达到非常强烈、非常尖锐的程度，甚至使得统治阶级中的一小部分人脱离统治阶级而归附于革命的阶级，即掌握着未来的阶级。所以，正像过去贵族中有一部分人转到资产阶级方面一样，现在资产阶级中也有一部分人，特别是已经提高到从理论上认识整个历史运动这一水平的一部分资产阶级思想家，转到无产阶级方面来了。

在当前同资产阶级对立的一切阶级中，只有无产阶级是真正革命的阶级。其余的阶级都随着大工业的发展而日趋没落和灭亡，无产阶级却是大工业本身的产物。

中间等级，即小工业家、小商人、手工业者、农民，他们同资产阶级作斗争，都是为了维护他们这种中间等级的生存，以免于灭亡。所以，他们不是革命的，而是保守的。不仅如此，他们甚至是反动的，因为他们力图使历史的车轮倒转。如果说他们是革命的，那是鉴于他们行将转入无产阶级的队伍，这样，他们就不是维护他们目前的利益,而是维护他们将来的利益,他们就离开自己原来的立场,而站到无产阶级的立场上来。

流氓无产阶级是旧社会最下层中消极的腐化的部分,他们在一些地方也被无产阶级革命卷到运动里来,但是,由于他们的整个生活状况,他们更甘心于被人收买,去干反动的勾当。

在无产阶级的生活条件中,旧社会的生活条件已经被消灭了。无产者是没有财产的;他们和妻子儿女的关系同资产阶级的家庭关系再没有任何共同之处了;现代的工业劳动,现代的资本压迫,无论在英国或法国,无论在美国或德国,都是一样的,都使无产者失去了任何民族性。法律、道德、宗教在他们看来全都是资产阶级偏见,隐藏在这些偏见后面的全都是资产阶级利益。

过去一切阶级在争得统治之后,总是使整个社会服从于它们发财致富的条件,企图以此来巩固它们已经获得的生活地位。无产者只有废除自己的现存的占有方式,从而废除全部现存的占有方式,才能取得社会生产力。无产者没有什么自己的东西必须加以保护,他们必须摧毁至今保护和保障私有财产的一切。

过去的一切运动都是少数人的或者为少数人谋利益的运动。无产阶级的运动是绝大多数人的、为绝大多数人谋利益的独立的运动。无产阶级,现今社会的最下层,如果不炸毁构成官方社会的整个上层,就不能抬起头来,挺起胸来。

如果不就内容而就形式来说,无产阶级反对资产阶级的斗争首先是一国范围内的斗争。每一个国家的无产阶级当然首先应该打倒本国的资产阶级。

在叙述无产阶级发展的最一般的阶段的时候,我们循序探讨了现存社会内部或多或少隐蔽着的国内战争,直到这个战争爆发为公开的革命,无产阶级用暴力推翻资产阶级而建立自己的统治。

我们已经看到,至今的一切社会都是建立在压迫阶级和被压迫阶级的对立之上的。但是,为了有可能压迫一个阶级,就必须保证这个阶级至少有能够勉强维持它的奴隶般的生存的条件。农奴曾经在农奴制度下挣扎到公社成员的地位,小资产者曾经在封建专制制度的束缚下挣扎到资产者的地位。现代的工人却相反,他们并不是随着工业的进步而上升,而是越来越降到本阶级的生存条件以下。工人变成赤贫者,贫困比人口和财富增长得还要快。由此可以明显地看出,资产阶级再不能做社会的统治阶级了,再不能把自己阶级的生存条件当作支配一切的规律强加于社会了。资产阶级不能统治下去了,因为它甚至不能保证自己的奴隶维持奴隶的生活,因为它不得不让自己的奴隶落到不能养活它反而要它来养活的地步。社会再不能在它统治下生存下去了,就是说,它的生存不再同社会相容了。

资产阶级生存和统治的根本条件,是财富在私人手里的积累,是资本的形成和增殖;资本的条件是雇佣劳动。雇佣劳动完全是建立在工人的自相竞争之上的。资产阶级无意中造成而又无力抵抗的工业进步,使工人通过结社而达到的革命联合代替了他们由于竞争而造成的分散状态。于是,随着大工业的发展,资产阶级赖以生产和占有产品的基础本身也就从它的脚下被挖掉了。它首先生产的是它自身的掘墓人。资产阶级的灭亡和无产阶级的胜利是同样不可避免的。

简 评

　　《共产党宣言》是马克思主义经典奠基之作。从它横空出世的那一天起,就如同一盏智慧的明灯,照亮了全世界。

　　我们知道,"一个幽灵,共产主义的幽灵,在欧洲游荡",这是《共产党宣言》的第一句话,也是《共产党宣言》中历来为人们所津津乐道的经典格言。这一章,是马克思和恩格斯运用历史唯物主义的基本观点,分析了资产阶级和无产阶级的产生、发展及其相互斗争过程,揭示了资本主义必然灭亡和社会主义必然胜利的客观规律,阐明了无产阶级的伟大历史使命。文章开门见山就阐明"至今一切社会的历史都是阶级斗争的历史",正是阶级斗争推动了阶级社会的发展,而当今的时代,阶级对立趋于简单化,整个社会日益分裂为两大敌对的、互相直接对立的阶级:资产阶级和无产阶级。随后作者详细阐述了资产阶级产生和发展的历史,并且揭露了资本主义必然灭亡的历史趋势。一百多年来,马克思、恩格斯所创立的共产主义理论,在全世界范围内产生了巨大的影响,也带来了翻天覆地的变化。但是,马克思主义不是包治百病的灵药,历史进程中的许多问题是一个多世纪以前的他们或许未曾预见到的,这并不影响马克思主义根本价值。有人已经认识到,马克思和恩格斯作为伟大的理论家、思想家,不能把他们看作算命先生,呼啸奔腾的现实会带来各种各样的问题,而解决这些问题依赖于不同时代实践家,何况他们更不是超时空的"实践家"。

资产阶级脱胎于初期城市的城关市民,十四世纪之后,随着商品生产和交换的发展,在从事手工业生产的城关市民中,少数富裕的行会师傅,突破行会规章限制,采用新技术,来增加帮工和学徒人数,逐步变为资本家,而帮工、学徒和一些贫困的行会师傅就变成了雇佣工人。随后美洲大陆的发现、东印度和中国市场的开发,美洲的殖民化等等都促进了资本主义的迅速发展以及封建社会生产方式的解体,而资本主义从一开始的行会手工业到工厂手工业再到工业革命后的机器工业,资本主义不论在社会的哪一个领域都在进行着一日千里的发展。宣言预言了资本主义的必然灭亡,但同时也辩证地看到了资本主义在历史革命中的作用。诸如它用资本主义生产方式代替了封建宗法关系;它促使了生产工具、生产关系和全部社会关系不断革命化;它开拓了世界市场、促进了各国之间的联系(尽管充满血腥和暴力);它使部分居民脱离了乡村生活的愚昧状态;它建立了统一的民族国家,推动了生产力的发展等。

与资产阶级同时壮大起来的是广大的无产阶级。这个群体迫于生存,迫于来自资本家的剥削、机械的排挤等等方面的压力,将不可避免地奋起反抗。从个别工人、某一工厂的工人到某一劳动部门的工人再到后来的反对资产阶级的同盟,他们的规模越来越大,越来越集中。无产阶级一无所有,受着最深的剥削和压迫。这就决定了它的彻底革命性,而正是无产阶级彻底革命性的特点意味着他们会肩负起伟大的历史使命——消灭一切剥削制度,解放全人类。

然而,无产阶级却并没有得到太多的社会资源。我们现在有个词叫"被平均",在那时没有这个现象,无产阶级没有平均的资格,资产阶级造就了他们,也无意中使他们成为了自己最大的敌人。工人们必须找到工作,而工作必须能增加资产阶级的资本,工人其实也是种商品,大家都在无情的市场里随波逐流。无产者得到的劳动回报和生活资料是少得可怜的,因为商品经济和贸易的准则不允许商品在流通中存在相对哪一方过剩的价值。除非交易的双方处在不平等的强弱势地位。因为生活资源的缺乏,无产者们不得不起来抗议了,这是资产阶级提倡的,也是他们自己立下的规定——人的关系就是赤裸裸的金钱关系,你要增加资本,我也要增加资本,大家的目标没有别的,就是钱!于是,无产阶级自然而然地起来了。他们利用便利的贸易网络和交通,联系到了更多的人。机器使劳动差别越来越小,资本家不得不一再降低工人的工资。宣言中称,单打独斗式的胜利是暂时的。工人提出反对,是保卫他们的工资,但是,斗争的结果其实赢得了越来越多人的团结,这种团结,才是取得胜利的根本。

但是尽管如此,出于它自身不可调和的,生产社会化与资本主义私人占有之间的矛盾,以及矛盾所必然导致的经济危机,宣言预言了资本主义的必然灭亡,正如原文所说"像一个巫师那样不能再支配自己用符咒呼唤出来的魔鬼了"。而这个魔鬼,以及后文中所提到的武器,就是不断发展的生产力。

从"一个幽灵,共产主义的幽灵,在欧洲游荡"到"资产阶级的灭亡和无产阶级的胜利是同样不可避免的",这部马克思与恩格斯的不朽名著,作为共产党的纲领性文件,激励了很多后来人前赴后继。而它在历经百年风雨后,又同中国的古老文明发生了碰撞,产生了"中国特色社会主义理论"。宣言称资本主义的生产过剩为一场社会瘟疫,因为生产过剩而导致的瘟疫。这是野蛮的,过剩会导致生产资料的急速流失,工业和商业甚至部分依赖工业的农业也被毁灭。宣言中说,这是因为生活资料太多,工商业太过发达,而更为重要的是资产阶级利用无产阶级得到的这样一部分财富集中到了少部分人手里,这样大批量的资源无法再通过狭隘的金钱关系渠道流通,于是,资产阶级再也容不下他们巨大的财富,他们不得不消灭既有的生产力,并且不断地扩张市场去获得更多的流通渠道。

《共产党宣言》是人类精神生产活动中产生的具有伟大意义和影响的经典文献。通过阅读,我们能够从中感受到巨大的思想冲击力,不同时代、不同阶层、不同地位和生活追求的人,会获得自己的独特感受和体验。

面

对苦难四题

◇ 周国平

本文选自周国平《人生哲思语编》（上海辞书出版社2001年版）。周国平，中国社会科学院哲学研究所研究员，中国当代著名学者、散文家、哲学家、作家，中国研究西方哲学家尼采的著名学者之一。代表作品：学术著作《尼采：在世纪的转折点上》《尼采与形而上

一、面对苦难

　　人生在世，免不了要遭受苦难。所谓苦难，是指那种造成了巨大痛苦的事件和境遇。它包括个人不能抗拒的天灾人祸，例如遭遇乱世或灾荒，患危及生命的重病乃至绝症，挚爱的亲人死亡；也包括个人在社会生活中的重大挫折，例如失恋，婚姻破裂，事业失败。有些人即使在这两方面运气都好，未尝吃大苦，却也无法避免那个一切人迟早要承受的苦难——死亡。因此，如何面对苦难，便是摆在每个人面前的重大人生课题。

我们总是想，今天如此，明天也会如此，生活将照常进行下去。

然而，事实上迟早会有意外事件发生，打断我们业已习惯的生活，总有一天我们的列车会突然翻出轨道。

"天有不测风云"——不测风云乃天之本性，"人有旦夕祸福"——旦夕祸福是无所不包的人生的题中应有之义，任何人不可心存侥幸，把自己独独看做例外。

人生在世，总会遭受不同程度的苦难，世上并无绝对的幸运儿。所以，不论谁想从苦难中获得启迪，该是不愁缺乏必要的机会和材料的。世态炎凉，好运不过尔尔。那种一交好运就得意忘形的浅薄者，我很怀疑苦难能否使他们变得深刻一些。

我一向声称一个人无须历尽苦难就可以体悟人生的悲凉，现在我知道，苦难者的体悟毕竟是有着完全不同的分量的。

幸福的反面是灾祸，而非痛苦。痛苦中可以交织着幸福，但灾祸绝无幸福可言。另一方面，痛苦的解除未必就是幸福，也可能是无聊。可是，当我们从一个灾祸中脱身出来的时候，我们差不多是幸福的了。

"大难不死，必有后福。"其实，"大难不死"即福，何须乎后福？

学》；散文集《守望的距离》《各自的朝圣路》《善良 丰富 高贵》；随笔集《人与永恒》《人生哲思语编》；译著《尼采诗集》《悲剧的诞生——尼采美学文选》等。

二、苦难的价值

人们往往把苦难看做人生中纯粹消极的、应该完全否定的东西。当然,苦难不同于主动的冒险,冒险有一种挑战的快感,而我们忍受苦难总是迫不得已的。但是,作为人生的消极面的苦难,它在人生中的意义也是完全消极的吗?

苦难与幸福是相反的东西,但它们有一个共同之处,就是都直接和灵魂有关,并且都牵涉到对生命意义的评价。在通常情况下,我们的灵魂是沉睡着的,一旦我们感到幸福或遭遇苦难时,它便醒来了。如果说幸福是灵魂的巨大愉悦,这愉悦源自对生命的美好意义的强烈感受,那么,苦难之为苦难,正在于它撼动了生命的根基,打击了人对生命意义的信心,因而使灵魂陷入了巨大痛苦。生命意义仅是灵魂的对象,对它无论是肯定还是怀疑、否定,只要是真切的,就必定是灵魂在出场。外部的事件再悲惨,如果它没有震撼灵魂,仅仅成为一个精神事件,就称不上是苦难。一种东西能够把灵魂震醒,使之处于虽然痛苦却富有生机的紧张状态,应当说必具有某种精神价值。

快感和痛感是肉体感觉,快乐和痛苦是心理现象,而幸福和苦难则仅仅属于灵魂。幸福是灵魂的叹息和歌唱,苦难是灵魂的呻吟和抗议,在两者中凸现的是对生命意义的或正或负的强烈体验。

幸福是生命意义得到实现的鲜明感觉。一个人在苦难中也可以感觉到生命意义的实现乃至最高的实现，因此苦难与幸福未必是互相排斥的。但是，在更多的情况下，人们在苦难中感觉到的却是生命意义的受挫。我相信，即使是这样，只要没有被苦难彻底击败，苦难仍会深化一个人对于生命意义的认识。

痛苦和欢乐是生命力的自我享受。最可悲的是生命力乏弱，既无欢乐，也无痛苦。

多数时候，我们是生活在外部世界里。我们忙于琐碎的日常生活，忙于工作、交际和娱乐，难得有时间想一想自己，也难得有时间想一想人生。可是，当我们遭到厄运时，我们忙碌的身子停了下来。厄运打断了我们所习惯的生活，同时也提供了一个机会，迫使我们与外界事物拉开了一个距离，回到了自己。只要我们善于利用这个机会，肯于思考，就会对人生获得一种新眼光。古罗马哲学家认为逆境启迪智慧，佛教把对苦难的认识看做觉悟的起点，都自有其深刻之处。人生固有悲剧的一面，对之视而不见未免肤浅。当然，我们要注意不因此而看破红尘。我相信，一个历尽坎坷而仍然热爱人生的人，他胸中一定藏着许多从痛苦中提炼的珍宝。

至于说以温馨为一种人生理想，就更加小家子气了。人生中有顺境，也有困境和逆境。困境和逆境当然一点儿也不温馨，却是人生最真实的组成部分，往往促人奋斗，也引人彻悟。我无意赞美形形色色的英雄、圣徒、冒险家和苦行僧，可是，如果否认了苦难的价值，就不复有壮丽的人生了。

领悟悲剧也须有深刻的心灵，人生的险难关头最能检验一个人的灵魂深浅。有的人一生接连遭到不幸，却未尝体验过真正的悲剧情感；相反，表面上一帆风顺的人也可能经历巨大的内心悲剧。

欢乐与欢乐不同，痛苦与痛苦不同，其间的区别远远超过欢乐与痛苦的不同。对于一个视人生感受为最宝贵财富的人来说，欢乐和痛苦都是收入，他的账本上没有支出。这种人尽管敏感，却有很强的生命力，因为在他眼里，现实生活中的祸福得失已经降为次要的东西，命运的打击因心灵的收获而得到了补偿。陀思妥耶夫斯基在赌场上输掉的，却在他描写赌徒心理的小说中极其辉煌地赢了回来。

对于沉溺于眼前琐屑享受的人，不足与言真正的欢乐。对于沉溺于眼前琐屑烦恼的人，不足与言真正的痛苦。

我相信人有素质的差异。苦难可以激发生机，也可以扼杀生机；可以磨炼意志，也可以摧垮意志；可以启迪智慧，也可以蒙蔽智慧；可以高扬人格，也可以贬抑人格——全看受苦者的素质如何。素质大致规定了一个人承受苦难的限度，在此限度内，苦难的锤炼或可助人成材，超出此则会把人击碎。

这个限度对幸运同样适用。素质好的人既能承受大苦难，也能承受大幸运，素质差的人则可能兼毁于两者。

痛苦是性格的催化剂，它使强者更强，弱者更弱，暴者更暴，柔者更柔，智者更智，愚者更愚。

三、以尊严的方式承受苦难

苦难是人格的试金石,面对苦难的态度最能表明一个人是否具有内在的尊严。譬如失恋,只要失恋者真心爱那个弃他而去的人,他就不可能不感到极大的痛苦。但是,同为失恋,有的人因此自暴自弃,委靡不振,有的人为之反目为仇,甚至行凶报复,有的人则怀着自尊和对他人感情的尊重,默默地忍受痛苦,其间便有人格上的巨大差异。当然,每个人的人格并非一成不变的,他对痛苦的态度本身也在铸造着他的人格。不论遭受怎样的苦难,只要他始终警觉着他拥有采取何种态度的自由,并勉励自己以一种坚忍高贵的态度承受苦难,他就比任何时候都更加有效地提高着自己的人格。

凡苦难都具有不可挽回的性质。不过,在多数情况下,这只是指不可挽回地丧失了某种重要的价值,但同时人生中毕竟还存在着别的一些价值,它们鼓舞着受苦者承受眼前的苦难。譬如说,一个失恋者即使已经对爱情根本失望,他仍然会为了事业或为了爱他的亲人活下去。但是,世上有一种苦难,不但本身不可挽回,而且意味着其余一切价值的毁灭,因而不可能从别的方面汲取承受它的勇气。在这种绝望的境遇中,如果说承受苦难仍有意义,那么,这意义几乎唯一地就在于承受苦难的方式本身了。弗兰克说得好:以尊严的方式承受苦难,这是一项实实在在的内在成就,因为它证明了人在任何时候都拥有不可剥夺的精神自由。事实上，我们每个人都终归要面对一种没有任何前途的苦难，那就是死亡。而以尊严的方式承受死亡，的确是我们精神生活的最后一项伟大成就。

以尊严的方式承受苦难，这种方式本身就是人生的一项巨大成就，因为它所显示的不只是一种个人品质，而且是整个人性的高贵和尊严。这证明了这种尊严比任何苦难更有力，是世间任何力量都不能将它剥夺的。正是由于这个原因，在人类历史上，伟大的受难者如同伟大的创造者一样受到世世代代的敬仰。

知道痛苦的价值的人，不会轻易向别人泄露和展示自己的痛苦，哪怕是最亲近的人。

喜欢谈论痛苦的往往是不识愁滋味的少年，而饱尝人间苦难的老年贝多芬却唱起了欢乐颂。

面对社会悲剧，理想、信念、正义感、崇高感支撑着我们，我们相信自己在精神上无比地优越于那迫害乃至毁灭我们的恶势力，因此我们可以含笑受难，慷慨赴死。我们是舞台上的英雄，哪怕眼前这个剧场里的观众全都浑浑噩噩，是非颠倒，我们仍有勇气把戏演下去，演给我们心目中绝对清醒公正的观众看，我们称这观众为历史、上帝或良心。

可是，面对自然悲剧，我们有什么呢？这里没有舞台，只有空漠无际的苍穹。我们不是英雄，只是朝生暮死的众生。任何人间理想都抚慰不了生老病死的悲哀，在天灾人祸面前也谈不上什么正义感。当史前人类遭受大洪水的灭顶之灾时，当庞贝城居民被维苏威火山的岩浆吞没时，他们能有什么慰藉呢？地震、海啸、车祸、空难、瘟疫、绝症……大自然的恶势力轻而易举地把我们或我们的亲人毁灭。我们面对的是没有灵魂的敌手，因而不能以精神的优越自慰，却愈发感到了生命的卑微。没有上帝来拯救我们，因为这灾难正是上帝亲手降下的。我们愤怒，但无处泄愤；我们冤屈，但永无申冤之日；我们反抗，但我们的反抗孤立无助，注定失败。

然而我们未必就因此倒下。也许，没有浪漫气息的悲剧是我们最本质的悲剧，不具英雄色彩的勇气是我们最真实的勇气。在无可告慰的绝望中，我们咬牙挺住。我们挺立在那里，没有观众，没有证人，也没有期待，没有援军。我们不倒下，仅仅是因为我们不肯让自己倒下。我们以此维护了人的最高的也是最后的尊严——人在大自然(=神=虚无)面前的尊严。

面对无可逃避的厄运和死亡，绝望的人在失去一切慰藉之后，总还有一个慰藉，便是在勇敢承受命运时的尊严感。由于降灾于我们的不是任何人间的势力，而是大自然本身，因此，在我们的勇敢中体现出的乃是人的最高尊严——人在神面前的尊严。

人生中不可挽回的事太多。既然活着，还得朝前走。经历过巨大苦难的人有权利证明，创造幸福和承受苦难属于同一种能力。没有被苦难压倒，这不是耻辱，而是光荣。

佛的智慧把爱当做痛苦的根源而加以弃绝,扼杀生命的意志。我的智慧把痛苦当做爱的必然结果而加以接受,化为生命的财富。

任何智慧都不能使我免于痛苦,我只愿有一种智慧足以使我不毁于痛苦。

人们爱你,疼你,但是一旦你患了绝症,注定要死,人们也就渐渐习惯了,终于理智地等待着那个日子的来临。

然而,否则又能怎样呢?望着四周依然欢快生活着的人们,我对自己说:人类个体之间痛苦的不相通也许正是人类总体仍然快乐的前提。那么,一个人的灾难对于亲近和不亲近的人们的生活几乎不发生任何影响,这就对了。

幸运者对别人的不幸或者同情,或者隔膜。但是,比两者更强烈的也许是侥幸:幸亏遭灾的不是我!

不幸者对别人的幸运或者羡慕,或者冷淡。但是,比两者更强烈的也许是委屈:为何遭灾的偏是我!

对于别人的痛苦,我们的同情一开始可能相当活跃,但一旦痛苦持续下去,同情就会消退。我们在这方面的耐心远远不如对于别人的罪恶的耐心。一个我们不得不忍受的别人的罪恶仿佛是命运,一个我们不得不忍受的别人的痛苦却几乎是罪恶了。

我并非存心刻薄,而是想从中引出一个很实在的结论:当你遭受巨大痛苦时,你要自爱,懂得自己忍受,尽量不用你的痛苦去搅扰别人。

在多数情况下,同情伤害了痛苦者的自尊。如果他是强者,你把他当弱者来同情,是一种伤害;如果他是弱者,你的同情只会使他更不求自强,也是一种伤害。

不幸者需要同伴。当我们独自受难时,我们会感到不能忍受命运的不公正甚于不能忍受苦难的命运本身。相反,受难者人数的增加仿佛减轻了不公正的程度。我们对于个别人死于非命总是恸叹良久,对于成批杀人的战争却往往无动于衷。仔细分析起来,同病相怜的实质未必是不幸者的彼此同情,而更是不幸者各以他人的不幸为自己的安慰,亦即幸灾乐祸。这当然是愚蠢的。不过,无可告慰的不幸者有权得到安慰,哪怕是愚蠢的安慰。

如同肉体的痛苦一样,精神的痛苦也是无法分担的。别人的关爱至多只能转移你对痛苦的注意力,却不能改变痛苦的实质。甚至在一场共同承受的苦难中,每人也必须独自承担自己的那一份痛苦,这痛苦并不因为有一个难友而有所减轻。

四、不美化苦难

苦使人深刻,但是,如果生活中没有欢乐,深刻就容易走向冷酷。未经欢乐滋润的心灵太硬,它缺乏爱和宽容。

一个人只要真正领略了平常苦难中的绝望,他就会明白，一切美化苦难的言辞是多么浮夸，一切炫耀苦难的姿态是多么做作。

不要对我说：苦难净化心灵，悲剧使人崇高。默默之中，苦难磨钝了多少敏感的心灵，悲剧毁灭了多少失意的英雄。何必用舞台上的绘声绘色，来掩盖生活中的无声无息！

浪漫主义在痛苦中发现了美感，于是为了美感而寻找痛苦，夸大痛苦，甚至伪造痛苦。然而，假的痛苦有千百种语言，真的痛苦却没有语言。

人天生是软弱的，惟其软弱而犹能承担起苦难，才显出人的尊严。

我厌恶那种号称铁石心肠的强者，蔑视他们一路旗开得胜的骄横，只有以软弱的天性勇敢地承受着寻常苦难的人们，才是我的兄弟姐妹。

我们不是英雄。做英雄是轻松的，因为他有净化和升华；做英雄又是沉重的，因为他要演戏。我们只是忍受着人间寻常苦难的普通人。

张鸣善《普天乐》："风雨儿怎当？风雨儿定当。风雨儿难当！"这三句话说出了人们对于苦难的感受的三个阶段：事前不敢想象，到时必须忍受，过后不堪回首。

一个经历过巨大灾难的人就好像一座经历过地震的城市，虽然在废墟上可以建立新的房屋和生活，但内心有一些东西已经永远地沉落了。

许多时候人需要遗忘，有时候人还需要装作已经遗忘——我当然是指对自己，而不只是对别人。

我相信我有足够的勇气面对生活中已经发生的一切,我甚至敢于深入到悲剧的核心,在纯粹的荒谬之中停留,但我的生活并不会因此出现奇迹般的变化。人们常常期望一个经历了重大苦难的人生活得与众不同,人们认为他应该比别人有更积极或者更超脱的人生境界;然而,实际上,只要我活下去,我就仍旧只能是芸芸众生中的一员,我依然会被卷入世俗生活的旋涡。生命中那些最深刻的体验必定也是最无奈的,它们缺乏世俗的对应物,因而不可避免地会被日常生活的潮流淹没。当然,淹没并不等于不存在了,它们仍然存在于日常生活所触及不到的深处,成为每一个人既无法面对也无法逃避的心灵暗流。

　　我的确相信,每一个人的心灵中都有这样的暗流,无论你怎样逃避,它们都依然存在,无论你怎样面对,它们都不会浮现到生活的表面上来。当生活中的小挫折彼此争夺意义之时,大苦难永远藏在找不到意义的沉默的深渊里。认识到生命中的这种无奈,我看自己、看别人的眼光便宽容多了,不会再被喧闹的表面现象所迷惑。

简 评

　　人生在世总会遭受到不同程度的苦难,可以说在这世界上不存在绝对的幸运儿。人的苦难包括种种方面:有个人无法抗拒的因素,如乱世灾荒、生命过程中的重病绝症;有生活里的重大挫折,婚姻家庭的不幸、事业工作的失败等。即使有人在这些方面出奇的幸运,就算是真正的命运宠儿,也无法避免"纵有千年铁门槛,终须一个土馒头"的死亡……面对苦难,周国平先生认为:首先应该承认,苦难是有价值的,即前面所说的人生有顺境,也有困境和逆境;困境和逆境尽管不是人们所希望的,却是人生的真实的组成部分。往往正是这些悲剧性的灾难,促人奋进,引人彻悟。当然,领悟悲剧性的苦难,需要有博大的胸怀,壮阔的精神思想。所以,苦难的关头最能检验一个人的灵魂与思想。

《面对苦难四题》似乎为苦难唱了一首赞歌。当然,我们不应该曲解作者赞美的是苦难的本身,他着眼的是苦难能给人以正面能量。苦难有无法回避的独特价值,因为"痛苦是性格的催化剂,它使强者更强,弱者更弱,暴者更暴,柔者更柔,智者更智,愚者更愚"。苦难也就能够成为人性的砥砺,能将人的性格打磨得闪烁透亮。对于智者、强者而言,拥有一份苦难就拥有一份思想与性格的财富。对苦难的理解会在我们的心灵上留下深深的烙印,正确感受苦难会让我们变得坚强,关键是当苦难降临的时候,要挺直脊梁,不能被苦难压垮。如何直面苦难?听听周国平先生是怎么说的:"我无意颂扬苦难。如果允许选择,我宁要平安的生活,得以自由自在地创造和享受。但是,我赞同弗兰克的见解,相信苦难的确是人生的必含内容,一旦遭遇,它也的确提供了一种机会。人性的某些特质,唯有借此机会才能得到考验和提高。一个人通过承受苦难而获得的精神价值是一笔特殊的财富,由于它来之不易,就决不会轻易丧失。而且我相信,当他带着这笔财富继续生活时,他的创造和体验都会有一种更加深刻的底蕴。"(《苦难的精神价值》)

英国著名小说家韦尔斯曾经说过"全部人类历史从根本上说是思想的历史"。人的一生,总会遭受各种各样的苦难。谁都得面对人生的苦难。逃避不了的现实,就要学着坦然面对。苦难之于人生,既然无法改变,不如想着怎么正视它。

虽然苦难具有不可挽回的性质,甚至有的苦难可以将一切价值毁掉,即便如此,我们仍应以尊严的方式面对苦难,经受苦难的磨砺,就如饱尝人间苦难的老年贝多芬唱起了《欢乐颂》。因此,以尊严的方式承受苦难,这种方式本身就是人类的一项巨大成就。它所显示的不只是一种个人品质,还是整个人性的高贵尊严的高扬。维克多·弗兰克是意义治疗法的创立者,他的理论已成为弗洛伊德、阿德勒之后维也纳精神治疗法的第三学派。第二次世界大战期间,他曾被关进奥斯威辛集中营,受尽非人的折磨,九死一生,只是侥幸地活了下来。他(弗兰克)指出,即使处在最恶劣的境遇中,也以尊严的方式承受苦难,这种方式本身就是"一项实实在在的内在成就",因为它所显示的不只是一种个人品质,而且是整个人性的高贵和尊严,证明了这种尊严比任何苦难更有力,是世间任何力量不能将它剥夺的。正是由于这个原因,在人类历史上,伟大的受难者如同伟大的创造者一样受到世世代代的敬仰。也正是在这个意义上,陀思妥耶夫斯基说出了一句耐人寻味的话:"我只担心一件事,就是怕我配不上我所受的苦难。"

平心而论,人们一生经受的所谓苦难,比起奥斯威辛集中营,都几乎可以忽略不计。周国平的散文内涵极为丰富,常常使人读出许多题外的东西。能启发人的思维,能扩展人的智慧,是一种启迪性的哲学读物。哲学,说到底是一种对人生理解和认识的学问。《苦难的精神价值》写的是对苦难的哲学思考。最极端的例子就是弗兰克所经历的奥斯威辛集中营的战俘厄运——他们面临的是煤气室和焚尸炉。在这种情况下,一般人的精神都会崩溃,他们一般会"放弃了内在的精神自由和真实自我,意志消沉,一蹶不振,彻底成为苦难环境的牺牲品"。但是,人类历史上战胜各种灾难的英雄人物,哪一个不是历经千辛万苦而将自己的价值展现给世人看,又有几人能看到辉煌背后隐藏的辛酸与泪水。这些伟人所创造辉煌的背后,却是忍受着巨大的精神压力而屹立不倒;也正是因为他们承受住上天所赐予他苦难的一切,最终才让苦难变成一笔精神财富。

周国平先生在《面对苦难四题》中用文学的形式谈哲学,诸如生命的意义、死亡、自我、灵魂与超越等,虔诚地探索现代人精神生活中的普遍困惑,重视观照心灵的历程与磨难,寓哲理于常情之中,深入浅出,平易之中多见理趣,贯穿着对人生重大问题的严肃思考和对现代人精神生活的密切关注。

"不美化苦难,当是掷向一切人间悲剧制造者的一支投枪。"

我们对于一棵古松的三种态度

——实用的、科学的、美感的

◇ 朱光潜

我刚才说，一切事物都有几种看法。你说一件事物是美的或是丑的，这也只是一种看法。换一个看法，你说它是真的或是假的；再换一种看法，你说它是善的或是恶的。同是一件事物，看法有多种，所看出来的现象也就有多种。

比如园里那一棵古松，无论是你是我或是任何人一看到它，都说它是古松。但是你从正面看，我从侧面看，你以幼年人的心境去看，我以中年人的心境去看，这些情境和性格的差异都能影响到所看到的古松的面目。古松虽只是一件事物，你所看到的和我所看到的古松却是两件事。假如你和我各把所得的古松的印象画成一幅画或是写成一首诗，我们俩

本文选自朱光潜《朱光潜谈美》（长江文艺出版社 2012 年版）。朱光潜，著名美学家、文艺理论家、教育家、翻译家。主要编著有《给青年的十二封信》《文艺心理学》《悲剧心理学》《谈美》《诗论》《谈文学》《克罗齐哲学述评》《西方美学史》《谈美书简》《美学拾穗集》等，并翻译了《歌德谈话录》、柏拉图的《文艺对话集》、莱辛的《拉

奥孔》、黑格尔的《美学》、克罗齐的《美学原理》等。

艺术手腕尽管不分上下，你的诗和画与我的诗和画相比较，却有许多重要的异点。这是什么缘故呢？这就由于知觉不完全是客观的，各人所见到的物的形象都带有几分主观的色彩。

假如你是一位木商，我是一位植物学家，另外一位朋友是画家，三人同时来看这棵古松。我们三人可以说同时都"知觉"到这一棵树，可是三人所"知觉"到的却是三种不同的东西。你脱离不了你的木商的心习，你所知觉到的只是一棵做某事用值几多钱的木料。我也脱离不了我的植物学家的心习，我所知觉到的只是一棵叶为针状、果为球状、四季常青的显花植物。我们的朋友——画家——什么事都不管，只管审美，他所知觉到的只是一棵苍翠劲拔的古树。我们三人的反应态度也不一致。你心里盘算它是宜于架屋或是制器，思量怎样去买它，砍它，运它。我把它归到某类某科里去，注意它和其他松树的异点，思量它何以活得这样老。我们的朋友却不这样东想西想，他只在聚精会神地观赏它的苍翠的颜色，它的盘屈如龙蛇的线纹以及它的昂然高举、不受屈挠的气概。

从此可知这棵古松并不是一件固定的东西，它的形象随观者的性格和情趣而变化。各人所见到的古松的形象都是各人自己性格和情趣的返照。古松的形象一半是天生的，一半也是人为的。极平常的知觉都带有几分创造性；极客观的东西之中都有几分主观的成分。

美也是如此。有审美的眼睛才能见到美。这棵古松对于我们的画画的朋友是美的，因为他去看它时就抱了美感的态度。你和我如果也想见到它的美，你须得把你那种木商的实用的态度丢开，我须得把植物学家的科学的态度丢开，专持美感的态度去看它。

这三种态度有什么分别呢？

先说实用的态度。做人的第一件大事就是维持生活。既要生活，就要讲究如何利用环境。"环境"包含我自己以外的一切人和物在内，这些人和物有些对于我的生活有益，有些对于我的生活有害，有些对于我不关痛痒。我对于他们于是有爱恶的情感，有趋就或逃避的意志和活动。这就是实用的态度。实用的态度起于实用的知觉，实用的知觉起于经验。小孩子初出世，第一次遇见火就伸手去抓，被它烧痛了，以后他再遇见火，便认识它是什么东西，便明了它是烧痛手指的，火对于他于是有意义。事物本来都是很混乱的，人为便利实用起见，才像被火烧过的小孩子根据经验把四围事物分类立名，说天天吃的东西叫做"饭"，天天穿的东西叫做"衣"，某种人是朋友，某种人是仇敌，于是事物才有所谓"意义"。意义大半都起于实用。在许多人看，衣除了是穿的，饭除了是吃的，女人除了是生小孩的一类意义之外，便寻不出其他意义。所谓"知觉"，就是感官接触某种人或物时心里明了他的意义。明了他的意义起初都只是明了他的实用。明了实用之后，才可以对他起反应动作，或是爱他，或是恶他，或是求他，或是拒他。木商看古松的态度便是如此。

科学的态度则不然。它纯粹是客观的、理论的。所谓客观的态度就是把自己的成见和情感完全丢开，专以"无所为而为"的精神去探求真理。理论是和实用相对的。理论本来可以见诸实用，但是科学家的直接目的却不在于实用。科学家见到一个美人，不说我要去向她求婚，她可以替我生儿子。只说：我看她这人很有趣味，我要来研究她的生理构造，分析她的心理组织。科学家见到一堆粪，不说它的气味太坏，我要掩鼻走开。只说这堆粪是一个病人排泄的，我要分析它的化学成分，看看有没有病菌在里面。科学家自然也有见到美人就求婚、见到粪就掩鼻走开的时候，但是那时候他已经由科学家还到实际人的地位了。科学的态度之中很少有情感和意志，它的最重要的心理活动是抽象的思考。科学家要在这个混乱的世界中寻出事物的关系和条理，纳个物于概念，从原理演个例，分出某者为因，某者为果，某者为特征，某者为偶然性。植物学家看古松的态度便是如此。

木商由古松而想到架屋、制器、赚钱等等，植物学家由古松而想到根茎花叶、日光水分等等，他们的意识都不能停止在古松本身上面。不过把古松当作一块踏脚石，由它跳到和它有关系的种种事物上面去。所以在实用的态度中和科学的态度中，所得到的事物的意象都不是独立的、绝缘的，观者的注意力都不是专注在所观事物本身上面的。注意力的集中,意象的孤立绝缘,便是美感的态度的最大特点。比如我们的画画的朋友看古松,他把全副精神都注在松的本身上面,古松对于他便成了一个独立自足的世界。他忘记他的妻子在家里等柴烧饭,他忘记松树在植物教科书里叫做显花植物,总而言之,古松完全占领住他的意识,古松以外的世界他都视而不见、听而不闻了。他只把古松摆在心眼面前当作一幅画去玩味。他不计较实用,所以心中没有意志和欲念;他不推求关系、条理、因果等等,所以不用抽象的思考。这种脱净了意志和抽象思考的心理活动叫做"直觉",直觉所见到的孤立绝缘的意象叫做"形象"。美感经验就是形象的直觉,美就是事物呈现形象于直觉时的特质。

实用的态度以善为最高目的,科学的态度以真为最高目的,美感的态度以美为最高目的。在实用态度中,我们的注意力偏在事物对于人的利害,心理活动偏重意志;在科学的态度中,我们的注意力偏在事物间的互相关系,心理活动偏重抽象的思考;在美感的态度中,我们的注意力专在事物本身的形象,心理活动偏重直觉。真善美都是人所定的价值,不是事物所本有的特质。离开人的观点而言,事物都浑然无别,善恶、真伪、美丑就漫无意义。真善美都含有若干主观的成分。

就"用"字的狭义说,美是最没有用处的。科学家的目的虽只在辨别真伪,他所得的结果却可效用于人类社会。美的事物如诗文、图画、雕刻、音乐等等都是寒不可以为衣，饥不可以为食的。从实用的观点看，许多艺术家都是太不切实用的人物。然则我们又何必来讲美呢？人性本来是多方的，需要也是多方的。真善美三者俱备才可以算是完全的人。人性中本有饮食欲，渴而无所饮，饥而无所食，固然是一种缺乏；人性中本有求知欲而没有科学的活动，本有美的嗜好而没有美感的活动，也未始不是一种缺乏。真和美的需要也是人生中的一种饥渴——精神上的饥渴。疾病衰老的身体才没有口腹的饥渴。同理，你遇到一个没有精神上的饥渴的人或民族，你可以断定他的心灵已到了疾病衰老的状态。

人所以异于其他动物的就是于饮食男女之外还有更高尚的企求，美就是其中之一。是壶就可以贮茶，何必又求它形式、花样、颜色都要好看呢？吃饱了饭就可以睡觉，何必又呕心血去做诗、画画、奏乐呢？"生命"是与"活动"同义的，活动愈自由生命也就愈有意义。人的实用的活动全是有所为而为，是受环境需要限制的；人的美感的活动全是无所为而为，是环境不需要他活动而他自己愿意去活动的。在有所为而为的活动中，人是环境需要的奴隶；在无所为而为的活动中，人是自己心灵的主宰。这是单就人说的，就物而言，在实用的和科学的世界中，事物都借着和其他事物发生关系而得到意义，到了孤立绝缘时就都没有意义；但是在美感世界中它却能孤立绝缘，却能在本身现出价值。照这样看，我们可以说,美是事物的最有价值的一面,美感的经验是人生中最有价值的一面。

　　许多轰轰烈烈的英雄和美人都过去了,许多轰轰烈烈的成功和失败也都过去了,只有艺术作品真正是不朽的。数千年前的《采采卷耳》和《孔雀东南飞》的作者还能在我们心里点燃很强烈的火焰,虽然在当时他们不过是大皇帝脚下不知名的小百姓。秦始皇并吞六国,统一车书,曹孟德带八十万人马下江东,舳舻千里,旌旗蔽空,这些惊心动魄的成败对于你有什么意义?对于我有什么意义?但是长城和《短歌行》对于我们还是很亲切的,还可以使我们心领神会这些骸骨不存的精神气魄。这几段墙在,这几句诗在,它们对于人永远是亲切的。由此例推,在几千年或是几万年以后看现在纷纷扰扰的"帝国主义""反帝国主义""主席""代表""电影明星"之类对于人有什么意义?我们这个时代是否也有类似长城和《短歌行》的纪念坊留给后人,让他们觉得我们也还是很亲切的么?悠悠的过去只是一片漆黑的天空,我们所以还能认识出来这漆黑的天空者,全赖思想家和艺术家所散布的几点星光。朋友,让我们珍重这几点星光!让我们也努力散布几点星光去照耀那和过去一般漆黑的未来!

简评

　　朱光潜先生是我国现代美学的代表人物之一。"如果说,王国维、蔡元培、鲁迅是中国现代美学开拓者,那么,朱光潜可算是中国现代美学重要建筑师。"(吴中杰语)朱光潜先生的散文大多为书信体文艺述谈,如《给青年的十二封信》《谈美书简》《谈美》。行文中的语言,风格亲切,明畅博雅。朱光潜先生一生力倡美育,在前面说的几部书中,对于把中国人从泛政治化的畸形视界中解放出来,产生了重大的影响。《谈美》开场话:"要求人心净化,先要求人生美化。……在这里我只是向一位亲密的朋友随便谈谈,竭力求明白晓畅。……我和平时写信给我的弟弟

我们对于一棵古松的三种态度

妹妹一样,面前一张纸,手里一管笔,想到什么便写什么。……这是一条思路,你应该趁着这条路自己去想。"早在七十年前,著名学者朱光潜就提出关于对一棵古松有三种态度的美学论述。这对人类如何全面正确看待每一个事物,具有很好的启迪作用。他说,我们对于一棵古松有三种态度——实用的,科学的,美感的。他还举例说,一个木商看一棵古松,想的只是做什么用,值多少钱,架屋还是制器,怎么卖它、砍它、运它;若是植物学家,就注意它的枝叶花果,生态特征,以便分类;画家不管这些,只欣赏它的颜色、线条,气概、神韵。美学本来是不易简单地阐释清楚的,作者借助这一棵古松,虚拟出木材商、植物学家、画家等三类观赏者,在这三种人对古松不同态度的对比中把"审美"的复杂定义和过程明白晓畅地向读者娓娓道来。

这就是《我们对于一棵古松的三种态度》的妙处。

1925年夏天,朱光潜先生取道苏联赴英国爱丁堡大学留学,选修英国文学、哲学、心理学、艺术史和欧洲古代史。深受康德、尼采、克罗齐的影响。三年修业期满,转学到伦敦大学,并于法国巴黎大学注册旁听。1931年又转学于德国斯特拉斯堡大学,直到1933年以论文《悲剧心理学》通过答辩,获得博士学位。长达八年的学习经历,对当时还处在发展过程中的现代美学积累了丰厚的学养。据朱光潜先生在《"当局者迷,旁观者清"——艺术和实际人生的距离》一文中回忆,在德国学习时,经常往来于莱茵河,河边一棵树的倩影给作者留下了难忘的印象,激起了美学的思考:"同是一棵树,若它的正身本极平凡,看它的倒影却带有几分另一世界的色彩。我平时又欢喜看烟雾朦胧的远树,大雪笼盖的世界和更深夜静的月景。本来是习见不以为奇的东西,让雾、雪、月盖上一层白纱,便见得很美丽。"这和本文中所征引的,古人对于松树有过无数的赞美与描写是极其相似的。如唐代大诗人李白的"阴生古苔绿,色染秋烟碧。何当凌云霄,直上数千尺";南朝范云的"修条拂层汉,密叶障天浔。凌风知劲节,负雪见贞心";清代陆惠心的"瘦石寒梅共结邻,亭亭不改四时春。须知傲雪凌霜质,不是繁华队里身"。不仅在古代,当代还有"暮色苍茫看劲松,乱云飞渡仍从容""要知松高洁,待到雪化时"的名句。由于人们的立场观点和追求的不同,所以对松树美学意义上的感觉也是不同的。朱先生在本文里论述深奥的美学问题独辟蹊径,立足于木商、植物学家、画家三个有差距判断的观赏者,把他们对古松的不同态度在细微、形象的对比中叙述出来,将审美的专业理论深入浅出地阐述出来,做到了让"美学"从美学家的课堂上、书本里走出来,走向芸芸众生——"美是到处都有的,对于我们的眼睛,不是缺少美,而是缺少发现"。再加上三首千古名诗以及闻名世界的万里长城更进一步证明自己的观点,读者极易受到作者的美学感染。

我们知道,同是松树,木材商看到的是"用",植物学家看到的"真",画家看到的是"美",这便是"千江有水千江月"。同一件事物,不同的人来看,会看到不一样的意象。而这不同的意象正是个人性格和情趣的返照。同一个人,"情人眼里出西施","一千个人眼里有一千个哈姆雷特"。苏东坡看佛印像牛粪和佛印看苏东坡像尊佛,都是见心见性。同一部小说《红楼梦》,鲁迅先生曾说:经学家看见《易》,道学家看见淫,才子看见缠绵,革命家看见排满,流言家看见宫闱秘事。用朱光潜先生的话说:"美是事物的最有价值的一面,美感的经验是人生中最有价值的一面。"不仅如此,朱光潜先生在此谈到人们对事物的不同态度,或者说每个人的出发点不同,其观察事物的立足点就不同,以及同样的事物在不同心态的人的心理或视觉上都会有其独特的反应。一棵古松,画家用欣赏的心态去看,暮色苍茫,松盘岩石,白云飞渡。科学家是研究的心态和目光去看的,这棵松树为何能在岩石上生长,为什么能够顶风傲雨数百年。木材商是用商业的心态和眼光去看的,这棵松树的材质,用来做什么用途,能换来多少利益。

　　如果深入下去，读者还可以从文中读出这样的感受：古松在不同人眼里三种不同的效果，只有画家不是从"用"的角度去看，而是如朱先生讲的以"无所为而为"的欣赏眼光去看。如只讲实用，那么美是最不实用的经验。但如果说人类历史生生不息，而真正能触动每一个人心灵深处的唯有那些给予美好情感"无所为而为"的艺术，人类社会的发展中，艺术的魅力如同在深邃的夜空中散发着光芒，引导人们的思想、净化人们的灵魂。

道

德的勇气

◇罗家伦

要建立新人观，第一必须要养成道德的勇气（Moral Courage）。道德的勇气是和通常所谓勇（Bravery），有区别的。通常所谓勇，不免偏重体力的勇，或是血气的勇；而道德的勇气，乃是人生精神最高的表现。"匹夫之勇"与"好勇斗狠"的勇，哪能相提并论？

什么是道德的勇气？要知道什么是道德的勇气，就要先知道什么不是道德的勇气。第一，冲动不属于道德的勇气。冲动的行为是感情的，不是理智的，是一时的，不是持久的。他不曾经过周密的考虑，审慎的计划，所以不免"一鼓作气，再而衰，三而竭"。它的表现是暴烈（Violence），暴烈是与坚毅

本文选自罗家伦《中国人的品格》（中国工人出版社2010年版）。罗家伦，我国近代著名的教育家，思想家，社会活动家。主要著作有《新民族观》《新人生观》《文化教育与青年》《科学与玄学》《逝者如斯集》《中山先生伦敦蒙难史料考订》《蔡元培先生与北京大学》等。

（Tenacity）成反比例的。暴烈愈甚，坚毅愈差。细察社会运动的现象，历历不爽。第二，虚矫也不属于道德的勇气。虚矫的人，决不能成大事。所谓"举趾高，心不固矣"。我们所要的不是这一套，我们所要的是"临事而惧，好谋而成"。对事非经实在考虑以后，决不轻易接受；而一经接受，就要咬紧牙根，以全力干到底。它所有的勇气，都是经内心锻炼过的力量，以有程序的方式表现出来的。举一例来说明吧，我有一次在美国费城（Philadelphia），看一出英国文学家君格瓦特（John Dinkwater）的历史名剧，叫做《林肯》（*Abraham Lincoln*），当林肯被共和党推为候选大总统的时候，该党代表团来见他，并且说明因为民主党内部的分裂，共和党的候选人是一定当选的。他听到这个消息，沉默半晌，方才答应。等代表团走了以后，他又一声不响地凝视壁上挂的一幅美国地图，看了许久，他严肃地独自跪在地图前面祈祷。我看完以后，非常感动，回到寄住的人家来，半夜不能睡觉。心里想假如一般中国人听到自己当选为大总统的消息，岂不要眉飞色舞，立刻去请客开跳舞会吗？中国名剧《牡丹亭》中，写一位教书先生陈最良科举中了，口里念到"先师孔夫子，犹未见周王，老夫陈最良，得见圣天子，岂偶然哉！岂偶然哉！"于是高兴得满地打滚。但是林肯知道可以当选为大总统的时候，就感觉到国家重大的责任落在他双肩上了，这不是一件容易的事，不是一件可快乐的事。凝视国家的地图，继之以跪下来祈祷，这是何等相反的写照！

　　道德的勇气是要经过长期锻炼才会养成的。但是要养成道德的勇气，必定要有两个先决条件，第一是天性的敦厚，第二是体魄的雄健。就第一个条件说，一个人有无作为，先要看他的天性是否敦厚。不要说看人能否担当国家大事，就是我们结交朋友，也要先认定他天性是敦厚还是凉薄，才可以判断他能不能共患难。凡对自己的亲属都刻薄寡恩的人，是决不会对于朋友笃厚忠诚的。自然这样的人，也决不会对于国家特别维护，特别爱戴的。所以古来许多大政治家用人的标准，是宁取笨重，而不取小巧。倒是乡间的农夫，看来虽似愚笨，却很淳朴诚恳，到患难的时候讲朋友。只有那戴尖顶小帽，口齿伶俐，举动漂亮的人，虽然一时讨人欢喜，却除了做小官僚，做"洋行小鬼"而外，别无可靠之处。就第二个条件说，则体力与胆量关系，实在密切极了。二者之间，系数极大。体力好的人不一定胆子大；体力差的人却常常易于胆子小。一遇危难，仓皇失措，往往是体力虚弱，不能支持的结果。《左传》形容郑国的小驷上阵，是"张脉奋兴，阴血周作，进退不可，周旋不能"。所以把战事弄糟了，用他们驾战车上阵的国王，也就误在这些马的身上。马犹如此，人岂不然。我相信胆子是可以练得大的，但是体魄是胆子的基本。担当大事的人可以少得了吗？

　　具备这两个先决条件，然后才可以谈到如何修养道德的勇气。修养就是把原来的质素加以有意识

道德的勇气

的锻炼。《孟子》所谓"天将降大任于斯人也,必先苦其心志,劳其筋骨,饿其体肤,空乏其身,行拂乱其所为,所以动心忍性,增益其所不能",正是对于修养工作最好的说明。从这种修养锻炼之中,才可以养成一种至大至刚的"浩然之气",一种"泰山崩于前而色不沮,黄河决于侧而神不惊"的从容态度。修养到了这个地步,道德的勇气才可以说是完成。但是有什么具体的办法,来从事于这种修养?

(一)知识的陶熔。真正道德的勇气,是从知识里面产生出来的,因为经过知识的磨炼而产生的道德的勇气,才是有意识的,而不是专恃直觉的。固然"是非之心,人皆有之",但这还是指本性的、直觉的方面而言。在现代人事复杂的社会里,一定要经过知识的陶熔,才能真正辨别是非,才能树立"知识的深信"(Intellectual conviction)。知识的深信,是一切勇气的来源。唯有经过严格知识的训练的人,才能发为有系统、有计划、有远见的行动。他不是不知道打算盘,只是他把算盘看透了!

(二)生活的素养。仅有知识的陶熔还不够,必须更有生活的素养。西洋哲学家把简单的生活和高超的思想(simple living and high thinking)联在一起说,实在很有道理。没有简单的生活,高超的思想是不能充分发挥的。社会上有些坏人,并不是他们自己甘心要坏的,乃是他的生活享受的标准,一时降不下来,以致心有所蔽,而行有所亏。那占有欲(Possessive instinct)的作祟,更是一个重大原因。明末李自成破北京的时候,有两个大臣相约殉国。两个人说好了,一个正要辞别回家,这位主人送客出门,客还没有走,就问自己的佣人猪喂了没有。那位客人听了,就长叹一声,断定他这位朋友不会殉国。他的理由是:世间岂有猪都舍不得,而肯自己殉国之理?后来果然如此。中国还有一个故事,说一个贪官死去,阎王审问他的时候说:"你太贪了,来生罚你变狗。"他求阎王道:"求阎王罚我变母狗,不要变公狗。"阎王说:"你这人真没有出息,罚你变狗你还要变母狗,这是什么道理?"他说:"我是读过《礼记》的。《礼记》上说:'临财母狗得,临难母狗免',所以我要变母狗。"原来他把原文的"毋苟"二字读"母狗",以为既可得财,又可免难。这虽是一个笑话,却是对于"心有所蔽"而不能抑制占有欲者一个最好形容。须知一个人的行动,必须心无所蔽,然后在最后关头,方可发挥他的伟大。这种伟大,就是得之于平日生活修养之中的。

(三)意志的锻炼。普通的生活是感觉的生活(life of the senses),是属于声色香味的生活,而不是意志的生活(life of the will)。意志的生活,是另一种境界,只有特立独行的人才能过得了的。他有百折不回的意志,坚韧不拔的操行,所以"举世誉之而不加劝,举世毁之而不加沮"。他有"虽千万人吾往矣"的气概,所以悠悠之口不足以动摇他的信念,而他能以最大的决心,去贯彻他的主张。他是"富贵不能淫,贫贱不能移,威武不能屈"的;他不但"不挟长，不挟贵"，而在这个年头，更能不挟群众，而且也不为群众所挟。他是坚强的，不是脆弱的。所以他的遭境愈困难，而他的精神愈奋发，意志愈坚强，体力愈充盈，生活愈紧张。凡是脆弱的人，最后都是要失败的。辛亥革命的时候，《民立报》的一位编辑徐血儿，以二十岁左右的青年，作了《七血篇》，慷慨激昂，风动一时。等到二次革命失败，他便以为天下事不可为了，终日花天酒地，吐血而死，成为真正的"血儿"。这就是意志薄弱，缺乏修养的结果。至于曾国藩一生却是一个坚强意志的表现。他辛辛苦苦，接连干了几十年，虽然最初因军事败衄，要自杀两次，但是他后来知道困难是不可避免的，唯有以坚强的意志去征服困难，才有办法，所以决不灰心，继续干下去，等到他做到了"韧"的功夫，他才有成就。

（四）临危的训练。一个伟大的领袖和他的伟大的人格，只有到临危的时候，才容易表现出来。世界上哪一个伟大的人物，不是经过多少的危险困难，不为所屈，而后能够产生的？俗语说："老和尚成佛，要千修百炼。"修炼的时候，是很苦的。时而水火，时而刀兵，时而美女，一件一件的来逼迫他、引诱他。要他不为所屈，不为所动，而后可以成佛。这种传说，很可以形容一个伟大人物的产生。中国人常说："慷慨成仁易，从容就义难。"张睢阳临刑前说："南八，男儿死耳，不为不义屈。"这种临危的精神，是不因为他死而毁灭的。黄黎洲先生在他的《补历代史表序》上有一段文章说："元之亡也，危素趋报恩寺。将入井中。僧大梓云：'国史非公莫知，公死是死国之史也。'素是以不死。后修元史，不闻素有一词之赞。及明之亡，朝之任史事者众矣，顾独藉一万季野以留之，不亦可慨也夫！"这段沉痛的文字，岂仅指危素而言，也同时是为钱谦益辈而发。要知不能临危不变的人，必定是怯者，是懦夫。只有强者才不怕危险，不但不怕危险，而且爱危险，因为在危险当中，才能完成他人格充分的发挥。

中国历史上，有不少伟大的人物，如文天祥、史可法等，是可以积极表现道德的勇气的。十年以前，我和蒋先生闲谈。我说，我们何必多提倡亡国成仁的人物，如文天祥、史可法诸位呢？蒋先生沉默了一会，他说："文天祥不可以成败论，其百折不回，从容就义的精神，真是伟大！"我想文天祥的人格、行为，及其留下的教训，现在很有重新认识的必要。

文天祥最初不见用于乱世；等到大局不可收拾的时候，才带新兵二万入卫。元朝伯颜丞相兵薄临安，宋朝又逼他做使臣去"讲解"。他以抗争不屈而被拘留。他的随从义士杜浒等设计使他逃出。准备在真州起两淮之兵，又遭心怀疑贰的骄兵悍将所扼，几乎性命不保，逃至扬州，旋逃通州，路遇伏兵，饥饿得不能走了；杜浒等募两个樵夫，把他装在挑土的竹篮中抬出。航海到温州起兵，转到汀州、漳州，经广东梅州而进兵规复江西。汉奸吴浚来说降他，他把吴浚杀了。江西的会昌、雩都、兴国、抚州、吉安和庐陵的东固镇，都有他的战绩。他的声势，一度振于赣北和鄂南。兵败了,妻子都失散了,他又重新逃回到汀州,再在闽粤之间起兵,又由海丰、南嶔打出来,在五坡岭被执,自杀不死,路过庐陵家乡绝食不死;解到燕京,元人起初待以上宾之礼说降他,以丞相的地位引诱他,他总是不屈,要求元朝杀他。若是不杀他,他逃出来,还是要起兵的。元朝也为这个理由,把他杀了。他在狱中除了作《正气歌》之外,还集杜诗二百首,这是何等的镇静!何等的从容!他就刑时候的"孔曰成仁,孟曰取义,唯其义尽,所以仁至。读圣贤书,所学何事?而今而后,庶几无愧"几句话,不特留下千秋万世的光芒,也是他一生修养成功的"道德的勇气"的充分表现。

文天祥本来生活是很豪华的,经国难举兵以后,一变其生活的故态。他的行为,有两件特别可注意的事。第一是他常是打败仗而决不灰心。当然他是文人,兵又是乌合之众的义兵,打败仗是意想得到的。但是常打胜仗,间有失败而不灰心,还容易;常打败仗而还不灰心,实在更困难。这是"知其不可而为之"的精神。第二是他常逃,他逃了好几次;但是他逃了不是去偷生苟活。他逃了还是去举兵抗战的。这种百折不回的精神,是表现什么一种勇气?做事只要是对的,成败有什么关系?"若夫成功则天也",是他最后引以自慰的一句话。文天祥出来太晚了!文天祥太少了!若是当时人人都能如此,元朝岂能亡宋?所以文天祥不但是志士仁人,而且是民族对外抗战的模范人物!

必须有准备殉国成仁的精神，才能做建国开基的事业！进一步说，若是真有准备殉国成仁的精神，一定能完成建国开基的事业！

"时穷节乃见，一一垂丹青！"

简评

特殊的经历，使罗家伦先生成为影响巨大的为五四运动命名的人。作为五四运动中著名的学生领袖，他还亲笔起草了唯一的印刷传单《北京学界全体宣言》，提出了"外争国权，内除国贼"的口号，并在5月26日的《每周评论》上第一次提出五四运动这一历史性的称谓，并沿用至今，在中国现代历史上产生了巨大而又深远的影响。从五四运动到抗日战争的爆发，多灾多难的中国在坎坷崎岖的道路上踽踽前行。散文《道德的勇气》写于1938年初，当时日本帝国主义已发动了全面的侵华战争，作者鉴于国土不保，生灵涂炭的社会现实，呼吁青年大学生要以拯救家国危亡为己任，首先要养成"道德的勇气"，担当起抗击侵略者历史重任，并给出了四条明确、具体的培养办法。此文一出引起了巨大的反响，甚至在一定的范围里还引起了不同的看法。后来的事实证明，在这一特定的历史时期，年轻人的道德勇气是不可或缺的。就是在今天，如果我们用长远的眼光，运用历史唯物主义观点去考量罗家伦以及他的思想，会发现他这一提法不仅不过时，而且他对中国国民性的剖析、对青年的健全思想品格的倡导、对人性的挖掘、对"知识的责任"和"道德的勇气"的追求以及对学术、文艺、文化、教育的分析，都具有重大的现实意义，值得今天的人们去参考、借鉴。因为在作者看来："一个人要实现自我，必先使他的肢体感官得到健全地发展，必先充分发展自己的体魄，这就是充分发展物质的天赋。但是物质的天赋之外，人还有情

道德的勇气

感、情操的天赋。人类相互间的情感,就是根据这种天赋而来的。更进一层的天赋,就是心灵,也就是理性。亚里士多德说:'人是有理性的动物。'人类因为有天赋的心灵,所以有理性的活动,所以有种种的思想和理想。"(罗家伦《论自我实现》)著名学者、台湾作家龙应台曾说过:"我不知道有多少当时的知识青年是拿那本薄薄的《新人生观》(罗家伦著)《我离世界有多远——谈21世纪大学生的'基本配备'》来做馈赠情人的生日礼物。……漫天炮火、颠沛流离之时,罗家伦对大学生谈的竟然仍是'道德的勇气'和'知识的责任',同时,还有,'侠,出于伟大的同情'。大学生要有道德的勇气,然后能在昏暗板荡中辨别是非。大学生拥有知识,影响社会,所以要对国家和社会负起特别的责任。'侠',则是关心公共事务,用肩膀扛起'大我'的未来。大学生具有侠气的人格,才能促进政治改革,国家才有希望。"

中国工人出版社2010年结集出版的《中国人的品格》一书,是罗家伦先生的代表作之一。书中选取了50篇罗家伦先生在1919年至1960年之间的评论文章和演讲词,内容包括了他对求学、做人、文艺、写作的心得。该书的核心问题仍是罗家伦一如既往所强调的培养青年健全的思想品格。在本书相关的文章中,罗家伦对于现代青年怎样养成健全的思想品格提出了具体的看法。他根据当时中国人的"病根",为青年人提出了诊治的"药方",主要包括下列要素:第一,青年人须有科学求知的精神;第二,青年人要有军人的生活习惯,"一是要守纪律;二是要有刻苦耐劳的精神;三是要有勇敢牺牲的训练;四是要有敏捷干脆的行动";第三,青年人还要有运动家的竞赛道德。当然,罗家伦认为现代青年所应当修养的方面还有很多,但"若是大家能够按上面所说的三点从自己下手,切实做去,那么,大家才真能成为健全的现代青年,才真能成为民族复兴的前锋!"

除上面的分析之外,罗家伦还倡导一种新的人生观,即:"动的人生观、创造的人生观、大我的人生观"，并以"生力饱满的生活、强者的生活"来完善理想的人生。尤为值得注意的是，他反复重申现代青年要有理想、有抱负、有活力，更要有"道德的勇气"和"知识的责任"，并能以一种积极上进、正直负责的人生态度来治学求道与为人处世。

我们今天读罗家伦先生的文章，需要的是"我们在快乐的分享之中，感觉一股提升的力量，仿佛罗先生的意志在前方向我们招手，我们须快步赶上，接过接力棒，共同开创一个充满意义的人生"（台湾著名学者傅佩荣语）。道德的勇气需要长期锻炼才能养成，其先决条件是天性敦厚、体魄雄健，体魄是勇气的基本条件。具备了这两个先决条件，才能在原有素质上有意识地进行修养：一、知识的熏陶，不专恃直觉而是经知识的磨炼；二、生活的素养，简单的生活和高超的思想；三、意志的锻炼，感觉生活是声色香味，意志生活是特立独行、百折不回、坚忍不拔的操行；四、临危训练，强者不但不怕危险而且敢于挑战危险，危险中人格才能充分发挥。"时穷节乃见，一一垂丹青！""必须有准备殉国成仁的精神，才能做建国开基的事业！"——这就是罗家伦留给后人的《道德的勇气》。

文化的变化与进步

◇蒋梦麟

本文选自关鸿、魏平《现代世界中的中国——蒋梦麟社会文谈》（学林出版社 1997 年版）。蒋梦麟，中国近现代著名的教育家。主要著作包括自传体作品《西潮》《新潮》《谈学问》《中国教育原则之研究》等。

文化是个有生命的有机体，它会生长，会发展；也会衰老，会死亡。文化，如果能够不断吸收新的养分，经常保持新陈代谢的作用，则古旧的文化，可以更新，即使衰老了，也还可以复兴。

历史上多少灿烂的文化，如巴比伦文化、迦太基文化、古埃及文化，在人类文化历史上，都像昙花般一现就消歇了，但也有若干文化，绵延不断，历久弥新，其间盈虚消长，是值得我们深长思索的。

大凡文化的发展，有两个重要的因素：一个是内在的，基于生活的需要，人类有种种生活的需要，为了满足这些需要，不得不想种种方法来创造，来发明，这是促进文化发展的一个动力。另一个是外来的,基于环境的变迁,环境变迁多半是受外来的影响,这是因为四周环境改变了,为了适应新的环境,就不得不采取新的适应方法,人类如不能适应新的环境,就不能在这环境里生存。我们从历史上看,这两个因素总是交互影响的。

中国文化是少数古文化现在还巍然屹立的一枝。它之所以能够如此,就是因为能不断吸收新的文化与适应新的环境。历史上较早的较显著的一个例子发生在战国。

战国时候的赵武灵王为了国家的生存,不管王公大臣和国内人民的反对,毅然采取了匈奴的服装(胡服)和他们的骑射之术(骑在马上射箭)。胡服和骑射都是外国的东西。他的叔叔公子成对此大表反对。他说:"臣闻中国者,圣贤之所教也,礼乐之所用也,远方之所则效也;今王舍此,而袭远方之服,变古之道,逆人之心。臣愿王熟图之也。"

赵武灵王听了这席话,便自己亲自去向他叔叔说明。他说:"吾国东有齐、中山,北有燕、东胡,西有楼烦、秦、韩之边;今无骑射之备,则何以守之哉。先时中山负齐之强兵,侵略吾地,系累吾民,引水围鄗,微社稷之神灵,则鄗几于不守也。先君丑之。故寡人变服骑射,欲以备四境之难,报中山之怨。而叔顺中国之俗,恶变服之名,以忘鄗事之丑,非寡人之所望也。"

上面这段话,把公子成说服了。于是下令变服,习骑射。

胡服骑射的结果,中原出现了两种东西。一种是裤子,一种是骑射。中国人向来不穿裤子,裤子是从胡人那面学来的。我们推想大概在打仗的时候,要骑在马上射箭,没有裤子不大便当。骑射在战术上更是一个重大的改革。以前我们的箭是徒步的兵卒,从地面发射的,也有站在战车上发射的。自从胡人那儿学得了骑射以后,战车便少用了,甚至于不用了。这是因为战车太笨重。在中原平地,没有山的地方,可以横行,可以打仗。但赵国(现在的山西)境内多山,战车在山里无法使用,所以非采取骑射不能抵抗敌人。从此以后,战争的方法起了革命性的改变,也保障了中华民族的生存。

骑射引进以后,马成了非常重要的一种工具,所以有"苜蓿随天马,葡萄逐汉臣"之句。汉武帝在宫外好几千亩地里种了苜蓿。天马是指西域来的马。阿拉伯古称天方,从那边来的马称天马。马要用苜蓿来饲养,所以要引进马,同时还要引进苜蓿。这时战车不用了,原来徒步的兵卒,现在已成了马上的骑士。从此军队的活动范围变得既广且远,运用也迅速了,因此战术便整个变了。

虽然胡服骑射是外面来的,但进来以后,就慢慢地变成了我们自己的东西了。我们内部长期发展和适应的结果,到汉武帝时,中国已经繁殖了不少的马,战术也变得高明了,所以能把匈奴逐出去。

汉武帝是一个雄才大略的国君,他一面发展中国的文化,同时发展军略,改进战术,文治武功,都极一时之盛。凭了新发展的战术，引军西向，把匈奴赶得远远的。历史上说："匈奴远行，不知去向。"现在我们知道他们跑到欧洲去了，他们骚扰欧洲四百多年，结果把罗马帝国毁了。

所以外来的文化，如果能够采取适当，并适应本国的环境，是能够帮助解决本国问题的。进来之后，便成了我们自己文化的一部分，再经过相当时期的发展，便可以产生一种更高的新的文化。胡服骑射就是一个很好的例子。

外来的文化，固然可以刺激本国文化的发展，而本国的文化，受了外来的影响，也可以更适应环境。如果食而不化，便不会产生像汉代一样灿烂的文化。所以最危险的事情是只以为我们自己的文化好，对外国来的瞧不上眼，这是很危险的事情。知识不够识见近，往往患这种毛病。譬方最近义和团的事情，西太后以至于北方一班老先生，恨外国的文化，用中国义和团的符咒、刀枪想打外国人，结果一败涂地。我们不是说外国来的都是好的。外国来的东西，如果不能适应中国的需要，当然不会采取。外国来的东西与中国有好处的，是拒绝不了的。

譬如我们的音乐，就是我们现在所称的国乐，大都是从西域外国来的。如琵琶、胡琴、羌笛，好多乐器，都是外国来的。中国原来的音乐，只能在孔庙里听见。许多人都不知我们现在所称的国乐，是受外国影响很大的。唐代的各种宫廷音乐，大都是西域来的。现在日本宫廷里还代我们保存了一部分。我们中国人并不都是守旧的，我们一向很愿意取人之长，补己之短。我们这个民族能够这样长久存在，原因就是愿意向外国学习。

又譬如佛教，是从东汉时起，慢慢地进来的，到唐朝大盛。从东汉到宋朝(从 2 世纪到 11 世纪)经过八九百年的工夫，佛教变成了中国自己的思想，与中国原有的儒道两家思想一直共存到现在。等到北宋的时候，宋儒起来了。宋儒是我们原有的儒家思想受佛教影响而产生的一种新思想。它把中国自己原有的思想改变了。所以近人把宋儒叫新儒学。

现在我们讲新儒学。我们现在称宋儒明儒之学为新儒学。新儒学有两派：一派以我国原有思想为主，所受佛教思想影响较轻，这派叫做程朱学派，程指程颢、程颐兄弟，朱即朱熹；另一派以宋之陆象山、明之王阳明为领袖，所以称为陆王派，这派受佛教思想较重，所含我国原来的思想较轻。我们至少可以这样说，陆王派对外来的佛教思想与中国本来的儒家思想是并重的。两派比较，则程朱一派较为侧重儒家思想一些，这是两派的分别。

陆王一派到了明朝，佛教思想格外浓厚，这是受了禅宗思想的影响。陆王、程朱两派彼此互相诋毁，互相倾轧。陆象山曾作诗讥讽朱熹，他说："易简工夫终久大，支离事业竟浮沉。"其实陆王与程朱两派，都同受佛教影响，不过轻重之分而已。

明朝末期，西洋耶稣会士来了，他们一面传布耶稣的教义，同时把西洋的科学也传了进来。科学思想与科学方法的传入，影响了清代的学风。有清一代，因为受科学的影响，考证之学，便成了清代学术的中心。

近代西洋文化的输入，初期是由日本转译而来，稍后才直接从西洋输入。自西洋文化直接从欧洲输入，中国文化就开始发生大变动了。这个大变动可以五口通商、割让香港做起点。此后，外国的资本主义、帝国主义、殖民主义都一起汹涌地进来了。中国所受影响，也愈来愈厉害。一八九八年戊戌变法，就是康有为和梁启超想帮助光绪皇帝把中国彻底改革，实行西化，但因当时反动的力量太大，变法没有成功。到一九〇〇年(庚子年)的时候，忽然发生一项反西化的义和团大反动之乱，他们想帮助清朝消灭外国人，所谓"扶清灭洋"，就是他们的口号。这事闯下了很大的乱子，从此以后，中国的国势，便一天不如一天了。

日本人趁这个机会，用西洋文化来打我们，起初是甲午战争，我们被打败以后，便把台湾割让给日本。此后日本又继续不断向中国侵略。到第一次欧战时，日本的侵略格外变本加厉。"二十一条"条件，就是在这时候提出来的。后来凡尔赛和会想把青岛让给日本，消息传来，国内大表反对，学生反对得尤其厉害。这是一次纯粹的爱国运动。由这次爱国运动，导出了一次要求文化改革与社会改革的五四运动。

五四运动之后，中国人的思想，便起了绝大的变

文化的变化与进步

动。日本一连串的侵略，我们一连串的抵抗。后来革命军北伐，国民政府成立，与日本的冲突愈大，到民国二十六年，日本开始大规模侵略我们，等到袭击珍珠港的时候，日本人把世界各国都打上了。一直等到中国八年血战，才在同盟国共同协力下，把这远东侵略国家打败。

所谓中华民族，本来由中国境内的各民族混合而成的。先秦记载，就有东夷西戎南蛮北狄之称。东部地方居住的叫夷，西部的叫戎，南部的叫蛮，北部的叫狄。这是我们历史上常常看见的名字，所谓蛮夷，所谓戎狄，都是外国人的通称。这种异族，不但散居我们国境四周，而且还杂处在我们国境之内。所以在这种状况之下，我们只能以文化为中心，来教育他们同化他们。

春秋时候，所谓"诸夏而夷狄者则夷狄之，夷狄而诸夏者则诸夏之"，就是这个意思。所谓夷狄，所谓诸夏，不是种族的差别，只是文化的异同。夷狄而接受诸夏文化的，则夷狄也是诸夏，诸夏而采取夷狄文化的，则诸夏也变为夷狄了。夷夏之分，本来如此。后来内部慢慢统一，就成了一个华夏大民族，一个中国统一的民族。

所谓东夷、西戎、南蛮、北狄等称谓，是我们初期历史对外来民族的通称。到了汉朝，凡从外国来的就叫胡，或称夷了。到了唐朝，外国来的就叫做番了。所以我们常常称自己为汉人，称外国人为夷人。唐朝时自己称唐人，称外国人为番子。后来我们把自己的国土称中国，旁的国家称外国。所以胡与汉，唐与番，中与外，都是中国与外国之别。

这些夷狄与中国本土民族相接触，外来的文化与原有的文化，因接触而彼此吸收。外国文化，经过中国吸收，便变为中国文化了。我们前面讲赵武灵王吸收胡人的战术，胡人的骑射，到了汉朝便发展成为一种新的战术。到了唐朝，吸收印度的文化，不但是佛教，还有从佛教带来的美术。印度美术含有希腊的成分，这是亚历山大征略印度边境时带来的。中国美术，尤其是雕刻内容都深受影响的。外来文化的进入有两个途径，其一是由冲突与战争而进来的，其二是由和平的交往而进来的。因为战争而进来的，像胡服骑射，因为文化交往而进来的像佛教，希腊的美术。中国吸收了外国文化以后，经过一个时期的融合，就成了中国文化了。中国文化受它的影响，从此发出光明灿烂的新的文化出来，在历史上斑斑可考。所以中华民族是吸收外来文化的民族，不是拒绝外来文化的民族。这是我们大家要知道的。能够吸收外来的文化，吸收得适当，而且能够把它适应于中国，这是中国文化进步的一个重要的关键。

以前我写过《西潮》，那是讲外来的文化，所予我们中国的影响。现在我在这本《新潮》里，要讲的是中国文化因受外来文化的影响，自己所生的种种变化。我们从历史上知道每次外来文化输入以后，经过相当时间，一定会产生一种新的文化，这就是进步。

简评

蒋梦麟先生曾任国民政府第一任教育部长、行政院秘书长,在北京大学工作了20余年,也是北京大学历史上任职时间最长的校长。从1919年到1945年,蔡元培先生主政北京大学,蒋梦麟长期担任总务长,三度代理校长,1930年正式担任北大校长。他学识渊博,精明干练,在那如烟的峥嵘岁月里,克服重重困难,为北京大学的生存与发展做出了重大贡献,在中国高等教育史上留下浓墨重彩的一笔。蒋梦麟先生一生致力于教育工作,在任北大校长期间,他致力于"整饬纪律,发展群治,以补本校之不足"。在教育主张上,蒋梦麟认为教育的长远之计在于"取中国之国粹,调和世界近世之精神:定标准,立问题",以培养"科学之精神""社会之自觉"为目标。现代社会是一个充满竞争的社会。有人在探讨、研究竞争的时候,形象地将各个不同层次竞争构成宝塔状的结构图,尽管在阐述这个竞争层次的复杂问题时,各自的侧重点不同,论述竞争的具体内容,也存在一定的差异。但是,有一点是肯定的,"文化的竞争"一定处在这个塔状结构的顶端,意思是文化的竞争才是最后的竞争。同样,翻开中国近现代社会的历史,当鸦片战争无情地撞开了古老帝国的大门之后,多少有志之士奔走呼号,浴血奋战。由以经济为中心的各种变革,到以政治为中心的各种斗争,再到精神文化的全方位的变革。之后,古老的封建帝国开始了与世界文化的碰撞与接轨。最后终于演变为从文化入手的轰轰烈烈的五四新文化运动。这个运动可说是影响了中国社会一百多年。蒋梦麟先生形象地指出:"文化是个有生命的有机体,它会生长,会发展;也会衰老,会死亡。文化,如果能够不断吸收新的养分,经常保持新陈代谢的作用,则古旧的文化,可以更新,即使衰老了,也还可以复兴。"

蒋梦麟先生又用发展的眼光看待文化:"大凡文化的发展,有两个重要的因素：一个是内在的，基于生活的需要，人类有种种生活的需要，为了满足这些需要，不得不想种种方法来创造，来发明，这是促进文化发展的一个动力。另一个是外来的，基于环境的变迁，环境变迁多半是受外来的影响，这是因为四周环境改变了，为了适应新的环境，就不得不采取新的适应方法，人类如不能适应新的环境，就不能在这环境里生存。我们从历史上看，这两个因素总是交互影响的。"文化的发展实际上就是文化的新旧之争。五四前后，东西文化论战，以陈独秀、李大钊、胡适为代表的西化论者和以杜亚泉、章士钊、梁启超、梁漱溟为代表的东方文化派，围绕东西方文化的差异比较、新旧文化的关系看待和中国文化出路的选择等问题，展开了一场延续十余年的思想大论战。这场论战的实质是中国封建旧文化和西方资产阶级新文化的斗争，也可以说是清末以来中学、西学之争的继续。它发生在新的历史条件下，带有许多新的特点，对后来中国文化的走向产生了相当深刻的影响。

我们看到了新文化阵营对中国传统文化的猛烈批判成为运动的主旋律，是因为，当时的政治腐败、经济落后和社会黑暗是它产生的直接原因。辛亥革命虽然推翻了封建帝制，为中国这个东方古国走向现代化提供了契机，但由于没有从政治、经济上彻底摧毁封建专制主义统治，更没有在思想文化领域铲除封建势力的根基，辛亥革命的成果只是昙花一现。辛亥革命后，伴随封建帝制的复辟，在思想文化领域里又出现了一股尊孔复古的逆流。民主共和的命运会怎样？国家的出路在哪里？迫切要求人们进行思考和做出回答。在此背景下，陈独秀、李大钊、胡适等激进知识分子高举"民主"和"科学"两面大旗，竭力宣扬西洋近代资本主义文化，向腐朽的封建思想文化展开了猛烈的冲击。西南联大时期，蒋梦麟利用跑警报的间隙，用英文写下了他的前半生的自传《西潮》。他的这个自传不是一个学者单纯的自传，而是一所大学和一个时代的见证。"炸弹像冰雹一样从天空掉下，在我们周围爆炸，身处在这样的一次世界大动乱中,我们不禁要问,这些可怕的事情为什么会发生?"蒋梦麟反思中国近代为什么积弱积贫。《西潮》记录的1842年到1941年中国发生的一切,反映了作者所目睹的国家现实生活的急剧变化。

　　在五四时期轰轰烈烈的思想大论战中,章士钊等东方文化派认为,新旧是一个历史的范畴,其含义因时、因地和内容的变化而异,所以对文化之优劣的评判,不能仅仅以新或旧为标准,不能以新旧来区分西方文化和中国文化。他们认为,就文化演化的趋向而言,也是新中有旧,旧中有新,是一个由新而旧、由旧而新的递嬗过程。新旧不能也无法分开,新是旧的发展,旧是新的根基,没有旧也没有新。所以东方文化派认为,中西文化彼此难分优劣,各有所长,也各有所短,因此中国文化的出路,只能是"一面开新,一面复旧",取西方文化之长,补中国文化之短,实现中西文化的折中调和。

茶

思啜香

◇石头

本文选自百花文艺出版社主办的《散文（海外版）》2001年第4期。作者石头，简历不详。

神通八极的是酒，思联四方的是茶。黄浦江的潮水起起落落，申城的月色或明或暗。

古人道：好酒的可作侠客，爱茶的方为隐士。

古之为士，或相忘于江湖，或济世于庙堂，现在不行了。有时，心头一暗，就抛却了雄心大志，找一家茶馆，饮茶去了。

沪上的茶坊层出不穷，新有红茶坊，是台湾商人的创意；旧有城隍庙湖心亭，是本世纪初就存在着的老式茶馆；最便宜的便是几乎找不到了的老虎灶茶铺。

一

湖心亭的茶，像是耄耋老人宽厚的面容，深深地吸引我很久。

本世纪初王韬在《蘅华馆日记》等笔记中写到当时豫园一带茶市的风光："园中茗肆十余所,莲子碧螺,芬芳欲醉,夏日卓午,饮者杂沓。"时序更迭,老式茶楼或改建,或功能转移,只有湖心亭硕果仅存了。

湖心亭落成于清乾隆四十九年(公元1784年),原为四个经营青蓝大布的商人集资建成,用于同行实业家议事之用,有点像现在的俱乐部。但到咸丰五年,因青蓝布业受到洋布的巨大冲击,日趋凋敝,这样俱乐部也不得不迁出办公,湖心亭就改做茶楼。

如今湖心亭经过多次修缮,整旧如新,焕发青春,成了游人小憩观景的最佳场所。依然是民族风格,厅堂内置放着红木家具,采自宜兴陶都的紫砂茶具不一而足。时有丝弦爱好者前来自娱自乐,使品茗的游人在满室馥郁的茶香中又能静听到犹如淙淙流水般的乐声,从而进入物我两忘的境界。湖心亭为普通老百姓着想,每天清晨开张,每位茶资才一元五角。不少老人就揣着两枚油酥饼进来泡一壶茶,畅所欲言,朝霞将他们脸上的皱纹熨得十分平服。

上午九点钟以后,茶客逐渐多起来,湖心亭为他们准备了精美的茶食,有茶叶鹌鹑蛋、白汁豆腐干、金腿粽子、北京蜜饯等,滋味十足。

由于湖心亭有点像民俗博物馆,不少文人和政要也经常光顾。1986年英国女王伊丽莎白畅游老城隍庙就到湖心亭小坐,品香茗、尝美点、听丝弦,领略了一番十足的东方情调,茶毕后还特地向表演笛子演奏的陆春龄赠送了一支袖珍的银笛,脱了手套跟他握手,这可是极高的礼遇了。直至今天,湖心亭服务员还在津津有味地争论当时女王是否情不自禁地吃下了由绿波廊送来的船点中的一对小白兔。

湖心亭有一张凳子,大约有十多位外国政要坐过,现在就平平常常地放在湖心亭里,谁都可以坐,这样很好,老百姓也可以坐在那里喝茶,这种看上去不懂生意经的做法其实是很有民主精神的,也真正体现了茶的高贵品质。

不过,湖心亭的绿茶很好,但乌龙茶略差一点。服务小姐心一急,注了第一道水马上就洗杯,其实应该至少闷上半分钟的。至于茶资,一杯龙井35元,一壶乌龙40元,配以几碟茶食,自然是不能指望吃得尽兴。所以,老茶客们都喜欢聚在一楼,喝着比较大众的茶,让老外们上二楼吧,他们用心不在茶,在于领略风情,多收他们几只角子一点也不必谦虚。

我在湖心亭的二楼招待过远来的客人。有从青藏高原上下来的中年作家,还有早年失去父亲的女大学生。女孩子很爱湖心亭,她说:"我宁愿这个城市荒凉,也不愿她肮脏。"

我无言以对。

茶一直喝到深夜。黄浦江上的轮船汽笛阵阵。在纯洁与决绝并存的极端之中,我只能吟唱:

黄浦江的汽笛声声,

徘徊的是午夜的人。

那一晚,我们走在昏黄的路灯下,形神的凝聚,全在于那一杯清茶。

二

老虎灶,是用旧式自来水管连接在锅灶上的煮水装置。由于以前是用煤球,煤饼生火,耗煤量极大,形如老虎开口食肉,故称老虎灶。

以前,常有老虎灶老板在门前摆上一张八仙桌,招揽客人。

现在,最后一个老虎灶消失的消息见诸报端,不知老茶客们心头的涟漪泛起几许?

但是,我还算幸运,在古北支路苏州河的边上,找到了一家老虎灶。

喝茶的客人有老人,也有中年男人,有的是下岗职工,到这里打几圈麻将,以祛郁闷。

我则捧着一本周作人译的《如梦记》,感念着素朴的文字。

有时,我会想起一位中年作家的故事。他说:"二十多年前,我曾经在郊县一个农村学农,有一次跟房东老爹到小镇办点事,出门前,老爹从米缸里抓了一把米,双手捧着走了两里路,到了镇上先找到桥堍一家老虎灶茶馆,把米交给掌柜的过秤,然后拉我去办事。办完事,又回到茶馆喝茶,这时我才明白刚才那把米算是顶了茶资。那天,我们一老一少喝了一壶茶,酽酽的,听了老乡们说的故事,怪怪的。晚霞满天时才回家,走在飘着牛粪气息的田埂边,心里有说不出的激动。现在,能喝到这样的茶吗?"

在老虎灶的古旧窗棂下,我深深地爱着在苦难中祈祷,在困顿中闲适的生活感受。

三

在上海这个现代化步履匆匆的城市里,豪华的广厦商城如雨后春笋般地耸起,在商品经济的大潮冲击下,那种富有人情味的茶馆如一片烂木头,永远地搁在海滩上了。取而代之的是新式茶馆的崛起,他的功能已经从休息聊天的本位功能渐渐移向公关性酬酢,对于老茶客而言,进入新式茶艺馆,就如刘姥姥进入了大观园。门口伫立着身材修长面容姣好的应接小姐,一袭丝绸旗袍勾勒出了美丽曲线,那微笑更是一般高消费场所常见的职业符号,已将旧时茶馆的市俗气息不容商量地挡在门外。客厅内的陈设呢,墙上往往挂满了名人的应景之作,墙角处供奉着福禄寿三星,一炷线香正袅袅地冒着祥和的青烟,一堵博古架上陈列着景德镇的瓷器和宜兴的紫砂壶,倒也相宜,只是做工并不见好,价钱却昂贵得不敢请小姐拿下来看仔细。厅堂里的大理石拼出花哨的图案,柱子也做成了树干状,大厅里散置着十几套茶桌,都是漆成墨绿色的藤制品。细一打听,这是从马来西亚进口的,一套茶桌五千元以上,让平民出身的人们有点不敢坐上去。

喝茶本是品茗交心,洗神护念的人群艺术。这样的茶艺,斥穷人、苦人于门外,又有几分民间精神呢？形式再优美,人心却冷下去了。

　　幸好泡沫红茶坊又冒出来了,仅在被房地产商称做高尚地段的衡山路一带就有好几家:寒舍泡沫红茶坊、耕读园书香坊、红蕃啤酒城等,似乎就要形成上海"泡沫红茶一条街"了。

　　泡沫红茶是用调酒器炮制的。特性是可浓可淡,浓者口感强烈,淡者回味隽永,而且可以与不同材料混合调味,如茉莉花香、柠檬、桂圆、苹果,变化多端。那些年轻的朋友也都颇为爱好。

　　喝吧,不能指望再有唐宋的银铫煮水、锡壶注茶,或者明清的紫壶散泡,至于古诗中的"煮白石,泛绿云,一瓢细酌邀桐君",那是我梦里都不太会有的事了。

　　所以,每每回到陋居,细啜起自己屋中的茶壶清汤,寂寞是原来的事相。

　　茶香无边,清芬是来自阳光雨露。

　　简评

　　写《茶思啜香》,不用说,作者是极其爱茶的人,所以,开篇就提及的上海城隍庙湖心亭就是这样一个啜香品茗的极好去处。

　　上海的城隍庙始建于明代永乐年间,清代时香火极其鼎盛,上海的男女老幼,人人皆知城隍庙,上海开埠后城隍庙及其周围地区商贾云集,市场繁荣,到城隍庙可以购买许多生活必需品,特别是一些日用小商品。

　　今天的城隍庙仿古建筑外形的内部却是现代化的商场,其"外古内洋"的特色,能够与原有的景观和谐统一,相映生辉,成为上海的一座集购物、旅游、餐饮、娱乐为一体的旅游购物中心。上海城隍庙还是上海地区重要的道教宫观。城隍神,是城市的保护神,上海城隍庙内供奉的城隍神在上海地区有着特殊地位,包括霍光殿、甲子殿、财神殿、慈航殿、城隍殿、娘娘殿六个殿堂,建筑恢弘巍峨壮观。今天的城隍庙对于居住在上海的人来说，已不单纯的是城市景观，更是一个深入阅读上海城市文化历史的窗口。

城隍庙"湖心亭"成为茶楼，始于清咸丰五年（公元 1855 年）以后，初名"也是轩"。清末宣统年间，茶楼主人因赌博输钱，典出。商人刘慎康便接管茶楼，改名"宛在轩"，有取《诗经》中"宛在水中央"之义。刘慎康深谙经营之道，接管湖心亭茶楼后，重建了钢筋水泥的九曲桥，又紧贴着湖心亭新建了一座二层楼阁式建筑，增加了营业面积 120 平方米。茶楼内桌椅全部更新，临窗排列一色花梨木茶几与靠椅，居中放有云石面红木圆桌，配蛋圆形红木凳。墙上悬挂名家字画，为环境增添了文雅氛围，洁静宜人。茶馆还定下规矩，冲茶、递毛巾要勤，不得收小费等。由于风气正、环境好，服务热情，一时间近悦远来，生意兴隆。城里城外一些文人雅士都喜欢到此品茗聊天。不过，"宛在轩"这个名字读来拗口，一般茶客还是叫它湖心亭。

湖心亭茶楼的茶客里面，文人雅士居多。清末著名小说《海上繁华梦》作者警梦痴仙，原名孙家振，别号海上漱石。他曾经居住在南市，闲来无事，经常品茗于湖心亭，曾为湖心亭茶楼撰写过一首脍炙人口的诗："湖亭突兀宛中央，云压檐牙水绕廊。春至满阶新涨绿，秋深四壁暮烟苍。窗虚不碍蒹葭补，帘卷时闻荇藻香。待到夜来先得月，俯瞰倒影入银塘。"如今，湖心亭经过多次修缮，整旧如新，成了游客小憩观景、文人雅士品茗赏趣的最佳场所。湖心亭是上海仅存的老茶馆，它浓缩了上海传统茶文化，已经成为上海人心目中永远不会消失的风景。

茶在中国人的生活中拥有极高的地位。著名记者、杂文家冯英子很有品茗的喜好，他在一篇品茶的文章中说：品茗是一种人生的享受，也是一种生活的乐趣，中国人的品茗，据说最早始于炎帝时代。炎帝，历史上称作神农氏，"神农尝百草"，是大家知道的故事，茶是百草之一，但茶的盛行却在唐代，陆羽先生的《茶经》一出，才正式确立了茶的地

茶思啜香

079

位。我们常说"柴米油盐酱醋茶"是开门七件事,缺一不可,可见茶是我们生活中不可缺少的部分。

品茶论诗是赏心乐事,读茶品书更是难得的雅致。茶如人生。一位真正懂茶的性情中的女作家品茶论人生达到了一种极致境界:初沏时,叶片儿沸沸扬扬,万头攒动,热闹非凡,犹如少年初涉尘世的喧哗;洗茶过后,香气渐浓,似盛年时期的辉煌;茶过三道,其香则弱,仿佛暮年时一切皆归于平淡。但茶竭尽全力散发着最后的余香,在淡泊中坚守一缕温暖。苦涩后的回甘,百转千回,如同人生。同一个杯,同一种茶,同一沏法,饮的方式不同,在不同的喉间冷暖浓淡自知,完全是心灵感悟的功夫。女作家观察的细致,体会的深沉,情感的细腻,为茶文化添彩。品茶,讲究的是心情,品茶之味,悟茶之道,要的就是这样的雅性,用心灵去悟,可品出许多茶外的人生韵味。如果"喝茶当于瓦屋纸窗下,清泉绿茶,用素雅的陶瓷茶具,同二三人共饮,得半日之闲,可抵十年的尘梦",(见周作人《吃茶》)那是一番多么雅致的情趣了。

文中值得一说的还有老虎灶。和上海传统茶文化有着千丝万缕关系的"老虎灶"更是在老上海人心中挥之不去的记忆。不过,像其他很多湮没在人们尘封的记忆中的和老百姓生活息息相关的生活设施和技能一样,老虎灶也终究难逃一劫。2013年10月,上海市区最后一家老虎灶关闭了。消息一出,勾起了无数老上海人的记忆,除了有人去合影留念,甚至一些人建议将"老虎灶"作为上海的历史文化遗产加以保留。不用担心,"老虎灶"逝去并不说明茶文化的式微。茶文化作为一种文化现象,有很强的生命力,影响着生产方式和生活方式,一定会不断地创造出更高层次的物质文明和精神文化。如若不信,细数那大街小巷中,装饰典雅,风格各异,热闹非凡的茶楼,我们相信,"品茗,其实是浸透了中国人民的生活"。

我们向歌德学习什么

◇绿原

纵观人类文化史，从事逻辑思维和形象思维的作家都算在内，单就文字生涯本身而论，其造诣与成就粲然不可磨灭者，几如仲夏晴夜的繁星。然而，能超出文字层面，以其毕生凝聚并闪耀出来的人格力量、心智密度、思想深意影响世道人心，进而开拓人类世界观者，则又显得屈指可数了。试以今年全世界将为其生辰250周年举行纪念活动的歌德（1749—1832）为坐标，在他前面近两千年，可以指出亚里士多德、但丁、莎士比亚、牛顿、伏尔泰、卢梭、康德和东方的老子、庄子、孔子几位；作为他的同代人，不少与他同步伐、同目标却不一定同姿态、同途径的思想精英中间，还有和他并立于魏玛塑像基座的席勒，以《精神现象学》陪同《浮士德》在通向真理的道路上跋

本文选自绿原《绿原散文随笔选集：寻芳草集》（中央编译出版社2005年版）。绿原，著有《童话》《集合》《人之诗》等诗集；《绕指集》《非花非雾集》《首蓿与葡萄》等文集。其主要译作有《浮士德》《现代美学析疑》《叔本华散文选》等。

涉的黑格尔，被他认为诗才几与莎士比亚比肩的拜伦，以及他亲自翻译过其杰作《拉摩之侄》的狄德罗；至于他身后一百多年，由于人类世界观日益扩大，科学技术飞速发展，生存能力与忧患意识同步并进，则应提及更多的名字，如叔本华、达尔文、马克思、托尔斯泰、弗洛伊德、爱因斯坦和毕生同各种精神奴役作斗争的鲁迅。有人却说，从荷马到歌德只有一小时距离，从歌德到二十世纪相距长达二十四小时，其间充满只有追求个人原则的观察者才能感到的变化和危险。以上推举、排列和比较因此可能引起一些异议，那不要紧，因为按照不同的观点，删去一些名字，添进另一些名字，并不因此抹杀本文将要阐述的主旨，即在这些不仅以写作质量见长的大作家中间，尽管其成就与影响各不相同，难以比较，但就其对人的榜样作用的广度和深度、教育内容的现代性和平民性而言，除了鲁迅——中国青年不得不向歌德走去。

中国知识界的先进分子早在本世纪初叶，就曾以开阔的胸怀呼吁，从广博深厚的人类文化积存汲取各种于己有益的成分，以建立苦难深重的中华民族所需要的新人。但由于各种难免的和本来可免的历史阻力，包括连年的争战和动乱，这个宏愿直到本世纪末还难以实现。目前，全国人民在艰难的改革中前进：一方面是柳暗花明的希望在招手，另方面是所谓社会失序、道德失范、心理失衡的转型阵痛在加剧，知识分子的自我教育任务比任何时期更为迫切。一些有识之士检讨了几十年来知识分子心身两方面所遭受的种种挫折与创伤,从而发现他们本身固有的弱点和病根,深感有强调宣传鲁迅当年的"立人"说和"拿来主义"之必要。他们一致认为,除了争取民族国家的独立、富强和民主,更应重视"人的个体生命的精神自由";个体生命本身更应"有辨别,不自私",对世界先进文化(包括自己传统文化的民主成分)加以"挑选"和"占有",以求有利于建立和巩固自身的新价值和新人格。已故诗人、教育家冯至先生在1945年抗日战争胜利前夕说过一段语重心长的话:"人们一旦从长年的忧患中醒来,还要设法恢复元气,向往辽远的光明,到那时,恐怕歌德对于全人类(不止是对于他自己的民族)还不失为最好的人的榜样里的一个。"这里说的是"最好的",不是可有可无的"榜样"。同时是说他是其中的"一个",不是说他是唯一的。正是这样看,半个世纪以后的我们(不止是我国的德语学者们)才热情呼吁要向歌德学习,并且提出"我们向歌德学习什么"这个问题。

　　歌德单纯作为一位作家,他的著述的广泛性及其丰硕成果远远超出常人的想象,仅就文学领域而言,其中没有什么部门他没有涉及,而他所创作的诗歌、小说、戏剧以至评论,更无一不取得世界文学史中的上乘地位。各国读者都会记得他的《浮士德》《伊菲日尼》《托夸托·塔索》《厄格蒙特》《铁腕革茨·柏利欣根》这些以光辉性格传世的戏剧;都会记得他的《威廉·麦斯特》《少年维特的烦恼》《诗与真》这些颂扬主体性、鞭挞软弱性格而有别于浪漫派、自然派和现代派的修养小说；更不会忘记他的自由出入一切格律、形式之间、几乎任何翻译家为之搁笔的鬼斧神工的抒情诗杰作。此外，他熟谙德语文学，通晓希腊、拉丁、英国和法国的主要文学成果，研究过波斯语诗集，晚年还试图了解印度文学和中国文学。歌德的文学知识，创作经验以及大量警句、箴言所包含的人生智慧，决不是一两篇纪念性文章说得完、写得透的。然而，在文学之外，他还对绘画、音乐、建筑等艺术部门有过精辟的论述；在文艺之外，他还在自然科学方面，包括岩石、云朵、色彩、植物、动物以及人体解剖等学科，都下过深湛的功夫。还值得一提的是，除了个人的研究和著述，他还对魏玛公国的科学文化事业（包括剧团领导、艺术教育等工作）以及其他政治、经济活动（以至征兵、开矿等远离文化的行政管理），都付出了大量的心力和体力。与这些奇迹般的业绩相对照，歌德不幸出生于十八世纪一个正在腐朽和解体的德国封建小邦，那是一个足以窒息任何才能和志向的、令人进退维谷的环境。在这样的环境，取得这样巨大的成就，不能不反映一个令人惊叹的奋斗过程。在这个奋斗过程中，不能不隐藏着一个伟人所以成为伟人的秘密。认识了这个秘密，我们就有充分的理由断定：与其说歌德没有战胜"德国的鄙俗气"，更应当说，"德国的鄙俗气"终于没有战胜歌德。

饱经二十世纪沧桑的中国知识分子不可能争取，也不必妄想达到与当年歌德相当的成就，但是决不因为难以望其项背而自惭形秽。无论如何，人类永远是在由蒙昧、错误、过失、挫折所组成的进化过程中前进。歌德所处的时代、环境及其必然的历史局限性与我们今天所具有的迥异，他作为大写的人，身上有些什么宝贵的精神财富仍然值得我们抽象继续，需要我们自己独立思考。笔者不揣涉猎孤陋，觉得下列几点曾经在歌德身上产生过辉煌效果的高尚品质，是我们按照自我教育的实践要求，应当认真学习，细致培养，并且永远身体力行的。

1. 不断奋进的人生态度。歌德有一条著名的箴言："在一切德行之上的是：永远努力向上，与自己搏斗，永远不满足地追求更伟大的纯洁、智慧、善和爱。"他的一生就是对这条箴言的实践过程，他的巨著《浮士德》的主旨也就在这里。其中永不停歇地无穷无尽地追求充实而圆满的人生的精神，宁愿从错误、危险和觉悟中摸索前进也不安于无所作为的精神，正是歌德为历代后人所发扬的现代精神。这也正是我们学习歌德的主线，同时也是我们沿着这条主线开发自身价值的第一步。

2. 无限的求知欲和对"最好"的追求。歌德在《浮士德》第一部让主角的助手瓦格纳说过这样一句话："我诚然知道很多，但我还想知道一切。"从这个配角的庸俗性格和迂腐倾向来看，这句话不过是对他的好高骛远的讽刺。但如移到主角浮士德身上，或者移到作者歌德身上，却可以闪现出豪迈的异彩，有他的业绩所体现的知识总和为证。与无限的求知欲相连的，是对"最好"的追求。"对于艺术家来说，如果没有最好的，就等于什么也没有。"——歌德这样说过，他也这样做到了。对于一般人来说，我们不可能知道"一切"，更不可能在一切方面达到"最好"的标准；但是，在充满艰难险阻因而不进则退的人生道路上，为了达到"立人"的目的，知其不可为而为之的尽其在我的精神却又是我们不可缺少的。

3.感情与理智的平衡。歌德的生活和创作一贯基于感性和直观，对抽象思辨抱着疏隔的态度。但是，他的敏感和多情从来没有发展成为沉迷与狂放，相反他处处讲求节制。首先，他在宁静而淡雅的古典艺术品面前，深感节制在创作过程中的必要，因为艺术的价值不在于宣泄，而在于凝练。引申开来，他更教导世人，人生的最高境界不在于像火山一样爆发，而在于像大海一样包容和持重。用通俗的话说，人逢顺境要节制，逢逆境则要忍耐，亦即保持感情与理智的平衡，这是可与各国智者的教诲相印证的。

4.从绝望中学习断念。人生从来不是一帆风顺，反之不如意事常八九，不断令人烦恼、沮丧以至绝望。歌德也不例外，他深深体验到绝望带来的种种痛苦；但他通过内心和身外的奋斗，往往能够从工作中得到解脱，并在事业中加深对自己和整个人生的理解。歌德常常惋惜，他的青年朋友中有不少才智之士对人生浅尝辄止，不幸堕入犬儒式的虚无主义，终于在否定精神的支配下无所作为，以致沉沦下去，针对一些在逆境中只会埋怨和咒骂的人，1812年他在魏玛所写的谚语集中,奉送过这样一句没有实际体会就根本无从理解的格言:"谁不能(承担)绝望,谁就一定活不下去。"同时,他又针对绝望提出了一个更高级的修养手段:断念。自从歌德在1821年出版的《威廉·麦斯特漫游岁月》,或称《断念者们》一书中,把"断念"同"爱"和"敬畏"一起,作为他所设想的"教育区"中儿童教育的主要内容以来,这个修养手段在更多德语作家笔下有了更多独特的形象的阐发。所谓"断念"决不是无可奈何的听天由命,而是自愿地、主动地、虽然不无痛苦地承受客观现实加于自身的种种艰辛和矛盾,并且自愿地作为人类整体的一分子,安于自己的痛苦地位,达到忘我境界,隐约感到美好与光明缓缓从自己内心流出。实际上,人们通过断念,可以磨炼自己的性格,使自己能够经受客观上的艰难险阻和主观上的烦恼、沮丧和绝望,继续保持自强不息、一往无前的精神,这不能不说是比节制和忍耐更为高级的、更值得刻苦钻研的一种修养手段。

5.责任感,事业心,为人类造福。以上几点大都限于个人修养,但不能因此误解歌德是一个自我完善者,或者一个道德家。从青年时代起,歌德一直听凭热情支配,不但表现在他的个人生活和写作上,还可见于他对神话、传说、历史中的反抗精神的仰慕上。随着自我教育日益深化,他越来越认识到在人生中,比热情更重要、更宝贵的是责任感。他明确地说:"那么,什么是你的责任呢? 当务之急。"托玛斯·

曼1930年曾经用这个简明的答案作为他的一本政治论说集的题目，足见歌德对于责任感的强调在德国知识界所产生的影响。歌德的责任感表现在多方面，或者是对人，或者是对自己。例如：为朋友魏玛公爵承担各种违反个人志趣的繁重的政务；与移居魏玛的知己席勒共同制定遭到年轻一代反对的复兴古典艺术的"魏玛艺术之友"纲领；同居十八年之后，公开与克里斯蒂涅·乌尔丕尤斯举行婚礼；经过六十年赶着在去世前夕把毕生巨著《浮士德》全部完成，等等。这些及其他事件的实际过程证明，歌德实现他的责任感，决不是敷衍塞责，因应人事，更不是自私地追求所谓"良心"的平安。他的责任感的严肃性在于和事业心相连，在于通过事业心而形成为人类造福的使命感。他的一生从没有为任何个人目的、成就、荣誉所滞留，而是为着一个即使超越个人能量和生存年限的伟大使命而永不停歇。人生从头到尾就是一个奋斗过程，这也正是《浮士德》这部巨著唯一的启示。浮士德在失望于美的理想的追求之后，产生了填海造田、为人民建立新的理想之邦的雄心壮志，即使双目失明，仍然在自己的想象中，仿佛听见自由人民建设新生活的声音，而不禁呼唤眼前的瞬间"停留下来"。尽管他为人类造福的理想自己没有实现，致使这部巨著只能以"悲剧"的形式传世，浮士德永远不满足于渺小的物质享受，永远不屈服于魔鬼的引诱，终于怀着那个高尚的使命和信念倒了下来：这条英雄主义的人生道路成为历代先进人类永远的楷模。

6.爱惜时间,力求化瞬间为永恒。对于怀有事业心、使命感并对人生短促有自觉性的人,时间是永远不够用的。因此,最愚蠢的行为莫过于对时间的抛荒和浪费。歌德真可称为著作等身的大家,他却从不以倚马可待的天才自居,那么他是如何爱惜时间,也就不言而喻了。值得一提的是为儿子题写时间警句的逸事:奥古斯特·瓦尔特读到作家让·波尔的一则打油诗:"人生只有两分半钟,一分钟微笑,一分钟叹息,半分钟去爱,然后在这半分钟死去。"他爱不释手,便把它抄在纪念册上;歌德看了,便在它后面添写了这样几句:"一小时有六十分钟,一天有一千多分,孩子,你要知道,一个人能够做多少事情。"

7.对混乱、暴力、革命的态度。歌德一生厌恨各种形式的混乱和暴力。法国大革命期间,巴士底尔被攻陷之后,德国著名知识分子席勒、赫尔德、克洛卜斯托克等人发出热情的欢呼,歌德却采取怀疑、保留以至冷淡的态度,明确宣称他不是法国革命的朋友。同代人和后人曾经以反对革命为口实而谴责他,看来不免知其一未睹其二了。须知歌德同时也不是专制统治的朋友,更不承认自己是现行制度的朋友,因为时代在前进,人间事物每过五十年都会改弦易辙,不会永久不变。歌德所以不同情用暴力来消除政治弊端,根本上取决于这样一个信念:人类社会的所有变革和自然界一样,应当通过进化来完成。在二十世纪进步知识分子中间,歌德这种以进化代替革命的历史观是难以得到认同的,因为革命作为社会制度的基本变革形式在人类发展史中毕竟不可避免,有时甚至是必要的;但是,具体的革命过程是否需要暴力,从策略上说,在革命阵营内部也经常发生分歧,至于以"革命"之名行动乱之实的社会行为,明智人士从公益视角出发,就更不会以为然了。

8.爱国主义。歌德生前还被责备为不关心政治,以至不爱国。这是指他在普奥联合反拿破仑的战争进程中所持的超然态度。歌德还曾告诫青年诗人,一旦打算发挥政治影响,"他就不成其为诗人了",这也被一些人作为"为艺术而艺术"的主张而加以反对。这些是非自有公论,此处毋庸细述。重要的是歌德同时向爱克曼所讲的一段政治遗言:"……诗人作为一个人和公民是会爱自己的祖国的……到底怎样才叫做爱自己的祖国呢?如果一个诗人终生不渝地致力于同有害的偏见作斗争,清除狭隘的观念,启迪人民的心智,净化他们的趣味,其情操与思想趋于高尚。试问他还能怎样更爱国呢?"的确,谁还能比这样身体力行而且产生如此丰硕成果的歌德更爱他的祖国呢?

9.晚年客观地看待自己。歌德尽管一生取得奇迹般的成就,却从没有把自己看成什么"超人",始终客观地认为自己得益于时代和环境,这些观点均见于晚年与爱克曼的谈话中。例如,一八二四年二月二十五日,他说:"我出生的时代对我是个大便利。当时发生了一系列震撼世界的大事,我活得很长,看到这类大事一直在接二连三地发生。对于七年战争、美国脱离英国独立、法国革命、整个拿破仑时代、拿破仑的覆灭以及后来的一些事件,我都是一个活着的见证人。"一八三二年二月十七日,他说得更坦率、更明确:"在我的漫长的一生中,我确实做了很多工作,获得了我可以自豪的成就,但是说句老实话,我有什么真正要归功于我自己的呢? 我只不过有一种能力和志愿,去看去听,去区分和选择,用自己的心智灌注生命于所见所闻,然后以适当的技巧把它再现出来,如此而已。我不应把我的作品全归功于我的智慧,还应归功于我以外向我提供素材的成千成万的事情和人物。"我们由此感奋地认识到,歌德决不认为自己是不可企及的,他不过一直不遗余力地试图达到普通世人可能攀登的最高台阶,从而极大地增强我们对于自己的人生道路的信心和勇气。

10. 歌德所从事的工作超出个人的能量和生存年限,需要一代又一代的接力者。三十五岁的席勒一七九四年在耶纳一次自然科学讨论会上与歌德交谈过原始植物问题之后,给四十五岁的歌德写过一封为此后十年的友谊奠定基础的长信。其中谈到这样三点:一、歌德毕生寻求自然界中的必然性,试图用整个自然大厦的材料按照遗传学方式建造万物中最复杂的机体即人;二、这个从自然界仿造人的构想,诚然富于英雄气概,但从歌德的出身来说,却又是一条任何意志软弱者都会回避的最艰难的道路；三、这是因为为此而必需的希腊精神被扔在北方世界中，歌德如不甘成为一个北方艺术家，便得借助思想的力量来弥补现实拒绝提供的想象力，这无异于从内部按照一条理性途径分娩出一个希腊来。歌德以赞同而又感激的心情给席勒写了回信，其中写道："我所从事的工作远远超出个人的能量和生存年限，我想把某些部分寄放在你名下，好让它们不单得以保存，还能充满生机。如果我们更亲近一些，你会发现我身上有某种朦胧和犹豫，尽管我清醒地意识到，却也无从控制，因此你将亲自看到，你的关怀对我是大有助益啊。"席勒所说的歌德所从事的工作并不纯粹属于自然科学，仍不过是试图按照自然界由简单到复杂的发展规律，通过文化途径促进人性的改善。在歌德看来，文化就是第二种自然，文化史就是人类从自然状态的动物成为世界改造者和历史创造者的进化过程。这两位大诗人建交以后，歌德节制了席勒对于哲学玄思的爱好，席勒则帮助歌德把他对自然科学的热情转移到文学创作上来。于是，和谐、自我完善、致力于真善美、以古代为楷模被肯定为高尚的安适自在的新文化的基础。然而，真正按照自然进化规律仿造人，这个远大理想又谈何容易？歌德生前显然不可能也没有祈求实现，充其量像席勒所说，不过开辟了一条道路，虽然远比在别的道路上走到终点更有价值。在歌德没有走完的道路上，当代世界各地的接力者们，包括二十一世纪的中国健儿们，将以更迫切的心情、更清醒的头脑、更坚决的步伐继续坚持走下去。他们的实际目标虽已从"按自然规律仿造人"改换成"首在立人"的"新宗"，但对新人类具有确信，则是和歌德完全一致的。

以上正是肩负"立人"使命的中国知识分子值得向歌德学习的几个重点。这些重点内容作为歌德精神的一部分，虽然知易而行难，却并不疏隔于我们固有的精神血脉，例如鲁迅的道德文章。事实上，学习歌德精神和继承鲁迅的战斗传统本来是一致的，是可以相互补充、相互发明的，这也是我们容易走向歌德的原因之一。歌德逝世一个半世纪以来，由于世界变化太大，对他的评价和议论纷然杂呈，莫衷一是。除所谓"德国鄙俗气"征服了歌德这个常见观点外，有的认为在这位满面春风、彬彬有礼的君子后面，躲着一个忧伤的悲观主义者，有的把乐观、坚定的奋斗者的形象换成一个苦恼的怀疑主义者，以至在他的青年同胞中间一再发出"告别歌德"、"抛弃歌德"的呼声。十九世纪下半叶的歌德和二十世纪末的鲁迅竟然遭到相似的命运，不能不令人在感慨之余加以深思。尽管施彭格勒断言西方已经没落，汤因比把人类的希望寄托在东方文化上，近年来更出现了"文化冲撞"的怪论，而歌德为世界公民所发扬的人文主义理想，在世界各国的接力者们心中永远不会磨灭，并在目前令人惶惑的喧哗与骚动中，日益放射出镇定人心、鼓舞人心的光辉。中国知识分子要实现"立人"的宏愿,从其身内外、境内外将会遇到的阻力来看,其艰难程度较之当年歌德征服"德国鄙俗气"有过之无不及,但同时我们也比歌德有更多后来居上的便利要件,包括更广阔的活动空间、更深刻的经验教训,以及更可检验自己的能量的机遇和风险。只要我们保持不可或缺的自觉性和坚韧性,永远努力向上,不断超越自我,防止满足和停顿,抵制因循苟且和低落消沉,同时注意保持平衡和稳妥,防止形而上学的片面和偏激或偏废——这样必将在人的价值的认识、开发和运用上有所长进,并对自己的人民、民族和整个人类作出应有的贡献。

简评

实事求是地说,学习歌德是一个具有世界意义的问题,它的触角可以延伸到社会与自然的方方面面。甚至,歌德洞悉大自然就像是自然的代言人,以至于大诗人海涅这样评价歌德在对自然认识上的与众不同:"歌德本身是自然的镜子。自然要知道它自己是什么样子,于是创造了歌德。自然的思想,意图,他都能给我们反映出来。"恩格斯有一段评价歌德的经典文字,"在他心中经常进行着天才诗人和法兰克福市议员的谨慎的儿子、可敬的魏玛的枢密顾问之间的斗争;前者厌恶周围环境的鄙俗气,而后者却不得不对这种鄙俗气妥协,迁就。因此,歌德有时非常伟大,有时极为渺小;有时是叛逆的、爱嘲笑的、鄙视世界的天才,有时则是谨小慎微、事事知足、胸襟狭隘的庸人。连歌德也无力战胜德国的鄙俗气;相反,倒是鄙俗气战胜了他;……他的气质、他的精力、他的全部精神意向都把他推向实际生活,而他所接触的实际生活却是很可怜的。他的生活环境是他应该鄙视的,但是他又始终被困在这个他所能活动的唯一的生活环境里。歌德总是面临着这种进退维谷的境地，而且愈到晚年，这个伟大的诗人就愈是 de guerre lasse（疲于斗争），愈是向平庸的魏玛大臣让步。……我们并不是责备他做过官臣，而是嫌他在拿破仑清扫德国这个庞大的奥吉亚斯牛圈的时候，竟能郑重其事地替德意志的一个微不足道的小宫廷做些毫无意义的事情和寻找 menus plaisirs（小小的乐趣）"（见恩格斯《诗歌和散文中的德国社会主义》）。

　　应该说这是关于歌德一段最经典的评价。恩格斯这样实事求是辩证客观地评价歌德，说了歌德不少的"坏"话，但这并无损于我们对歌德的喜爱，反倒更觉可亲。因为他不是神，而是人，是人就有弱点，这是很正常的。"我们决不是用道德的，党派的观点来责备歌德，而只是从美学和历史的观点责备他。""歌德在德国文学中的出现是由这个历史结构所安排好了的。"如今，遍布全球的歌德学院和孔子学院是分别由德、中两国为推动各自的语言、文化在世界各地传播而由官方举办的文化机构。然而在此之前，早在18、19世纪之交，歌德已经将目光投向了孔夫子。此后，他更是通过小说、诗歌等接触了中国文学。而歌德逝世后的100年内，他的文学在中国文学从传统走向现代的过程中起到了不可忽视的作用。德国人把歌德称为"魏玛的孔夫子"，主要是为了说明歌德的伟大及其对后世影响的深远，但另一方面，我们也可借此说法以表明歌德与中国之间不可忽视的渊源。歌德之所以会把关注的目光投向遥远的中国，与欧洲在启蒙运动前后兴起"中国热"这一背景密不可分。在16、17世纪，从欧洲到中国海上航路的开辟，使中西文化交流出现高潮，基督教传教士成为传播中国文化的主要媒介。儒家"四书"以及多种中国戏剧、小说、诗歌被介绍到欧洲。对歌德影响最为深刻的中国书籍则是文学作品。他在创作中明显受到中国文学影响的有两部作品：一是在1781年将《赵氏孤儿》改编为悲剧《哀兰伯诺》，但这个悲剧只写了两幕，未完成；二是在1827年，歌德在读《花笺记》和《玉娇梨》两部小

我们向歌德学习什么

说以及《百美新咏》中的一些诗歌的同时,写作了组诗《中德四季晨昏杂咏》。毫无疑问这足以说明,中国传统文化在歌德的心中留下了很深的影响。

歌德一生,真正实现了一个人从有限向无限,向一个伟大的人生长。他的一生很多细节都可堪琢磨和学习,他能给这尘世中任何一个走向他的人以真正的榜样与启示。比如,歌德常常惋惜,他的青年朋友中有不少才智之士对人生浅尝辄止,不幸堕入"犬儒"式的虚无主义,终于在否定精神的支配下无所作为,以致沉沦下去,对人、对社会表现出极度的冷漠,进而变得玩世不恭,看透了一切,追逐所谓绝对的个人自由。就是在今天,这种犬儒主义的所作所为依然时有所见。报载:北京大学某学者说,堵车让他感到欣慰,因为堵车是繁荣的标志;某灾难经济学家说,灾难对于经济发展是有利的,可以拉动内需……。大概可以说这就是歌德所指的犬儒主义的"极度的冷漠"。歌德活了83岁,经历了一个生命所有该遇到的一切,也明白洞悉人生各种智慧。他在《浮士德》中道出了很多深刻的人生洞见:"上帝之所以会和魔鬼赌,是因为他知道,人在努力地时间内,总不免要走些迷途。"同时上帝又确信:一个善人在他阴暗的冲动中,总会意识到正当的道路。所以上帝愿意给人一个伴侣,用他刺激他,以魔鬼的身份工作。代表"恶"与否定精神的魔鬼并不是一无是处,它随时都起着刺激"善"更为积极努力的作用。歌德借助魔鬼的口味、魔鬼所下的定义,也证明了他的思想超出了宗教的局限:"我是那力量的一部分,它永远愿望恶而永远创造了善。"歌德在《浮士德》最后对情感做出总结:"人生种种无常,无非是个比方;永恒的理性,带领我们向上。"歌德找到人生的正道是:"谁要伟大,必须聚精会神,在闲置中才能显出来身手,只有法则能给我们自由。"并借助天使之口,说出了人类自救的就是:"自强不息。"

中国知识分子应该向歌德学习什么？感谢绿原！全面、深刻地回答了这个问题，我们也更多地认识了歌德。鉴于此，我们也应该向绿原先生学习。

一

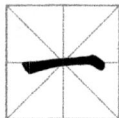

本令人不安的书

◇ [苏联]高尔基

本文选自高尔基《高尔基短篇小说选》(湖南文艺出版社1996年版)。玛克西姆·高尔基,苏联无产阶级作家,社会主义现实主义文学的奠基人。1892年发表处女作《马卡尔·楚德拉》,登上文坛。1901年他创作了著名的散文诗《海燕之歌》。

我不是一个小孩子,我40岁啦,的确是这样!我知道生活,正像知道自己手掌上和两颊上的皱纹一样,没有什么东西可以教导我,也没有什么人可以教导我。我有家庭,为了使得这个家庭幸福,我弯腰曲背了20年,的确是这样,先生!弯腰曲背——这可不是一件特别轻松的,而且还是一件最不愉快的职业。但是,这是过去的事,并且早已过去了。现在我想摆脱开生活的操劳好好休息一下——这就是我要您了解的。我的先生!

休息的时候,我喜欢读书。读书——对于一个有文化教养的人来说,是种高尚的享受。我珍视书籍,读书是我的癖好。但我决不因此就属于那些古怪的人物之列,那些人好像饥饿的人抢面包一样,可以向任何一本书扑过去,他们想从每本书里找到某些新的词句,盼着从中得到如何生活的指示。

我知道应该怎样生活,我知道,先生……

我是有选择的,只读那些写得非常热情的好书。我喜欢作者善于显示生活的光明面,并且把不愉快的事情描写得那么出色,使你在享受着调料的美味时,不会再去想到烧肉的美质。书籍应该使我们这些劳碌终生的人感到慰藉,它应该安抚我们。这就是我要向您说的,我的先生! 安静的休息——这是我的神圣的权利,——谁敢说不是这样的呢?

喏,先生,有一次,我买了一位新近大受赞赏的作家的书。

我买了这本书,怀着喜爱的心情把它带回家。晚上,我小心翼翼地裁开书边,就开始阅读。应该说——我是带着提防的态度去读这本书的。我不相信这些年轻的、讨人喜欢的和异样的天才。我喜欢屠格涅夫——这是一位沉静的、温和的作家。读他的作品,就像喝浓牛奶,读着读着就会想到:"这已是很久以前的事啦,这一切都早已过去,早已经历过了!"我也喜欢冈察洛夫——他写得平心静气,内容充实而又令人信服……

但是,我读着读着……这是怎么一回事。美丽、精确的语言,公正的态度,还加上写得那样平稳——真是好极啦! 我读了一篇短小的短篇小说,合上书本,就开始思考起来……印象是凄切的,但是读起来倒用不着担惊受怕。您知道,没有什么对富有的人讲的生硬的、模棱两可的话,没有什么想把小兄弟当作一切美德和理想化身的典范来描写的意图,也没有什么粗鲁无礼的地方,一切都很朴素,都很亲切……。我又读了一个短篇,真好,真好! 好极了! 还有……是说,当一个中国人想要毒死一个不知道为了什么而使他讨厌的好朋友时,这个中国人就请他吃生姜做的糖酱。他怀着非言语所能形容的快乐,一个劲儿地吃着那种好极了的美味的糖酱,直到某一个时刻到来为止。当这"某一时刻来到时,这个人就突然倒下去,于是一切也就完结了!他永远不,并且什么都不想吃了,因为他本人已经准备去做坟墓里蛆虫的食粮了"。

这本书写的就是这样一些情形——我不停地读着它。上了床我还在读,等到读完了,我就熄灯,准备睡觉。我静静地伸直身子躺着。周围是一片黑暗、寂静……

突然间,您知道,我感觉到有某种异常的现象——我开始觉得好像有几只秋天的苍蝇,带着轻微的嗡嗡声,在黑暗中,在我的头顶上飞着,转来转去,——您知道这些纠缠不休的苍蝇吗? 它们有时会突然停在你的鼻子上,你的两耳上,你的下巴上。它们的脚爪,特别刺得皮肤痒呵呵的……

我睁开眼睛——什么都没有,但在我的心里面——好像有着某种模糊的和不愉快的东西。我不禁回想起我刚读过的东西,那些人物的阴暗的形象就呈现在我的眼前……这都是些萎靡的、静静的、没有血色的人，他们的生活——是不合理的、无聊的。

我睡不着……

我开始想：我活了40年，40年，40年。我的胃消化不良。妻子说我——哼！——说我已经不像五年前那样热烈地爱她了……儿子是个笨蛋，学业成绩糟糕透了，人又懒惰，只喜欢溜冰，读些愚蠢的书……应该瞧一瞧，这是些什么书……学校，这是个折磨人的机关，把孩子教得都不成样子了。妻子的眼睛下面已经有了皱纹，她也是那一套……至于我的差事，假如正确地加以论断的话，那就是全然的愚蠢。总之，假如正确地加以论断的话，那么我全部的生活就是……

这时，我抓住了我想象的缰绳，又重新睁开我的眼睛。这是怎么一回事呀？

我一看——有一本书站在我的床边。它那样干枯、消瘦，用细长的两腿站着，摇晃着小小的脑袋，似乎对我所想的表示赞同，并且借着翻动书页的轻微的窸窣声向我讲道：

"你正确地加以论断吧……"

它的面孔那样长，狂暴而又忧愁，两只眼睛明亮地闪着苦痛的光芒，穿透着我的心灵。

"你好生想想吧，想想吧：你为什么活了40年？在这段时间当中，你给生活做了什么贡献？在你的头脑里面就从没有产生过一个新鲜的思想，在这40年当中你也没有讲过一句有独到见解的话……你的

一本令人不安的书

101

心胸里面从来没有充满过健康而有力的感情，甚至当你已经爱上一个女人之后，你也一直还在这样想着：她对于你是不是一个合适的妻子呢？你一半的生活是在学习，另一半生活——就随之忘记掉你所学到的东西。你永远只关心着生活的舒适、温饱……你这个微不足道的平庸的人，你是个谁都不需要的多余的人。你死了以后，将留下什么呢？就好像你从来没有活过一样……"

这本该诅咒的书，就向我闯过来，扑在我的胸口上，紧压着我。它的书页战抖着，拥抱住我，并对我细语道：

"像你这样的人，——在世界上有成千成万。你一生就像蟑螂一样蹲在自己的温暖墙缝里，因此，你的生活就这样无聊而平凡。"

我倾听着这些话，感到好像有谁把细长而又冰冷的手指伸进我的心里，在那里面挖着，我感到闷气、难过、惶惶不安。在我看来，生活对于我从没有特别明朗过，我看着它，就好像看着已经成为我习以为常的义务似的……可是讲得更正确一些，我从没有看着它……我活着，——这就行了。可是现在这本荒谬可笑的书，却把生活涂上了一种无聊得难以忍受、灰暗得令人不胜烦恼的色彩。

"人们在受苦受难，他们有所要求，他们有所向往，而你却在当官差……你干吗要当差？所为何来？当这种官差有什么意义？你自己既不能从中找到什么满足，它也不能给旁人什么好处……你为什么活着？……"

这些问题咬着我，啃着我，我无法入睡。而人是必须睡觉的啊，我的先生！

书中的那些人物又从书页里看着我，问道：

"你为什么活着？"

"这不关你们的事！"我本想这样讲，但我又不能这样讲。这时，一阵阵沙沙声、细语声在我的耳朵里响着。我觉得，这是生活海洋的巨浪托起了我的床，把它和我一齐带到一处无边无涯的地方；并且还摇晃着我，对以往岁月的回忆，引得我患了一种类似晕船的病……我从来没有经历过如此不得安宁的夜，我向您发誓，我的先生！

"我还要问您！书这样烦扰人，不让人安眠，这样的书对人有什么好处呢？书应该使我振奋精力；假如它把尖针撒在我的床上，——请问，这样的书我要它干吗？这一类的书应该禁止发行，——这就是我要说的，我的先生！因为人需要愉快，而不愉快的事情人自己也会创造的……。"

这一切是怎样结束的呢？简单之至，先生！您知道，清晨，我凶神恶煞地从床上爬起来，拿着这本书，把它带到装封面的工人那里去。

他为我装——了一——个——封面！这封面是坚固而又沉重的。现在那本书放在我的书柜的最下一层上，我高兴的时候，就用皮靴的尖头轻轻地踢踢它，问它道：

"怎么样，你胜了吗，啊？"

简评

　　十月革命胜利之后的十年间，高尔基因身体欠佳，仅写了关于列宁及一些作家的独具艺术风格与重要文献价值的回忆录及自传体三部曲的最后一部《我的大学》。作为无产阶级文学的奠基人，高尔基出生于贫苦家庭，幼年丧父，11岁即为生计在社会上奔波，贫民窟和码头成了他的"社会"大学的课堂。高尔基刻苦自学文化知识，并积极投身革命活动，探求改造现实的途径。长达10年的国外养病生活，回来之后，除了创作史诗般的长篇小说《克里姆·萨姆金的一生》，还撰写了大量的有关文艺理论、文学批评和政论的文章，对马克思主义文艺理论和社会主义文化事业做出了重大贡献。

　　《一本令人不安的书》是无产阶级文学之父，在回顾自己不平凡经历之后，告诉人们读书的种种道理。对于一个有文化修养的人来说，读书是一种高尚的享受；对于一个有人生品位的人来说，读书是一种独特的乐趣；对于一个有理想信念的人来说，读书是一种进步的方式。爱读书的人知道，当我们工作、学习了一天，心情紧张，拿起一本书，仔细阅读，也是一种享受；当我们伤心、失落的时候，阅读一本书，也能从中得到释放；当我们受到打击或者是失败的时候，阅读一本书，也许可以帮助我们走出困境，让我们得到体会和启示。热爱读书吧！阅读一本好书，让我们感受到生命的真谛，大自然的美丽；让我们体会到春天里小草的坚强，夏日里太阳的热情，秋天里收获的喜悦，冬日里家的温暖。

　　20世纪在中国的土地上成长起来的著名作家洪烛先生回顾自己童年时期的文学启蒙时说："……比较而言(指鲁迅)，高尔基的灵魂纵然远在异国，但因为有其小说自传体三部曲的娓娓述说，似乎更为亲切。《童年》《在人间》《我的大学》，有多少中国孩子因之而了解到一位外国男孩儿成长的经历。"一代文豪就是这样成长起来的，他的苦难经历不仅成就了自己文学事业的辉煌,而且鼓舞了多少中国孩子。

世纪老人冰心说过:"读书好,好读书,读好书。"这是一句至理名言。读一本好书,可以使心灵充实,使之明辨是非,使人有爱心和文明行为、礼仪规范;而读一本坏书,则使人心胸狭窄,使人不知羞耻,使人自私残暴。高尔基在苏联的文学史上占有重要的地位,列宁称他是"无产阶级艺术的最杰出的代表人物"。人生的历练才是他成长的道路,读书之外,底层社会的煎熬教会了他学会生活。他出生在沙俄时代的一个木匠家庭,他只读过两年小学,10岁时就走入了冷酷的"人间"。高尔基当过学徒,搬运工人,守尸人,面包师……还两度到俄国南方流浪,受尽了苦难生活的折磨。但他十分喜欢读书,在任何情况下,他都要利用一切机会,扑在书上如饥似渴地读着。正如他自己所说:"我扑在书上,就像饥饿的人扑在面包上一样(右手向前)。"

为了读书,高尔基受尽了屈辱。10岁时在鞋店当学徒,没有钱买书,就到处借书读。那时的学徒,实际上就是奴仆:上街买东西、生炉子、擦地板、砍柴挑水、洗菜带孩子……每天,高尔基都要从早晨干到半夜。但是,在劳累一天之后,高尔基总会用自制的小油灯,坚持读书。老板娘禁止高尔基读书,还到阁楼上搜书,搜到书就撕碎。因为读书,高尔基经常要遭受老板娘的毒打。但是,为了看书,高尔基忍受住了这一切,哪怕是再可怕的毒打,也无法浇灭高尔基如痴如醉的读书热情。高尔基说过:"假如有人向我提出用棍棒打我一顿就可以读书,那我也愿意接受!"还有一次,高尔基的房间失火了,他首先抱起的是书籍,其他任何东西都没考虑,为了抢救书籍,他险些被烧死!

正因为高尔基坚持如饥似渴地读书,厚积薄发,他才写下了大量经典的文学巨著。他的成长经历告诉世人:高尔基就是这样争分夺秒地读书、写作,成就了一位伟大的文学家。1898年,30岁的高尔基将自己的两卷集《随笔与短篇小说》寄给"短篇小说巨匠"契诃夫,很快就收到回信:"您确实有才气,而且是真正的、巨大的才能。例如您的《草原上》这篇作品就表现出非凡的天才。"托尔斯泰也很喜欢《草原上》,赞扬高尔基是"出色的作家"。这一切都离不开读书。

　　高尔基不平凡的人生经历是不能轻易复制的,但高尔基读书时的"不安"或许会给我们带来启发。因为对于他来说,"每一本书都像一个小小的阶梯,我沿着它向上爬,这就从兽类上升到人类,上升到美好的生活的境界和对这种生活的渴求"。

狞

厉 的 美

◇ 李泽厚

以饕餮为代表的青铜器纹饰具有肯定自身、保护社会、"协上下"、"承天休"的祯祥意义。那么，饕餮究竟是什么呢？这迄今尚无定论。唯一可以肯定的是，它是兽面纹。是什么兽？则各种说法都有：牛、羊、虎、鹿、山魈……本书基本同意它是牛头纹。但此牛非凡牛，而是当时巫术宗教仪典中的圣牛。现代民俗学对中国西南少数民族的调查表明，牛头作为巫术宗教仪典的主要标志，被高高挂在树梢，对该氏族部落具有极为重要的神圣意义和保护功能。它实际是原始祭祀礼仪的符号标记。这符号在幻想中含有巨大的原始力量，从而是神秘、恐怖、威吓的象征，它可能就是上述巫、尹、史们的幻想杰作。所

本文节选自李泽厚《美的历程》（安徽文艺出版社1999年版）。李泽厚，当代中国著名哲学家、美学家、思想史家。代表作有《美学论集》《美的历程》《批判哲学的批判》《中国古代思想史论》《华夏美学》《美学四讲》等。

以,各式各样的饕餮纹样及以它为主体的整个青铜器其他纹饰和造型、特征都在突出这种指向一种无限深渊的原始力量,突出在这种神秘威吓面前的畏怖、恐惧、残酷和凶狠。你看那些著名的商鼎和周初鼎,你看那个兽(人?)面大钺,你看那满身布满了雷纹,你看那与饕餮纠缠在一起的夔龙夔凤,你看那各种变异了的并不存在于现实世界的各种动物形象,例如那神秘的夜的使者——鸱枭,你看那可怖的人面鼎……它们远不再是仰韶彩陶纹饰中的那些生动活泼愉快写实的形象了,也不同于尽管神秘毕竟抽象的陶器的几何纹样了。它们完全是变形了的、风格化了的、幻想的、可怖的动物形象。它们呈现给你的感受是一种神秘的威力和狞厉的美。它们之所以具有威吓神秘的力量,不在于这些怪异动物形象本身有如何的威力,而在于以这些怪异形象为象征符号,指向了某种似乎是超世间的权威神力的观念;它们之所以美,不在于这些形象如何具有装饰风味等等(如时下某些美术史所认为),而在于以这些怪异形象有雄健线条,深沉凸出的铸造刻饰,恰到好处地体现了一种无限的、原始的,还不能用概念语言来表达的原始宗教的情感、观念和理想,配上那沉着、坚实、稳定的器物造型,极为成功地反映了"有虔秉钺,如火烈烈"(《诗·商颂》)那进入文明时代所必经的血与火的野蛮年代。

人类从动物开始。为了摆脱动物状态,人类最初使用了野蛮的、几乎是动物般的手段,这就是历史真相。历史从来不是在温情脉脉的人道牧歌声中进展,相反,它经常要无情地践踏着千万具尸体而前行。战争就是这种最野蛮的手段之一。原始社会晚期以来,随着氏族部落的吞并,战争越来越频繁,规模越来越巨大。中国兵书成熟如此之早,正是长期战争经验的概括反映。"自剥林木(剥林木而战)而来,何日而无战?大昊之难,七十战而后济;黄帝之难,五十二战而后济;少昊之难,四十八战而后济;昆吾之战,五十战而后济;牧野之战,血流漂杵。"(罗泌《路史·前纪卷五》)大概从炎黄时代直到殷周,大规模的氏族部落之间的合并战争,以及随之而来的大规模的、经常的屠杀、俘获、掠夺、奴役、压迫和剥削,便是社会的基本动向和历史的常规课题。暴力是文明社会的产婆。炫耀暴力和武功是氏族、部落大合并的早期宗法制这一整个历史时期的光辉和骄傲。所以继原始的神话、英雄之后的,便是这种对自己氏族、祖先和当代的这种种野蛮吞并战争的歌颂和夸扬。殷周青铜器也大多为此而制作,它们作为祭祀的"礼器",多半供献给祖先或铭记自己武力征伐的胜利。与当时大批杀俘以行祭礼完全吻合同拍。"非我族类,其心必异",杀掉甚或吃掉非本氏族、部落的敌人是原始战争以来的史实,杀俘以祭本氏族的图腾和祖先,更是当时的常礼。因之,吃人的饕餮倒恰好可作为这个时代的标准符号。《吕氏春秋·先识览》说:"周鼎著饕餮,有首无身,食人未咽,害及其身。"神话失传,意已难解。但"吃人"这一基本含义,却是完全符合凶怪恐怖的饕餮形象的。它一方面是恐怖的化身，另方面又是保护的神祇。它对异氏族、部落是威惧恐吓的符号；对本氏族、部落则又具有保护的神力。这种双重性的宗教观念、情感和想象便凝聚在此怪异狞厉的形象之中。在今天看来是如此之野蛮，在当时则有其历史的合理性。也正因如此，古代诸氏族的野蛮的神话传说，残暴的战争故事和艺术作品，包括荷马的史诗、非洲的面具……尽管非常粗野，甚至狞厉可怖，却仍然保持着巨大的美学魅力。中国的青铜饕餮也是这样。在那看来狞厉可畏的威吓神秘中，积淀着一股沉没的历史力量。它的神秘恐怖正只是与这种无可阻挡的巨大历史力量相结合，才成为美——崇高的。人在这里确乎毫无地位和力量，有地位的是这种神秘化的动物变形，它威吓、吞食、压制、践踏着人的身心。但当时社会必须通过这种种血与火的凶残、野蛮、恐怖、威力来开辟自己的道路而向前跨进。用感伤态度便无法理解青铜时代的艺术。这个动辄杀戮千百俘虏、奴隶的历史年代早成过去，但代表、体现这个时代精神的青铜艺术之所以至今为我们所欣赏、赞叹不绝，不正在于它们体现了这种被神秘化了的客观历史前进的超人力量吗？正是这种超人的历史力量才构成了青铜艺术的狞厉的美的本质。这如同给人以恐怖效果的希腊悲剧所渲染的命运感，由于体现着某种历史必然性和力量而成为美的艺术一样。超人的历史力量与原始宗教神秘观念的结合，也使青铜艺术散发着一种严重的命运气氛,加重了它的神秘狞厉风格。

同时,由于早期宗法制与原始社会毕竟不可分割,这种种凶狠残暴的形象中,又仍然保持着某种真实的稚气。从而使这种毫不掩饰的神秘狞厉,反而荡漾出一种不可复现和不可企及的童年气派的美丽。特别是今天看来,这一特色更为明白。你看那个兽(人)面大钺,尽管在有意识地极力夸张狰狞可怖,但其中不又仍然存留着某种稚气甚至妩媚的东西么? 好些饕餮纹饰也是如此。它们仍有某种原始的、天真的、拙朴的美。

所以,远不是任何狰狞神秘都能成为美。恰好相反,后世那些张牙舞爪的各类人、神造型或动物形象,尽管如何夸耀威吓恐惧,却徒然只显其空虚可笑而已。它们没有青铜艺术这种历史必然的命运力量和人类早期的童年气质。

社会愈发展,文明愈进步,也才愈能欣赏和评价这种崇高狞厉的美。在宗法制时期,它们并非审美观赏对象,而是诚惶诚恐顶礼供献的宗教礼器;在封建时代,也有因为害怕这种狞厉形象而销毁它们的史实。"旧时有谓钟鼎为祟而毁器之事,盖即缘于此等形象之可骇怪而致。"恰恰只有在物质文明高度发展,宗教观念已经淡薄,残酷凶狠已成陈迹的文明社会里,体现出远古历史前进的力量和命运的艺术,才能为人们所理解、欣赏和喜爱,才成为真正的审美对象。

简评

　　李泽厚先生以重实践、尚"人化"的"客观性与社会性相统一"的美学观卓然成家。20世纪80年代以来,李泽厚不断拓展其学术论域,引领思想界在启蒙的路径上艰辛前行。2010年2月,美国最权威的世界性古今文艺理论选集《诺顿理论与批评文选》第二版,收录了李泽厚《美学四讲》"艺术"篇中的第二章"形式层与原始积淀"。这套文集由柏拉图的论著选起,一直选到当代。李泽厚是进入这套一直由西方理论家统治的文论选的第一位中国学人。

　　《狞厉的美》选自李泽厚先生另一部重要的书——《美的历程》。本书是对"中国数千年的文学艺术所做的鸟瞰式的宏观美学把握,提出了诸如'龙飞凤舞''狞厉的美''儒道互补''楚汉浪漫主义''人(文)的觉醒'等重要观念,发前人之所未发"。全书共分十章,每一章评述一个重要时期的艺术风神或某一艺术门类的发展。它并不是一部一般意义上的艺术史著作,重点不在于具体艺术作品的细部赏析,而是以人类学本体论的美学观把审美、艺术与整个历史进程有机地联系起来,点面结合,揭示出各种社会因素对于审美和艺术的作用和影响,对中国古典文艺的发展做出了概括性的分析与说明。全书用一种简略而又丰富的线条,勾勒出了从8000年前的远古到清代这一漫长岁月中出现的主要文艺现象,而且把这一文艺现象放在一种深厚的文化传统和思想的基础之上,写的是文艺,让人感到的却是一种文化的深邃,精神的丰富。李泽厚《美的历程》的精彩,很大程度上,就在于他从不断流变的历史现象中,从丰富多样的艺术类型中,去揭示一种共同的民族精神和人类心灵。冯友兰先生曾如此称赞这部书:"它是一部大书,是一部中国美学和美术史,一部中国文学史,一部中国哲学史,一部中国文化史。这些不同的部门,你讲通了。死的历史,你讲活了。"

李泽厚先生思想的一些主要基点，都是在这本书中得到美的阐述的，例如影响很大的"积淀"说。原始彩陶图案为什么从具象演化为抽象呢？在李泽厚看来，这是从内容向形式的积淀，是人的实践的积淀使艺术形式成了有"意味的形式"。李泽厚先生认为"美是感性与理性，形式与内容，真与善，合规律与合目的的统一"。从宏观角度鸟瞰中国数千年的艺术、文学，并做了描述概括和整体美学把握。其中提出了诸如原始远古艺术的"龙飞凤舞"和殷周青铜器艺术的"狞厉的美"，先秦理性精神的"儒道互补"，楚辞、汉赋、汉画像石之"浪漫主义"，"人的觉醒"的魏晋风度，六朝、唐、宋佛像雕塑，宋元山水绘画以及诗、词、曲各具审美三品类，明清时期小说、戏曲由浪漫而感伤而现实之变迁等重要观念，"它们展示的不正是可以使你直接感触到这个文明古国的心灵历史么？"

《美的历程》是一本很难"归类"的书，"专论？通史？散文？札记？好像都是，又都不是"。中国社科院哲学所研究员赵汀阳这样说，"我们有时候老想把一本书明确划分在某个学科里边，这是比较可疑的"。对于《美的历程》，赵汀阳觉得，它当然可以是一本思想史，也可以是一本美学书，也可以包含很多哲学分析，还有很多后来称之为文化研究的东西。《美的历程》出版后一时洛阳纸贵，很多青年学生称李泽厚为"导师""精神领袖"，还有人认为，77、78、79三届大学生是深受李泽厚的影响成长起来的一代。著名学者易中天先生说过："《美的历程》一书真是写得英姿勃发，才气逼人。单是标题，便气度不凡：龙飞凤舞、青铜饕餮、魏晋风度、盛唐之音，更不用说每过几页就有一段华彩乐章了。实际上，《美的历程》是可以当作艺术品来看待的。它充分地表现着李泽厚的艺术魅力。"中华文明源远流长，从远古洪荒直到明清时代，不同时期的艺术火花的积淀，形成中国文化美的特点。

"时代精神的火花在这里凝冻、积淀下来，传留和感染着人们的思想、情感、观念、意绪，经常使人一唱三叹，流连不已。我们在这里所要匆匆迈步走过的，便是这样一个美的历程。"（《美的历程》）《狞厉的美》当然是其中有特色的章节。

我叫山果

◇ 黄兴蓉

我常抱怨日子过得不称心。我知道这么想没什么可指责之处，人朝高处走，水往低处流嘛。但是怎么算过得好？应该和谁比？我不能说不模糊。前些日子我出了一趟远门，对这个问题好像有了一点震撼与感悟。

我从北京出发到云南元谋县，进入川滇边界，车窗外目之所及都是荒山野岭。火车在沙窝站只停两分钟，窗外一群约十二三岁破衣烂衫的男孩和女孩，都背着背篓拼命朝车上挤，身上那巨大的背篓妨碍着他们。

我所在的车厢里挤上来一个女孩，很瘦，背篓里是满满一篓核桃，她好不容易地把背篓放下来，然后

本文选自《人民日报》2012年2月13日24版。作者黄兴蓉，先后在《人民日报》《中国老年报》《霸州文苑》《廊坊日报》等报刊发表散文数篇，并多次在征文比赛中获奖。代表作有散文《我叫山果》《荷花鞋垫》《锅盔的滋味》等。

满巴掌擦着脸上的汗水,把散乱的头发抹到后面,露出俊俏的脸蛋儿,却带着菜色。半袖的土布小褂前后都是补丁,破裤子裤脚一长一短,也满是补丁,显然是山里的一个穷苦女娃。

车上人很多,女孩不好意思挤着我,一只手扶住椅背,努力支开自己的身子。我想让她坐下,但三个人的座位再挤上一个人是不可能的,我便使劲让让身子,想让她站得舒服些,帮她拉了拉背篓,以免影响人们过路。她向我表露着感激的笑容,打开背篓的盖,一把一把抓起核桃朝我的口袋里装,我使劲拒绝,可是没用,她很执拗。

慢慢地小姑娘对我已不太拘束了。从她那很难懂的话里我终于听明白,小姑娘十四了,家离刚才的沙窝站还有几十里,家里的核桃树收很多核桃,但汽车进不了山,要卖就得背到很远的地方,现在妈妈病着,要钱治病,爸爸才叫她出来卖核桃。她是半夜起身一直走到天黑才赶到这里的,在一个山洞里住了一夜,天不亮就背起篓子走,才赶上了这趟车。卖完核桃赶回来还要走一天一夜才能回到家。

"出这么远门你不害怕吗?"我问。

"我有伴儿,一上车都挤散了,下车就见到了。"她很有信心地说。

"走出这么远卖一筐核桃能赚多少钱?"

"刨除来回车票钱,能剩下十五六块吧。"小姑娘微微一笑,显然这个数字给她以鼓舞。

"还不够路上吃顿饭的呢!"我身边一位乘客插

话说。

小姑娘马上说:"我们带的有干粮。"

那位乘客真有点多话,"你带的什么干粮?"

"我已经吃过一次了,还有一包在核桃底下,爸爸要我卖完核桃再吃那些。"

"你带的什么干粮?"那位乘客追问。

"红薯面饼子。"

周围的旅客闻之一时凄然。

就在这时,车厢广播要晚点半小时,火车停在了半道中间。我赶忙利用这个机会,对车厢里的旅客说:"这个女孩带来的山核桃挺好吃的,希望大家都能买一点。"

有人问:"多少钱一斤?"

女孩说:"阿妈告诉我,十个核桃卖两角五分钱,不能再少了。"

我跟着说:"真够便宜的,我们那里卖八块钱一斤呢。"

旅客纷纷来买了,我帮着小姑娘数着核桃,她收钱。那种核桃是薄皮核桃,把两个攥在手里一挤就破了,生着吃也很香。一会儿,那一篓核桃就卖去了多半篓。那女孩儿仔细地把收到的零碎钱打理好,一脸的欣喜。

很快到了站,姑娘要下车了,我帮她把背篓背在肩上。然后取出一套红豆色的衣裤,放进她的背篓。对她说:"这是我买来要送我侄女的衣服,送你一套,回家穿。"

　　她高兴地侧身看那身衣服，笑容中对我表示着谢意。此时，一直在旁边玩扑克的4个农民工也急忙站起来，一人捏着五十元钱远远伸着手把钱塞给小姑娘："小妹妹，我们因为实在带不了，没法买你的核桃，这点钱拿回去给你妈妈买点药。"姑娘哭了，她很着急自己不会表达心里的感谢，脸憋得通红。

　　小姑娘在拥挤中下车了，却没有走，转回来站到高高的车窗跟前对那几位给他钱的农民工大声喊着："大爷！大爷们！"感激的泪水纷挂在小脸上，不知道说什么好。那几位农民工都很年轻，大爷这称呼显然是不合适的。她又走到我的车窗前喊："阿婆啊，你送我的衣服我先不穿，我要留着嫁人时穿，阿婆……"声音是哽咽的。"阿婆，我叫山果，山——果——"……

　　灿烂阳光下的这个车站很快移出了我们的视线。我心里久久回荡着这名字：山果！眼里也有泪水流出来。车上一阵混乱之后又平静了，车窗外那一簇簇漫山遍野的野百合静静地从灌木丛中探出素白的倩影倏尔而过，连同那个小小的沙窝站，那个瘦弱的面容姣好的山果姑娘，那些衣衫不整的农民工，那份心灵深处的慈爱消隐在莽莽群山中。

简评

　　这篇散文，聚焦于川滇大山里一群衣着破烂的十二三岁的孩子，形象地再现了自然条件比较落后、经济欠发达、改革开放发展的速度较为缓慢的大山里的人群。作者讲述的是一个穷苦的山里孩子，家里收获了很多核桃，但是由于交通闭塞，汽车无法进山，只能由十四岁的她出门贩卖。用背篓背几十斤重核桃，走几十里的山路，吃自带的干粮红薯面饼，乘火车到县城卖核桃，来回一趟两天两夜，才换得十五六块钱，补贴家用。且不说别的，仅卖核桃需要走一天一夜的山路赶火车，这对于一个未成年的女孩子来说，是完全超出了她力所能及的重担。作者在火车上遇见山果的时候，有一段细致的描绘。我们看到，一个脸有菜色、身材瘦削的女孩，背着一个大大的装着核桃的背篓，挤进车厢，挨着作者的座位，这一切实在让人揪心！作者帮她搁好背篓，向座位里边让让，好让她站得舒服点。小女孩很懂事地从背篓里拿出核桃执拗地装进作者衣兜，以表示感谢。从交谈中，作者得知小女孩母亲身体不好，卖核桃是为了给母亲看病，车厢里的同行的人表现出极大的同情，有人买她的核桃，有人给她钱，场面非常感人。在同情心的驱使下，作者为减轻小女孩的负担，动员乘客买去小女孩的大半篓核桃，又把买给侄女的一套衣裳送给了小女孩。这时，一直在旁边打扑克的四位农民工，也急忙每人塞给小女孩五十元钱，让给她妈治病。小女孩感动得泪水纷飞，不知怎么用言语表达感激之情，在列车开走的那一刻，冲着车窗里的几位农民工和作者，高喊："大爷！大爷们！"冲着作者高喊："阿婆，我叫山果，山——果——"……

在这篇文章里我们读到的是"善良"，折射出的是人性的光辉。十四岁的山果自不必说，就连那几个一直在旁边玩扑克的四个农民工也慷慨解囊。在这里，我们只是感受到人性的美好。同车厢里的女孩和那些虽贫穷但善良的农民，虽然他们素昧平生，表现出来的同情和感恩的心，一直会留在读者的记忆中。在与世隔绝的大山里，生活着一群善良的人们。网络上有一位读者，读过本文之后被深深地打动了，他说："他们虽然贫穷得让人心颤，但也善良得叫人落泪。"

散文《我叫山果》，是一篇观察生活视角独到，描述内容真实具体，读后引人入胜，打动人心的好文章。现实生活中，很多人和作者一样，"我常抱怨日子过得不称心。我知道这么想没什么可指责之处，人朝高处走，水往低处流嘛。但是怎么算过得好？应该和谁比？我不能说不模糊。前些日子我出了一趟远门，对这个问题好像有了一点震撼与感悟"。作者坦陈的这一想法，应该是阅读本文的立足点。在千千万万的读者中,职业或许不同,能力或许有大有小,财富或许有多有少,但是,面对现实中的贫穷落后的态度,小小的车厢就是社会的缩影。一群普普通通的百姓用他们的行动,为我们做出了表率。比如说,豪爽地每人给小女孩五十元钱的四位农民工,可以肯定地说,他们不可能有多富裕,但对"山果"这样的贫苦孩子,有着一种天然的同情心。作者没有去写他们有什么华丽动人的语言,也根本没有去挖掘什么高尚行为产生的根源,只是一种朴素的感情。简单朴实的语言,发自内心的同情,把钱塞在小女孩手里。整个给钱过程,如行云流水,非常自然。唯其如此,才感动了在场的每一个人,才感动得小女孩泪水奔流,才会深深地打动作者,我们相信也必然会深深地打动读者。

散文《我叫山果》之所以能真切地打动人,从创作美学上说,走进生活的底层,得益于生活的馈赠,才激发了作者创作的热情,这是作者坐在书斋里是无论如何也想象不到的。正是这故事发生的偶然性,没有丝毫人为的雕琢虚构,才会迸发激动人心的力量,才会径直走进读者的内心。在一辆拥挤的火车车厢内,女孩山果与文章作者黄兴蓉极其偶然的短暂相遇,有了一段感人的故事,才有了一篇名为《我叫山果》感人的文字。正是因为本文这种近似原生态的感人之处,凡是读过此文的读者很难不被感动。值得一说的是,由青年词作家许冬子作词,著名作曲家曹贤邦作曲,著名童星宿雨涵演唱的《山果》深得大家喜爱,打动了成千上万的人,就是一个活生生的例子——

山风吹冷我,山雨淋湿我,汗水泪水腮边挂,根儿扎在山坡坡。爬过核桃树,亲过野百合,心里梦里有个家,阿爸阿妈等着我。山花花,山果果,一颗一颗就是我,沉沉的背篓背出山,不怕日升月儿落。山花花,山果果,一簇一簇就是我,山外的世界那么美,我想走出山窝窝。

很多人高度地评价这首歌：这是一首拷问灵魂的歌曲！朴实无华，感人至深的歌词，轻轻流淌，如涓涓细流的旋律。小歌手宿雨涵如泣如诉，净如天籁的演唱，都深深触动着我们的心灵！泪湿衣衫……

很多读到这个故事、听了这首歌的人，都是复杂的心情难以抑制，同情的泪水止不住地夺眶而出。大家都有一个共同的心愿：这些淳朴善良的孩子们真的太不容易了！希望每个遇到他们的人都能为他们提供力所能及的帮助。当然我们个人的力量或许是渺小的，但让每个孩子都能有一个快乐的童年，而不是承受他们本不该承受的生活的煎熬！这是我们的愿望，也是我们的责任。

感谢作者为我们提供了十分难得的、落后农村现实的生活读本，尽管文中所反映的生活场景在今天的中国已不具有代表性。文章如一幅写意水墨画卷，徐徐向读者展开。从一群未成年的山里的孩子背着背篓挤火车的远景画面，很自然地聚焦到一位穿着打了补丁衣服，满脸汗水，背着沉重的背篓小姑娘的特写镜头。通过列车上乘客们从开始迷惑到后来同情小姑娘，并通过购买她的核桃向孩子伸出援手的全部过程，让人读过之后难以忘怀，给读者多方的启迪。

赋

得永久的悔

◇ 季羡林

本文选自季羡林《季羡林散文精选》(当代中国出版社2008年版)。季羡林,国际著名东方学大师、语言学家、文学家、国学家、佛学家、史学家、教育家和社会活动家。代表作有《禅与东方文化》《清塘荷韵》《万泉集》《清华园日记》《忆往述怀》《留德十年》《新纪元文存》等。

题目是韩小蕙小姐出的,所以名之曰"赋得"。但文章是我心甘情愿作的,所以不是八股。

我为什么心甘情愿作这样一篇文章呢?一言以蔽之,题目出得好,不但实获我心,而且先获我心:我早就想写这样一篇东西了。

我已经到了望九之年。在过去的七八十年中,从乡下到城里;从国内到国外;从小学、中学、大学到洋研究院;从"志于学"到超过"从心所欲不逾矩",曲曲折折,坎坎坷坷。既走过阳关大道,也走过独木小桥;既经过"山重水复疑无路",又看到"柳暗花明又一村"。喜悦与忧伤并驾,失望与希望齐飞,我的经历可谓多矣。要讲后悔之事,那是俯拾皆是。要选其中最深切、最真实、最难忘的悔，也就是永久的悔，那也是唾手可得，因为它片刻也没有离开过我的心。

我这永久的悔就是：不该离开故乡，离开母亲。

我出生在鲁西北一个极端贫困的村庄里。我们家是贫中之贫，真可以说是贫无立锥之地。十年浩劫中，我自己跳出来反对北大那一位倒行逆施但又炙手可热的"老佛爷"，被她视为眼中钉，必欲除之而后快。她手下的小喽啰们曾两次窜到我的故乡，处心积虑地把我"打"成地主，他们那种狗仗人势穷凶极恶的教师爷架子，并没有能吓倒我的乡亲。我小时候的一位伙伴指着他们的鼻子，大声说："如果让整个官庄来诉苦的话，季羡林家是第一家！"

这一句话并没有夸大，他说的是实情。我祖父母早亡，留下了我父亲等三个兄弟，孤苦伶仃，无依无靠。最小的一叔送了人。我父亲和九叔饿得没有办法，只好到别人家的枣林里去捡落到地上的干枣充饥。这当然不是长久之计。最后兄弟俩被逼背乡离井，盲流到济南去谋生。此时他俩也不过十几二十岁。在举目无亲的大城市里，必然是经过千辛万苦，九叔在济南落住了脚。于是我父亲就回到了故乡，说是农民，但又无田可耕。又必然是经过千辛万苦，九叔从济南有时寄点钱回家，父亲赖以生活。不知怎么一来，竟然寻（读若 xin）上了媳妇，她就是我的母亲。母亲的娘家姓赵，门当户对，她家穷得同我们家差不多，否则也决不会结亲。她家里饭都吃不上，哪里有钱、有闲上学。所以我母亲一个字也不识，活了一辈子，连个名字都没有。她家是在另一个庄上，离我们庄五里路。这个五里路就是我母亲毕生所走的最长的距离。

北京大学那一位"老佛爷"要"打"成"地主"的人，也就是我，就出生在这样一个家庭里，就有这样一位母亲。

后来我听说，我们家确实也"阔"过一阵。大概在清末民初，九叔在东三省用口袋里剩下的最后五角钱，买了十分之一的湖北水灾奖券，中了奖。兄弟俩商量，要"富贵而归故乡"，回家扬一下眉，吐一下气。于是把钱运回家，九叔仍然留在城里，乡里的事由父亲一手张罗，他用荒唐离奇的价钱，买了砖瓦，盖了房子。又用荒唐离奇的价钱，置了一块带一口水井的田地。一时兴会淋漓，真正扬眉吐气了。可惜好景不长，我父亲又用荒唐离奇的方式，仿佛宋江一样，豁达大度，招待四方朋友。一转瞬间，盖成的瓦房又拆了卖砖、卖瓦。有水井的田地也改变了主人。全家又回归到原来的情况。我就是在这个时候，在这样的情况下降生到人间来的。

母亲当然亲身经历了这个巨大的变化。可惜，当我同母亲住在一起的时候，我只有几岁，告诉我，我也不懂。所以，我们家这一次陡然上升，又陡然下降，只像是昙花一现，我到现在也不完全明白。这谜恐怕要成为永恒的谜了。

不管怎样，我们家又恢复到从前那种穷困的情况。后来听人说，我们家那时只有半亩多地。这半亩多地是怎么来的，我也不清楚。一家三口人就靠这半亩多地生活。城里的九叔当然还会给点接济，然而像中湖北水灾奖那样的事儿，一辈子有一次也不算少了。九叔没有多少钱接济他的哥哥了。

家里日子是怎样过的，我年龄太小，说不清楚。反正吃得极坏，这个我是懂得的。按照当时的标准，吃"白的"（指麦子面）最高，其次是吃小米面或棒子面饼子，最次是吃红高粱饼子，颜色是红的，像猪肝一样。"白的"与我们家无缘。"黄的"（小米面或棒子面饼子颜色都是黄的）与我们缘分也不大。终日为伍者只有"红的"。这"红的"又苦又涩，真是难以下咽。但不吃又害饿，我真有点谈"红"色变了。

但是，小孩子也有小孩子的办法。我祖父的堂兄是一个举人，他的夫人我喊她奶奶。他们这一支是有钱有地的。虽然举人死了，但家境依然很好。我这一位大奶奶仍然健在。她的亲孙子早亡，所以把全部的钟爱都倾注到我身上来。她是整个官庄能够吃"白的"的仅有的几个人中之一。她不但自己吃，而且每天都给我留出半个或者四分之一个白面馍馍来。我每天早晨一睁眼，立即跳下炕来向村里跑，我们家住在村外。我跑到大奶奶跟前，清脆甜美地喊上一声："奶奶！"她立即笑得合不上嘴，把手缩回到肥大的袖子，从口袋里掏出一小块馍馍，递给我，这是我一天最幸福的时刻。

此外，我也偶尔能够吃一点"白的"，这是我自己用劳动换来的。一到夏天麦收季节，我们家根本没有什么麦子可收。对门住的宁家大婶子和大姑——

赋得永久的悔

她们家也穷得够呛——就带我到本村或外村富人的地里去"拾麦子"。所谓"拾麦子"就是别家的长工割过麦了,总还会剩下那么一点点麦穗,这些都是不值得一捡的,我们这些穷人就来"拾"。因为剩下的决不会多,我们拾上半天,也不过拾半篮子,然而对我们来说,这已经是如获至宝了。一定是大婶和大姑对我特别照顾,以一个四五岁、五六岁的孩子,拾上一个夏天,也能拾上十斤八斤麦粒。这些都是母亲亲手搓出来的。为了对我加以奖励,麦季过后,母亲便把麦子磨成面,蒸成馒馒,或贴成白面饼子,让我解馋。我于是就大快朵颐了。

记得有一年,我拾麦子的成绩也许是有点"超常"。到了中秋节——农民嘴里叫"八月十五"——母亲不知从哪里弄了点月饼,给我掰了一块,我就蹲在一块石头旁边,大吃起来。在当时,对我来说,月饼可真是神奇的东西,龙肝凤髓也难以比得上的,我难得吃一次。我当时并没有注意,母亲是否也在吃。现在回想起来,她根本一口也没有吃。不但是月饼,连其他"白的",母亲从来都没有尝过,都留给我吃了。她大概是毕生就与红色的高粱饼子为伍。到了歉年,连这个也吃不上,那就只有吃野菜了。

至于肉类,吃的回忆似乎是一片空白。我老娘家隔壁是一家卖煮牛肉的作坊。给农民劳苦耕耘了一辈子的老黄牛,到了老年,耕不动了,几个农民便以极其低的价钱买来,用极其野蛮的办法杀死,把肉煮烂,然后卖掉。老牛肉难煮,实在没有办法,农民就在肉锅里小便一通,这样肉就好烂了。农民心肠好,有了这种情况,就昭告四邻:"今天的肉你们别买!"老娘家穷,虽然极其疼爱我这个外孙,也只能用土罐子,花几个制钱,装一罐子牛肉汤,聊胜于无。记得有一次,罐子里多了一块牛肚子,这就成了我的专利。我舍不得一口气吃掉,就用生了锈的小铁刀,一块一块地割着吃,慢慢地吃。这一块牛肚真可以同月饼媲美了。

"白的"、月饼和牛肚难得,"黄的"怎样呢?"黄的"也同样难得。但是,尽管我只有几岁,我却也想出了办法。到了春、夏、秋三个季节,庄外的草和庄稼都长起来了。我就到庄外去割草,或者到人家高粱地里去劈高粱叶。劈高粱叶,田主不但不禁止,而且还欢迎;因为叶子一劈,通风情况就能改进,高粱长得就能更好,粮食打得就能更多。草和高粱叶都是喂牛用的。我们家穷,从来没有养过牛。我二大爷家是有地的,经常养着两头大牛。我这草和高粱叶就是给它们准备的。每当我这个不到三块豆腐高的孩子背着一大捆草或高粱叶走进二大爷的大门,我心里有所恃而不恐,把草放在牛圈里,赖着不走,总能蹭上一顿"黄的"吃,不会被二大娘"卷"(我们那里的土话,意思是"骂")出来。到了过年的时候,自己心里觉得,在过去的一年里,自己喂牛立了功,又有了勇气到二大爷家里赖着吃黄面糕。黄面糕是用黄米面加上枣蒸成的。颜色虽黄,却位列"白的"之上,因为一年只在过年时吃一次,物以稀为贵,于是黄面糕就贵了起来。

我上面讲的全是吃的东西。为什么一讲到母亲就讲起吃的东西来了呢？原因并不复杂。第一，我作为一个孩子容易关心吃的东西。第二，所有我在上面提到的好吃的东西，几乎都与母亲无缘。除了"黄的"以外，其余她都不沾边儿。我在她身边只呆到六岁，以后两次奔丧回家，待的时间也很短。现在我回忆起来，连母亲的面影都是迷离模糊的，没有一个清晰的轮廓。特别有一点，让我难解而又易解：我无论如何也回忆不起母亲的笑容来，她好像是一辈子都没有笑过。家境贫困，儿子远离，她受尽了苦难，笑容从何而来呢？有一次我回家听对面的宁大婶子告诉我说："你娘经常说：'早知道送出去回不来，我无论如何也不会放他走的！'"简短的一句话里面含着多少辛酸、多少悲伤啊！母亲不知有多少日日夜夜，眼望远方，盼望自己的儿子回来啊！然而这个儿子却始终没有归去，一直到母亲离开这个世界。

对于这个情况，我最初懵懵懂懂，理解得并不深刻。到上了高中的时候，自己大了几岁，逐渐理解了。但是自己寄人篱下，经济不能独立，空有雄心壮志，怎奈无法实现，我暗暗地下定了决心，立下了誓愿：一旦大学毕业，自己找到工作，立即迎养母亲，然而没有等到我大学毕业，母亲就离开我走了，永远永远地走了。古人说："树欲静而风不止，子欲养而亲不待。"这话正应到我身上。我不忍想象母亲临终思念爱子的情况，一想到，我就会心肝俱裂，眼泪盈眍。当我从北平赶回济南，又从济南赶回清平奔丧的时候，看到了母亲的棺材，看到那简陋的屋子，我真想一头撞死在棺材上，随母亲于地下。我后悔，我真后悔，我千不该万不该离开了母亲。世界上无论什么名誉，什么地位，什么幸福，什么尊荣，都比不上待在母亲身边，即使她一个字也不识，即使整天吃"红的"。

这就是我的"永久的悔"。

简评

季羡林先生在高中开始学德文，并对外国文学产生兴趣。大学毕业之后，1935年，清华大学与德国签订了交换研究生的协定，他报名应考被录取。同年9月赴德国入哥廷根(Goettingen)大学，主修印度学。季羡林精通9国语言，即汉语、南斯拉夫语、印度语、阿拉伯语、英语、德语、法语、俄语、吐火罗语，尤其精于吐火罗文，他是世界上仅有的精于此语言的几位学者之一。有人评价他的学术研究是，"梵学、佛学、吐火罗文研究并举，中国文学、比较文学、文艺理论研究齐飞"。其著作汇编成《季羡林文集》，共24卷。生前曾撰文三辞桂冠，包括国学大师、学界泰斗、国宝。除此之外散文的写作也自成一家。《赋得永久的悔》是国学大师季羡林先生散文代表作品之一，是一篇感人至深的散文佳作，一经发表，广为流传，并且获得了最高文学奖之一——"鲁迅文学奖"。在文中，作者表示其人生永久的悔就是：不该离开故乡，离开母亲。季羡林6岁以前，同母亲朝夕相处，相依为命，母亲走到哪里，他就跟到哪里。母亲那双长满老茧的手，在他心里占据了重要位置，留下了不可磨灭的印象。6岁时，季羡林离开家乡，到济南投奔叔父，入私塾读书。从此以后，就离开了母亲，后来有两次短暂的会面，但都是由于回家奔丧，留的时间也都很短暂。那时，想着母亲多少日夜眼望远方盼望自己的儿子回来。他发誓要在大学毕业后迎养母亲，可是，在季羡林上大学二年级时，母亲就去世了，奔丧回到老家时，母亲已经躺在棺材里，连遗容都没能见上。此后数十年，季羡林先生一想到母亲就会泪流不止。

散文《赋得永久的悔》是季羡林先生应别人之约写的一篇文章。亲朋凋零，是人都会遭遇的人生劫难，但事隔多年季羡林先生依然会夜半惊梦、老泪纵横。"情至深处无言辞，落于笔端即华章。"文章对于母亲几乎没有正面描叙，作者对母亲的思念只贯穿于"白的""红的""黄的"三种食物地讲叙中，烘托于一种朴实、温暖的乡里亲情之中。于是母亲便成了一种落叶归根的乡里情怀，便成了永恒的乡愁，便成了人类心中永远难以割舍的寻根情结。正是有了这样的心结，作者在独自思念母亲的时候，总会生出痛彻心扉的"永久的悔"："不该离开故乡，离开母亲。"

文章语言平实质朴，如朗月星空，看似平淡，细品却有博大的人间真情。整篇文章，笔墨中浸透着苦难，饱含着深情，但感觉是舒缓平静的，及至到了最后，感情迅速推倒了顶点。犹如江河决堤，汹涌浪潮决堤而下；犹如火山爆发，炽热的岩浆喷涌而出，特别是结尾："我后悔，我真后悔，我千不该万不该离开了母亲。世界上无论什么名誉，什么地位，什么幸福，什么尊荣，都比不上待在母亲身边，即使她一个字也不识，即使整天吃'红的'。"感情真挚，宛如横空惊雷、雷霆万钧，给人以强烈的震撼力！正如一位学者所说："季老这篇文章，乃用'红'的'白'的写成，'红'的是血，心中淌着的血；'白'的是泪，沾湿稿笺的泪。"以不事雕琢的朴素文字，展现了季老饱经沧桑、丰富细腻的感情世界。《留德十年》中"怀念母亲"一文中殷殷赤子之情足以催人泪下，"夜里梦到母亲，我哭着醒来。醒来再想捉住这梦的时候，梦却早不知道飞到什么地方去了"。思念母亲，痛何如哉！

梁实秋先生说："父母对子女的爱，子女对父母的爱，是神圣的。"特别在中国这样一个讲究孝道的国家，这是毋庸置疑的。季羡林先生的《赋得永久的悔》就是写了自己对母亲的热爱、思念、愧疚、悔恨交织碰撞的深情。整篇文章一气呵成，直达读者的心灵深处，让我们看到一代学人是以何种态度怀念自己母亲的。他讲到自己的身世，讲到母亲的家世，穷苦到什么程度，一个六岁的孩子"说不清楚"，"反正吃的极坏，这个是我懂的"。字里行间，我们看到的是作者用大量的亲身经历，回忆了孩提时代吃的东西。为什么一讲到母亲就讲起吃的东西呢？原因并不复杂，民以食为天，穷人家一直过着吃不饱的日子。作为一个穷人家的孩子对关于吃的东西，留下的印象最深，想方设法为填饱肚子。但是更深层的意义是作者写到自己偶尔也有几次吃到稍微好一点的东西，大多是母亲从牙缝里省下来，留给他吃的。文中提到好吃的东西，几乎都与母亲无缘。母亲的心中应该是怀过希望的，希望将来和儿子生活在一起。可最后带给她的是绝望，是后悔，"早知道送出去回不来，我无论如何也不会放他走的！"作为孝子的季羡林，早就立下誓愿，"一旦大学毕业，找到工作。立即迎养母亲"。可是母亲没有等到这一天，永远永远地走了。"树欲静而风不止，子欲养而亲不待"，怎么不令人肝肠寸断呢！母亲的早逝，使季先生心中留下了永久的悔。

在燕园曾和季羡林先生比邻而居的张中行老先生，以独到之眼光，精到评述季先生："以一身而具有三种难能：一是学问精深，二是为人朴厚，三是有深情。三种难能之中，我以为，最难能的还是朴厚，因为，在我见过的诸多知名学者(包括已作古的)中，像他这样的就难于找到第二位。"如果把"学问精深"理解成对母亲的报答，"三种难能"应该说是季羡林光辉人格的集中体现。散文《赋得永久的悔》，如泣如诉。这是一份平平常常的人生记录，季先生到了耄耋之年感叹自己的人生，这是季先生心灵的晾晒，值得我们深思。一代东方学的大师，在古文字及历史等领域有着精湛学术贡献的季羡林先生质朴、从容而又深情的自述让我们领悟到了一个亘古不变的道理："天平的一端是生命，那么另一端只能是至纯至圣的人间真情。"

墓

◇何其芳

本文选自何其芳《画梦录》(人民文学出版社2000年版)。何其芳,现代诗人、散文家、文学评论家。1936年他与卞之琳、李广田的诗歌合集《汉园集》出版。他的散文集《画梦录》于1937年出版,并获得《大公报》"文艺金奖"。

初秋的薄暮。翠岩的横屏环拥出旷大的草地,有常绿的柏树作天幕,曲曲的清溪流泻着幽冷。以外是碎瓷上的图案似的田亩,阡陌高下的毗连着,黄金的稻穗起伏着丰实的波浪,微风传送出成熟的香味。黄昏如晚汐一样淹没了草虫的鸣声,野蜂的翅。快下山的夕阳如柔和的目光,如爱抚的手指从平畴伸过来,从林叶探进来,落在溪边一个小墓碑上,摩着那白色的碑石,仿佛读出上面镌着的朱字:柳氏小女铃铃之墓。

这儿睡着的是一个美丽的灵魂。

这儿睡着的是一个农家的女孩,和她十六载静静的光阴,从那茅檐下过逝的,从那有泥蜂做窠的木窗里过逝的,从俯嚼着地草的羊儿的角尖,和那濯过她的手,回应过她寂寞的捣衣声的池塘里过逝的。

她有黑的眼睛,黑的头发,和浅油黑的肤色。但她的脸颊,她的双手有时是微红的,在走了一段急路的时候,回忆起一个羞涩的梦的时候,或者三月的阳光满满的晒着她的时候。照过她的影子的溪水会告诉你。

她是一个有好心肠的姑娘,她会说极和气的话,常常小心地把自己放在谦卑的地位。亲过她的足的山草会告诉你,被她用死了的蜻蜓宴请过的小蚁会告诉你,她一切小小的侣伴都会告诉你。

是的,她有许多小小的侣伴,她长成一个高高的女郎了不与它们生疏。

她对一朵刚开的花说:"给我讲一个故事,一个快乐的。"对照进她的小窗的星星说:"给我讲一个故事,一个悲哀的。"

当她清早起来到柳树旁的井里去提水,准备帮助她的母亲作晨餐,径间遇着她的侣伴都向她说:"晨安。"她也说:"晨安。""告诉我们你昨夜做的梦。"她却笑着说:"不告诉你。"

当农事忙的时候,她会给她的父亲把饭送到田间去。

当蚕子初出卵的时候,她会采摘最嫩的桑叶放在篮儿里带回来,用布巾揩干那上面的露水,而且用刀切成细细的条儿去喂它们。四眠过后,她会用指头捉起一个个肥大的蚕,在光线里透视,"它腹里完全亮了",然后放到成束的菜子杆上去。

她会同母亲一块儿去把屋后的麻茎割下,放在水里浸着,然后用刀打出白色的麻来。她会把麻分成极纤微的丝,然后用指头绩成细纱,一圈圈的放满竹筐。

她有一个小手纺车,还是她祖母留传下来的。她常常纺着棉,听那轮子唱着单调的歌,说着永远雷同的故事。她不厌烦,只在心里偷笑着,"真是一个老婆子"。

她是快乐的。她是在寂寞的快乐里长大的。

她是期待甚么的。她有一个秘密的希冀,那希冀于她自己也是秘密的。她有做梦似的眼睛,常常迷漠的望着高高的天空,或是辽远的,辽远的山以外。

十六岁的春天的风吹着她的衣衫,她的发,她想悄悄的流一会儿泪。银色的月光照着,她想伸出手臂去拥抱它,向它说:"我是太快乐,太快乐。"但又无理由的流下泪。她有一点忧愁在眉尖,有一点伤感在心里。

她用手紧握着每一个新鲜的早晨,而又放开手,叹一口气让每一个黄昏过去。

她小小的侣伴们都说她病了,只有它们稍稍关心她,知道她的。"你瞧,她常默默的。""你说,甚么能使她欢喜?"它们互相耳语着,担心她的健康,担心她郁郁的眸子。

菜圃里的豇豆藤还是高高的缘上竹竿,南瓜还是肥硕的压在篱脚下,古老的桂树还是飘着金黄色的香气,这秋天完全如以前的秋天。

铃铃却瘦损了。

她期待的毕竟来了,那伟大的力,那黑暗的手遮到她眼前,冷的呼吸透过她的心,那无声的灵语吩咐她睡下安息。"不是你,我期待的不是你。"她心里知道,但不说出。

快下山的夕阳如温暖的红色的唇,刚才吻过那小墓碑上"铃铃"二字的,又落到溪边的柳树下,树下有白藓的石上,石上坐着的年轻人雪麟的衣衫上。他有和铃铃一样郁郁的眼睛,迷漠的望着。在那眼睛里展开了满山黄叶的秋天,展开了金风拂着的一泓秋水,展开了随着羊铃声转入深邃的牧女的梦。毕竟来了,铃铃期待的。

在花香与绿阴织成的春夜里,谁曾在梦里摘取过红熟的葡萄似的第一次蜜吻?谁曾梦过燕子化作年轻的女郎来入梦,穿着燕翅色的衣衫?谁曾梦过一不相识的情侣来晤别,在她远嫁的前夕?

一个个春三月的梦呵,都如一片片你偶尔摘下的花瓣,夹在你手携的一册诗集里,你又偶尔在风雨之夕翻见,仍是盛开时的红艳,仍带着春天的香气。

雪麟从外面的世界带回来的就只一些梦,如一些饮空了的酒瓶,与他久别的乡土是应该给他一瓶未开封的新酿了。

雪麟见了铃铃的小墓碑,读了碑上的名字,如第一次相见就相悦的男女们,说了温柔的"再会"才分别。

以后他的影子就踯躅在这儿的每一个黄昏里。

他渐渐猜想着这女郎的身世,和她的性情,她的喜好,如我们初认识一个美丽的少女似的。他想到她是在寂寞的屋子里过着晨夕,她最爱着甚么颜色的衣衫,而且当她微笑时脸间就现出酒窝,羞涩的低下头去。他想到她在窗外种着一片地的指甲花,花开时就摘取几朵来用那红汁染她的小指甲,而这仅仅由于她小孩似的欢喜。

铃铃的侣伴们更会告诉他,当他猜想错了或是遗漏了的时候。

"她会不会喜欢我?"他在溪边散步时偷问那多嘴的流水。

"喜欢你。"他听见轻声的回语。

"她似乎没有朋友?"他又偷问溪边的野菊。

"是的,除了我们。"

于是有一个黄昏里他就遇见了这女郎。

"我有没有这样的荣幸,和你说几句话?"

他知道她羞涩的低垂的眼光是说着允许。

他们就并肩沿着小溪散步下去。他向她说他是多大的年龄就离开这儿,这儿是她的乡土也是他的乡土。向她说他到过许多地方,听过许多地方的风雨。向她说江南与河水一样平的堤岸,北国四季都是风吹着沙土。向她说骆驼的铃声,槐花的清芬,红墙黄瓦的宫阙,最后说:"我们的乡土却这样美丽。"

"是的,这样美丽。"他听见轻声的回语。

"完全是崭新的发现。我不曾梦过这小小的地方有这么多的宝藏,不尽的惊异,不尽的欢喜。我真有点儿骄傲这是我的乡土。——但要请求你很大的谅恕,我从前竟没有认识你。"

他看见她羞涩的头低下去。

他们散步到黄昏的深处,散步到夜的阴影里。夜是怎样一个荒唐的絮语的梦呵,但对这一双初认识的男女还是谨慎的劝告他们别去。

他们伸出告别的手来,他们温情的手约了明天的会晤。

有时,他们散步倦了,坐在石上休憩。

"给我讲一个故事,要比黄昏讲得更好。"

他就讲着"小女人鱼"的故事。讲着那最年青,最美丽的人鱼公主怎样爱上那王子,怎样忍受着痛苦,变成一个哑女到人世去。当他讲到王子和别的女子结婚的那夜,她竟如巫妇所预言的变成了浮沫,铃铃感动得伏到他怀里。

有时,她望着他的眼睛问:

"你在外面爱没有爱过谁?"

"爱过……"他俯下吻她,怕她因为这两字生气。

"说。"

"但没有谁爱过我。我都只在心里偷偷的爱着。"

"谁呢?"

"一个穿白衫的玉立亭亭的;一个秋天里穿浅绿色的夹外衣的;一个在夏天的绿杨下穿红杏色的单

衫的。"

"是怎样的女郎?"

"穿白衫的有你的身材;穿绿衫的有你的头发;穿红杏衫的有你的眼睛。"说完了,又俯下吻她。

晚秋的薄暮。田亩里的稻禾早已割下,枯黄的割茎在青天下说着荒凉。草虫的鸣声,野蜂的翅声都已无闻,原野被寂寥笼罩着,夕阳如一枝残忍的笔在溪边描出雪麟的影子,孤独的,瘦长的。他独语着,微笑着。他憔悴了。但他做梦似的眼睛却发出异样的光,幸福的光,满足的光,如从 Paradise 发出的。

简评

何其芳先生出生在重庆万州一个偏远山乡的封建大家庭里,虽然得到过祖母和母亲的溺爱和庇护,有过一点童年的天真和欢乐,但父亲严厉的封建家法管教,使他仅有的一点天真和欢乐很快就丧失了,加之乏味的私塾生活,使他的童年过得很暗淡,养成了孤僻和忧郁的性格。即便到了大学,何其芳还是习惯于把自己关闭在孤独的世界里,生活在自己的梦境中。加之初恋的失败,更加深了这种寂寞与苦痛,乃至孤独。于是何其芳只能到梦幻世界里去寻找那甜美的爱情。孤独和寂寞使何其芳对现实与未来缺乏信心,对自身和他人缺乏信任。散文《墓》记下的正是这样的情感。

何其芳先生又是一个追求自觉意识的散文家,他认为散文是内心情感的映射,与现实生活有一定的距离。其早期的散文代表作《画梦录》就是纯抒情的文体,创作手法上采用的是"独语体"。"他的散文集《画梦录》,还列入当时《大公报》表扬的作品之中。"(孙犁语)本文即是其中的第一篇。作为时代的漂泊者,何其芳是孤独的。他找不到与现实世界的相融感，被自己生存其中的家园放逐，只能在想象中去寻找一个梦中的伊甸园，对于真正的画梦者，凌波微步的奇思妙想之于他无异于神圣肃穆的事业，温情脉脉地记载着大半个世纪前一位理想主义者灵魂中的乍暖还寒，莺飞草长。于是，何其芳在《画梦录·扇上的烟云（代序）》中说："我倒是喜欢想象一些辽远的东西。一些不存在的人物。和许多在人类的地图上找不出名字的国土。我说不清有多少日夜，像故事里所说的一样，对着壁上的画出神，遂走入画里去了。……于是我很珍惜着我的梦。并且想把它们细细的画出来。"何其芳在《墓》中，以"墓"象征现实生活中的爱情被埋葬，要找寻爱情，只能到另外的世界。文章中不事叙事，无意描写，而是全力以赴地去创造一种凄楚的情调。我们不知道铃铃为何而死，不知道雪麟为何忧郁，但我们能真切感受到凄楚，《墓》的凄楚恰如诗一般扣人心弦。

何其芳先生以山水画家的笔墨，诗家的心灵写作的散文，营造了一份"诗家笔下有，别家笔下无"的意境。从散文写作角度看，《墓》就是一件非常精致的艺术品。跳跃的章节，华丽的辞藻，造成了一种迷离恍惚的神秘气氛。强烈的抒情，诗化的语言，耐人寻味。较长的句式，节奏舒缓，传达深沉、忧郁的情怀。在诸多的情感碎片之间，组合奇特，给人以新鲜之感，刺激了欣赏者的审美感官。再加上柔和的夕阳、潺潺的清溪、白色的碑石、忧郁的青年，还有一个睡在墓里的美丽的灵魂……这一切的一切都闪烁着诱人、幻梦的暗光，引领你去窥测那颗黯淡、苦涩的心。在他的前期散文里常常表现出这样的思想。为了充分表现这种苦闷、彷徨、压抑、郁结、颓丧，作品中毫不掩饰地常常使用"孤独""寂寞""凄凉""忧郁""惆怅"等字眼。《墓》这篇文章就很典型地体现了何其芳的创作理念。在作者笔下，"曲曲的清溪流泻"的是"幽冷"，"夕阳"也"如一枝残忍的笔"，而主人公雪麟的影子是"孤独的、瘦长的"。

20世纪30年代初踏入文坛的何其芳，原是以这样的面貌出现的：

他抒写微妙的内心世界，讲究暗示和象征的手法，追求诗歌的色彩和意象的美。他曾经师法英国维多利亚时代的浪漫主义诗人以及法国唯美主义和象征派的作家。在《画梦录》里，"我""梦""孤独"是三个常见的意象。"我"是与万物同一的拟人化意象，既非叙述者，也非作者本身，而是其他物象的观照物，其他物象通过"我"得以再现。《墓》中用凄婉的笔描绘少女爱情的泯灭，其目的在于表达他对美满爱情的向往。何其芳编织的"梦"，总是给人以信心和鼓舞。"孤独"意象在《画梦录》里独特而具普遍性。何其芳把自我的理想放在人类发展的大背景上，描绘了人类在追求美好人生的现实中，不可避免地要陷入孤立无援的境地，因而孤独是普遍存在的。但作者坚信，通过人类的自我挣扎，最终会达到真善美的崇高境界。可见，何其芳的"孤独"，是实在的，既没有走向傲世，也没有堕入悲观。这种致力于孤独本身的发掘，不仅拓展了作者自己的审美空间，也为深入生命意识的底层找到了切入口，增加了作品的美学价值。

当然，就散文《墓》而言，我们也可以感觉到，何其芳醉心于散文形式的有意追求，虽拓展了散文的表现手法，使抒情散文更加精致和纯粹，却也失之过分精雕细刻，有人工斧凿的痕迹。选材又远离现实，追求纤细衰颓的感伤色彩和缥缈境界，加上过多的象征手法和通感的运用，使文章有朦胧歧义、晦涩难懂之感。这种降低思想意蕴而铸就艺术精美的做法，与他后来增强思想内涵而削弱艺术锤炼的做法，都有矫枉过正之嫌，值得我们深思。然而，何其芳不懈地寻找散文艺术美的见解，其矢志不渝地追求精神世界的辽阔，以及举世公认的创作实绩，是值得我们倍加珍惜和发扬光大的。

父子情

◇ 舒乙

"慈母"这个词讲得通,对"慈父"这种词我老觉着别扭,依我看,上一代中国男人不大能和这个词挂上钩,他们大都严厉有余而慈爱不足。我的父亲老舍,既不是典型的慈父,也不是那种严厉得令孩子见而生畏的人,他是个新旧时代交替之际的人,所以他比较复杂,当然,也是个复杂的父亲。

我不知道,一个人的记忆力最早是几岁产生的,科学上好像还没有定论。就我自己而言,我的第一个记忆是一岁多有的。那是在青岛,门外来了个老道,什么也不要,只问有小孩没有,于是,父亲把我抱出去,看见了我,老道说到十四号那天往小胖子左手腕上系一圈红线就可以消灾避难。我被老道的样子

本文选自舒乙散文集《我的风筝》(陕西人民出版社1998年版)。舒乙,作家、文学评论家,曾任中国现代文学馆馆长。主要著作有《我的风筝》《老舍》《现代文坛瑰宝》《我的第一只眼》《梦和泪》《老舍的最后两天》等。

吓得哇哇大哭，由此便产生了我的第一个不可磨灭的记忆。父亲当时写了一篇散文，说："一看胖手腕的红线，我觉得比写一本伟大的作品还骄傲，于是上街买了两尊兔子王，感谢老道。红线、兔子王，都有绝大的意义！"使我遗憾终生的是，在我的第一个记忆里，在父亲称之为有绝大意义的事情里，竟没有父亲的形象，我记住的只是可怕的老道和那扇大铁门。

我童年时代的记忆里真正第一次出现父亲，是在我两岁的时候，在济南齐鲁大学常柏路的房子里。一九八二年我到济南开会时去看过那房子，使我惊奇的是，那楼梯，那客厅竟和我记忆中的完全一模一样，足见，两岁时的记忆已经很可靠了。不过，说起来有点泄气，这次记忆中的父亲正在撒尿。母亲带我到便所去撒尿，尿不出，父亲走了进来，做示范，母亲说："小乙，尿泡泡，爸也尿泡泡，你看，你们俩一样！"于是，我第一次看见了父亲，而且，明白了，我和他一样。

在父亲一九三五至一九三七年写的幽默小文中，多次提到他有一女一儿，"均狡猾可喜"，他常常要当马当牛，在地上爬来爬去，还要学牛叫，小胖子常常下令让他"开步走"，可是永远不喊"立正"，走起来没完。无数个刚想起来的好句子好词就在这些"命令"中飞到了九霄云外，所以至今也没成为伟大的莎士比亚。我很抱歉的是，这些情节我竟一丁点儿也记不起来，我只记得他和我一块儿撒尿，虽然，我很为此而感到骄傲。

在我两岁零三个月的时候，父亲离开济南南下武汉加入到抗战洪流中。再见到父亲时，我已经八岁。见头一面，我觉得父亲很苍老，他刚割完阑尾，腰直不起来，站在那里两只手一齐压在手杖上。我怯生生地喊他一声"爸"，他抬起一只手臂，摸摸我的头，叫我"小乙"。他已经不是那个在地上爬来爬去的牛了，我也不是可以任意喊他开步走的胖小子了。对他，对我，爷儿俩彼此都是陌生的。我发现，在家里他很严肃，并不和孩子们随便说笑，也没有什么特别亲昵的动作。他当时严重贫血，整天抱怨头昏，但还是天天不离书桌，写《四世同堂》。他很少到重庆去，最高兴的时候是朋友来北碚看望他，只有这个时候他的话才多，变得非常健谈，而且往往是一张嘴就是一串笑话，逗得大家前仰后合。渐渐地，我把听他说话当成了一种最有吸引力的事，总是静静地在一边旁听，还免不了跟着傻笑。父亲从不赶我走，还常常指着我不无亲切地叫我"傻小子"。我发觉，他一定在很仔细地观察我，因为我老听见他跟客人们说这个傻小子怎么样怎么样，闹得我常常自己纳闷，怎么我就不知道自己身上有这些特点，值得他如此仔细地去和别人讨论。他自己从来不告诉孩子应该怎样做和不应该怎样做。只有在他和朋友谈话中，你才间接地知道原来他很喜欢你做了这件事或者那件事。他对孩子们的功课和成绩毫无兴趣，一次也没问过，也没辅导过，完全不放在心上，采取了一种绝对超然的放任自流态度。他表示赞同的，在我当时看来，几乎都是和玩有关的事情，比如他十分欣赏我对画画有兴趣，对刻图章有兴趣，对收集邮票有兴趣，对唱歌有兴趣，对参加学生会的社会活动有兴趣。他知道我上五年级时被选为小学学生会主席时禁不住大笑起来，以为是件很可乐的事情，而且还是那句评语：这个傻小子！我刚到四川时，水土不服，身体很糟，偶尔和小朋友们踢一次皮球，他就显得很兴奋，自己站在草场边上看，还抿着嘴笑，表示他很高兴。他常常研究我的北京话，总是等事情过后把我的说法引述给他的朋友们听，向别人解释道："听听，这个词北京话得这么说，多好听！"他很爱带我去访朋友，坐茶馆，上澡堂子，走在路上，总是他挂着手杖在前面，我紧紧地跟在后面，他从不拉我的手，也不和我说话。我个子矮，跟在他后面，看见的总是他的腿和脚，还有那双磨歪了后跟的旧皮鞋。就这样，跟着他的脚印，我走了两年多，直到他去了美国。现在，一闭眼，我还能看见那双歪歪的鞋跟。我愿跟着它走到天涯海角，不必担心，不必说话，不必思索，却能知道整个世界。

再见到父亲时，我已经是十五岁的少年了，是个初三学生。他给我由美国带回来的礼物是一盒矿石标本，里面有二十多块可爱的小石头，闪着各种异样的光彩，每一块都有学名，还有简单的说明。听他的朋友说，在国外他很想念自己的三个孩子，可是他从没有给自己的孩子写过信；虽然他倒是常给朋友们的孩子，譬如冰心先生的孩子们写过不少有趣的信。

我奇怪地发现,此时此刻的父亲已经把我当成了一个独立的大人,采取了一种异乎寻常的大人对大人的平等态度。他见到我,不再叫"小乙",而称呼"舒乙",而且伸出手来和我握手,好像彼此是朋友一样。他的手很软,很秀气,手掌很红,握着他伸过来的手,我的心充满了惊奇,顿时感到自己长大了,不再是他的小小的"傻小子"了。高中毕业后,我通过了留学苏联的考试,父亲很高兴。五年里,他三次到苏联去开会,都要专程到列宁格勒去看我。他仍然没有给我写过信,但是常常得意地对朋友们说:儿子是学理工的,学的是由木头里炼酒精!他还把这个写到文章里,说自己的晚年有"可喜的寂寞",儿子闺女和伙伴们谈话,争论得不亦乐乎,他竟一句话也插不上,因为一点儿也听不懂!

　　虽然父亲诚心诚意地把我当成大人和朋友对待,还常常和我讨论一些严肃的问题,我反而常常强烈地感觉到,在他的内心里我还是他的小孩子。有一次,我要去东北出差,临行前向他告别,他很关切地问车票带了吗,我说带好了,他说:"拿给我瞧瞧!"直到我由口袋中掏出车票,知道准有车票,放得也是地方,他才放心了。接着又问:"你带了几根皮带?"我说:"一根。"他说:"不成,要两根!"干嘛要两根?他说:"万一那根断了呢,非抓瞎不可!来,把我这根也拿上。"父亲问的这两个问题,让我笑了一路,男人之间的爱,父爱,深厚的父爱表达得竟是如此奇特!

　　对我的恋爱婚事,父亲同样采取了超然的态度,表示完全尊重孩子的选择。婚礼的当天,他请了两桌客,招待亲家和老友,饭后大家请他表演节目,他说当了公公不再当众唱戏,改说故事,于是讲了他的内蒙之行观感。他还送给我们一幅亲笔写的大条幅,红纸上八个大字:"勤俭持家,健康是福",下署"老舍",这是继矿石标本之后他送给我的第二份礼物,以后,一直挂在我的床前。可惜,后来红卫兵把它撕成两半,扔在地上乱踩,等他们走后,我从地上将它们拣起藏好,保存至今,虽然残破不堪,却是我的最珍贵的宝贝。

直到前几年,我由他的文章中才发现,父亲对孩子教育竟有许多独特的见解,生前他并没有对我们直接说过,可是他做了,全做了,做得很漂亮,我终于懂得了他的爱的价值。

父亲死后,我一个人曾在太平湖畔陪伴他度过了一个漆黑的夜晚,我摸了他的脸,拉了他的手,把泪洒在他满是伤痕的身上,我把人间的一点热气当作爱回报给他。

我很悲伤,我也很幸运。

简评

老舍先生,是我国著名的作家和人民艺术家,其长篇小说《骆驼祥子》和话剧《茶馆》在中国现代文学的殿堂中闪耀着不朽的光辉。他出身贫寒,自幼生活在北京底层,对穷苦的劳动人民很了解,淳朴的家风使他养成了正直的性格、正派的作风。有人说老舍的身上似乎有点曹雪芹的流风余韵。"童年习冻饿,壮岁备酸辛。"人生的风雨,练就了他铮铮的铁骨,铸成了他独特的人格。

但是,读者在舒乙写下情真意切的《父子情》中,看到的是老舍先生的另一面。家长里短的叙述,生动感人的细节,刻画了一个疼爱孩子的普通的父亲形象,而且更是一个身体力行有着独特教育理念的兼有家长、教师双重身份的父亲。字里行间让我们看到了一个极富教育个性的光彩照人的形象。他的教育行为里闪烁的精神火花，就是今天也依然值得我们思考。好的家庭教育在人的一生中是不能缺位的，父母是孩子人生第一任老师。从孩子成长的角度看，再好的学校、再优秀的老师也不能取代家庭的教育。从孩子出生的第一天起，家长就是孩子的第一任老师，家长的言传身教就是孩子的人生课堂。我们阅读本文，应该把侧重点放在老舍先生的家庭教育上，要言之，主要体现在以下几个方面：

1.家庭生活中对待孩子身教重于言教。模仿是儿童的天性，在孩子纯洁的眼中，父母的一言一行所产生的影响胜过任何高深的说教。老舍先生没有丝毫扭捏地给孩子做撒尿的示范，正是这件小事体现了他在教育理念上的开阔视野。老舍全没有为父的威严、羞涩、矫揉造作的姿态。不仅如此，朋友来了，允许孩子在旁边听讲，没有对孩子的呵斥和驱逐，还当着客人的面昵称舒乙"傻小子"。让孩子在与大人平等和父亲亲昵的赞扬的和谐气氛中，去了解世事，学习待人处世的方法。这些在一般人眼里，又常常被忽视，可在老舍的教育观念中，这是书本上学不到，而又是做人必不可少的，半点也不能马虎的大事。老舍还常常带孩子去访朋友，坐茶馆，上澡堂子。这可不是随意带孩子去潇洒，去轻松，去玩儿，而是要潜移默化地让孩子去认识社会、了解社会，解读社会这本大书。就连走在路上，他只让孩子紧跟其后，从不拉着孩子的手，也不和孩子说话。完全超然地让孩子独立地去观察社会，认识社会，思考问题，培养能力。乃至到现在，作者仍刻骨铭心，只要一闭眼，眼前还总浮现父亲那熟悉亲切的身影的象征——"歪歪的鞋跟"，仍还总愿跟着他"走到天涯海角"，"不必担心，不必说话，不必思索，却能知道整个世界"。

2.家长要尊重孩子，要维护孩子活泼的天性。儿童应该在玩耍中成长。爱玩是孩子的天性,但是,生活中许多"望子成龙"的父母却无视孩子的这种天性,处处约束孩子。老舍先生不这样,表现在充分尊重孩子,培养健康人格上。他把孩子当朋友,注重孩子的个性发展。孩子读初三前,还不谙世事,处于"天性好玩"的时期,这时,他对孩子的功课和成绩"毫无兴趣",不过问,不辅导,"采取了一种绝对超然的放任自流态度"。他赞同的,几乎都是和玩有关的事。他十分欣赏孩子对画画、唱歌的兴趣,对参加学生会活动的兴趣。而到孩子十五岁,进入初三学习时,他则把孩子当成"独立的大人"看待,采取一种"异乎寻常"的"平等态度",改称"小乙"为"舒乙",每次回家,还要亲热地和孩子握手。对孩子的学习,他一改过去的不过问的态度。从美国回来,还"专门带给孩子一盒矿石标本",而聪明的舒乙从这礼物中读懂了父亲沉甸甸的爱,读懂了父亲的殷切希望,并从中汲取力量,不负父望,高中毕业后,即通过了留学苏联的考试。舒乙在苏联留学五年中,老舍还多次利用到苏联开会的机会专程去看望他,并在朋友面前夸奖他。

3.培养孩子兴趣,注重个性发展。作为儿子的舒乙,在多个领域所取得的成就,与父亲的教育和影响是分不开的。俗话说:"兴趣是最好的老师。"老舍用自己的实践,科学地践行了这个道理。"孩子的天性是玩",他注意引导,要让孩子在玩的快乐时期,玩出个性,玩出趣味,玩出灵性,从而充分培养孩子的兴趣爱好,发展孩子的兴趣特长,使他们具有健康的身体,健康的心理素质和健全的人格。决不做揠苗助长,泯灭儿童天性,扭曲儿童性格的蠢事。也正是这种注重孩子个性发展的教育方法和别致厚重的爱,才造就了舒乙健全的人格。老舍这种教育孩子的"复杂"独特的方式,是值得我们效法的。

舒乙的散文,风格清新,内涵丰富,平实中耐人寻味。语言上的淡化平实中,表现了对父亲的深切思念,深沉的伤痛,感人至深。文章一开始,作者就以深情的笔触,对照鲜明地写道:"我的父亲老舍,既不是典型的慈父,也不是那种严厉得令孩子见而生畏的人……也是个复杂的父亲。"这是全文的纲,全文的主旨。作者就紧紧围绕这一中心展开叙述。父亲在作者最初的记忆里竟是非常模糊的,模糊到"第一个记忆里……竟没有父亲的形象",只有那"可怕的老道和那扇大铁门"。两相对照,不难看出,这"没有父亲的形象",其实是没有那种所谓的娇惯、溺爱、纵容孩子的"典型的慈父"的形象,这言外之意所蕴含的正是舒乙的父亲——老舍先生的崇高的地方。

普

通

人

◇梁晓声

本文选自梁晓声
《你在今天还在昨天：
我的人生笔记》（时代文
艺出版社2006年版）。
梁晓声，当代著名作
家。代表作有《这是一
片神奇的土地》《今夜
有暴风雪》《雪城》《师
恩难忘》《年轮》等。

父亲去世已经一个月了。

我仍为我的父亲戴着黑纱。

有几次出门前，我将黑纱摘了下来。但倏忽间，内心里涌起一种怅然若失的情感。戚戚地，我便又戴上了。我不可能永不摘下，我想。这是一种纯粹的个人情感。尽管这一种个人情感在我有不可殚言的虔意。我必得从伤绪之中解脱。也是无须乎别人劝慰，我自己明白的。然而怀念是一种相会的形式。我们人人的情感都曾一度依赖于它……

这一个月里，又有电影或电视剧制片人员到我家来请父亲去当群众演员。他们走后，我就独自静坐，回想起父亲当群众演员的一些微事……

1984年至1986年，父亲栖居北京的两年，曾在五六部电影和电视剧中当过群众演员。在北影院内，甚至范围缩小到我当年居住的十九号楼内，这是司空见惯的事。

　　父亲被选去当群众演员，毫无疑问地最初是由于他那十分惹人注目的胡子。父亲的胡子留得很长。长及上衣第二颗纽扣。总体银白。须梢金黄。谁见了谁都对我说："梁晓声，你老父亲的一把大胡子真帅！"

　　父亲生前极爱惜他的胡子，兜里常揣着一柄木质小梳。闲来无事，就梳理。

　　记得有一次，我的儿子梁爽天真发问："爷爷，你睡觉的时候，胡子是在被窝里，还是在被窝外呀？"

　　父亲一时答不上来。

　　那天晚上，父亲竟至于因为他的胡子而几乎彻夜失眠。竟至于捅醒我的母亲，问自己一向睡觉的时候，胡子究竟是在被窝里还是在被窝外。无论他将胡子放在被窝里还是放在被窝外，总觉得不那么对劲……

　　父亲第一次当群众演员，在《泥人常传奇》剧组。导演是李文化。副导演先找了父亲。父亲说得征求我的意见。父亲大概将当群众演员这回事看得太重，以为便等于投身了艺术。所以希望我替他做主，判断他到底能不能胜任。父亲从来不做自己胜任不了之事。他一生不喜欢那种滥竽充数的人。

　　我替父亲拒绝了。那时群众演员的酬金才两

元。我之所以拒绝不是因为酬金低，而是因为我不愿我的老父亲在摄影机前被人呼来挥去的。

李文化亲自来找我——说他这部影片的群众演员中，少了一位长胡子老头儿。

"放心，我吩咐对老人家要格外尊重，要像尊重老演员们一样还不行吗？"——他这么保证。

无奈，我只好违心同意。

从此，父亲便开始了他的"演员生涯"——更准确地说，是"群众演员"生涯——在他七十四岁的时候……

父亲演的尽是迎着镜头走过来或背着镜头走过去的"角色"。说那也算"角色"，是太夸大其词了。不同的服装，使我的老父亲在镜头前成为老绅士、老乞丐、摆烟摊的或挑菜行卖的……

不久，便常有人对我说："哎呀晓声，你父亲真好。演戏认真极了！"

父亲做什么事都认真极了。

但那也算"演戏"么？

我每每地一笑置之。然而听到别人夸奖自己的父亲，内心里总是高兴的。

一次，我从办公室回家，经过北影一条街——就是那条旧北京假景街，见父亲端端地坐在台阶上。而导演们在摄影机前指手画脚地议论什么，不像再有群众场面要拍的样子。

时已中午，我走到父亲跟前，说："爸爸，你还坐在这儿干什么呀？回家吃饭！"

父亲说："不行。我不能离开。"

我问："为什么?"

父亲回答："我们导演说了——别的群众演员没事儿了，可以打发走了。但这位老人不能走，我还用得着他!"

父亲的语调中，很有一种自豪感似的。

父亲坐得很特别。那是一种正襟危坐。他身上的演员服，是一件褐色绸质长袍。他将长袍的后摆掀起来搭在背上。而将长袍的前摆，卷起来放在膝上。他不依墙。也不靠什么。就那样子端端地坐着，也不知已经坐了多久。分明的，他唯恐使那长袍沾了灰土或弄褶皱了……

父亲不肯离开，我只好去问导演。

导演却已经把我的老父亲忘在脑后了，一个劲儿地向我道歉……

中国之电影电视剧，群众演员的问题，对任何一位导演，都是很沮丧的事。往往的，需要十个群众演员，预先得组织十五六个，真开拍了，剩下一半就算不错。有些群众演员，钱一到手，人也便脚底板抹油——溜了。群众演员，在这一点上，倒可谓相当出色地演着我们现实中的些个"群众"，些个中国人。

难得有父亲这样的群众演员。

我细思忖，都愿请我的老父亲当群众演员，当然并不完全因为他的胡子……

那两年内，父亲睡在我的办公室。有时我因写作到深夜，常和父亲一块儿睡在办公室。

普通人

153

有一天夜里,下起了大雨。我被雷声惊醒,翻了个身。黑暗中,恍恍地,发现父亲披着衣服坐在折叠床上吸烟。

我好生奇怪,不安地询问:"爸,你怎么了? 为什么夜里不睡吸烟? 爸你是不是有什么心事啊?"

黑暗之中,但闻父亲叹了口气。许久,才听他说:"唉,我为我们导演发愁哇! 他就怕这几天下雨……"

父亲不论在哪一个剧组当群众演员,都一概地称导演为"我们导演"。从这种称谓中我听得出来,他是把他自己——一个迎着镜头走过来或背着镜头走过去的群众演员,与一位导演之间联得太紧密了。或者反过来说,他是太把一位导演,与一个迎着镜头走过来或背着镜头走过去的群众演员联得太紧密了。

而我认为这是荒唐的。

而我认为这实实在在是很犯不上的。

我嘟哝地说:"爸,你替他操这份心干嘛? 下雨不下雨的,与你有什么关系? 睡吧睡吧!"

"有你这么说话的么?"父亲教训我道,"全厂两千来人,等着这一部电影早拍完,早通过,才好发工资,发奖金! 你不明白? 你一点儿不关心?"

我佯装没听到,不吭声。

父亲刚来时,对于北影的事,常以"你们厂"如何如何而发议论,而发感慨。不知从什么时候开始,他不说"你们厂"了,只说"厂里"了。倒好像,他就是北影的一员。甚至倒好像，他就是北影的厂长……

天亮后，我起来，见父亲站在窗前发怔。

我也不说什么，怕一说，使他觉得听了逆耳，惹他不高兴。

后来父亲东找西找的。我问找什么。他说找雨具。他说要亲自到拍摄现场去，看看今天究竟是能拍还是不能拍。

他自言自语："雨小多了嘛！万一能拍呢？万一能拍，我们导演找不到我，我们导演岂不是要发急么？……"

听他那口气，仿佛他是主角。

我说："爸，我替你打个电话，向你们剧组问问不就行了么？"

父亲不语，算是默许了。

于是我就到走廊去打电话。其实是为我自己的事打电话。

回到办公室，我对父亲说："电话打过了。你们组里今天不拍戏。"——我明知今天准拍不成。

父亲火了，冲我吼："你怎么骗我?！你明明不是给我们剧组打电话！我听得清清楚楚。你当我耳聋么？"

父亲他怒冲冲就走出去了。

我站在办公室窗口，见父亲在雨中大步疾行，不免地羞愧。

对于这样一位太认真的老父亲，我一筹莫展……

父亲还在朝鲜民主主义人民共和国选景于中国的一个什么影片中担当过群众演员。当父亲穿上一身朝鲜民族服装后,别提多么地像一位朝鲜老人了。那位朝鲜导演也一直把他视为一位朝鲜老人。后来得知他不是,表示了很大的惊讶,也对父亲表示了很真诚的谢意。并单独同父亲合影留念。

那一天父亲特别高兴,对我说:"我们中国的古人,主张干什么事都认真。要当群众演员,咱们就认认真真地当群众演员。咱们这样的中国人,外国人能不看重你么?"

记得有天晚上,是一个星期六的晚上。我和妻子和老父母一块儿包饺子。父亲擀皮儿。

忽然父亲喟叹一声,喃喃地说:"唉,人啊,活着活着,就老了……"

一句话,使我、妻、母亲面面相觑。

母亲说:"人,谁没老的时候,老了就老了呗!"

父亲说:"你不懂。"

妻煮饺子时,小声对我说:"爸今天是怎么了?你问问他,一句话说得全家怪纳闷怪伤感的……"

吃过晚饭,我和父亲一同去办公室休息。睡前,我试探地问:"爸,你今天又不高兴了么?"

父亲说:"高兴啊,有什么不高兴的!"

我说:"那怎么包饺子的时候叹气,还自言自语老了老了的?"

父亲笑了,说:"昨天,我们导演指示——给这老爷子一句台词! 连台词都让我说了,那不真算演员了么？我那么说你听着可以么？……"

我恍然大悟——原来父亲是在背台词。

我就说："爸,我的话,也许你又不爱听。其实你愿怎么说都行！反正到时候,不会让你自己配音,得找个人替你再说一遍这句话……"

父亲果然又不高兴了。

父亲又以教训的口吻说："要是都像你这种态度,那电影,能拍好么？老百姓当然不愿意看！一句台词,光是说说的事么？脸上的模样要是不对劲,不就成了嘴里说阴,脸上作晴了么？"

父亲的一番话,倒使我哑口无言。

惭愧的是,我连父亲不但在其中当群众演员,而且说过一句台词的这部电影,究竟是哪个厂拍的,片名是什么,至今一无所知。

我说得出片名的,仅仅三部电影——《泥人常传奇》《四世同堂》《白龙剑》。

前几天,电视里重播电影《白龙剑》,妻忽指着屏幕说："梁爽你看你爷爷！"

我正在看书,目光立刻从书上移开,投向屏幕——哪里有父亲的影子……

我急问："在哪儿在哪儿？"

妻说："走过去了。"

是啊,父亲所"演"的,不过就是些迎着镜头走过来或背着镜头走过去的群众角色,走得时间最长的,也不过就十几秒钟。然而父亲的确是一位极认真极投入的群众演员——与父亲"合作"过的导演们都这么说……

在我写这篇文字时，又有人打来电话——

"梁晓声？"

"是我。"

"我们想请你父亲演个群众角色啊！……"

"这……我父亲已经去世了……"

"去世了？对不起……"

对方的失望大大多于对方的歉意。

如今之中国人，认真做事认真做人的，实在不是太多了。如今之中国人，仿佛对一切事都没了责任感。连当着官的人，都不大肯愿意认真地当官了。

有些事，是我，也渐渐地开始不很认真了。似乎认真首先是对自己很吃亏的事。

父亲一生认真做人。认真做事。连当群众演员，也认真到可爱的程度。这大概首先与他原意是分不开的。一个退了休的老建筑工人，忽然在摄影机前走来走去，肯定的是他的一份愉悦。人对自己极反感之事，想要认真也是认真不起来的。这样解释，是完全解释得通的。但是我——他的儿子，如果仅仅得出这样的解释，则证明我对自己的父亲太缺乏了解了！

我想——"认真"二字，之所以成为父亲性格的主要特点，也许更因为他是一位建筑工人。几乎一辈子都是一位建筑工人。而且是一位优秀的获得过无数次奖状的建筑工人。

一种几乎终生的行业，必然铸成一个明显的性格特点。建筑师们,是不会将他们设计的蓝图给予建筑工人——也即那些砖瓦灰泥匠们过目的。然而哪一座伟大的宏伟建筑,不是建筑工人们一砖一瓦盖起来的呢?正是那每一砖每一瓦,日复一日、月复一月、年复一年地,十几年、几十年地,培养成了一种认认真真的责任感。一种对未来之大厦矗立的高度的可敬的责任感。他们虽然明知,他们所参与的,不过一砖一瓦之劳,却甘愿通过他们的一砖一瓦之劳,促成别人的广厦之功。

他们的认真乃因为这正是他们的愉悦!

愿我们的生活中,对他人之事的认真,并能从中油然引出自己之愉悦的品格,发扬光大起来吧!

父亲是一个普通得不能再普通的人。父亲曾是一个认真的群众演员。或者说,父亲是一个"本色"的群众演员。

以我的父亲为镜,我常不免问我自己——在生活这大舞台上,我也是演员吗?我是一个什么样的演员呢?就表演艺术而言,我崇敬性格演员。就现实中人而言,恰恰相反,我崇敬每一个"本色"的人,而十分警惕"性格演员"……

简评

梁晓声笔下"普通人"——父亲,是可亲可敬的。

梁晓声先生是中国当代以知青文学成名的代表作家之一。在北大荒的沃土上,他洒下了青春的汗水。作为一代知青作家中的佼佼者,其作品多描写北大荒的知青生活,从《这是一片神奇的土地》到《今夜有暴风雪》以及《雪城》《年轮》等,为我们讲述了许多美丽动人的苦难故事,无论是献身"鬼沼"的梁姗姗、李小燕、"摩尔人",还是冻死在知青返城之夜的裴晓芸、刘迈克……真实、动人地展示了他们的痛苦与快乐、求索与理想,深情地礼赞了他们在逆境中表现出来的美好心灵与情操,为一代知识青年树立起英勇悲壮的纪念碑。后期作品开始探讨现实与人性，长篇小说《浮城》以社会幻想的形式展现了作者对人性和社会的分析，十分深刻，体现了作者创作思想的探索。

在创作了知识青年群像后，有一天，梁晓声先生写了自己的父亲。

"父亲去世已经一个月了，我仍为我的父亲戴着黑纱。"像大多中国家庭的父亲和儿子，父爱是差于表达、疏于张扬的，但是，却如灯火一般，点亮在我们的身后，照亮我们的前程。哪怕是阴阳两隔，也阻不断这种血脉深情。在梁晓声心目当中，父亲是严厉的一家之主，绝对权威，靠出卖体力来养家糊口。梁晓声还有一篇写父亲的散文——《父亲》，对父亲有全面的、有血有肉的叙述和描写。在梁晓声的心中，父亲是恩人，也是令"我"惧怕的人。因为家中绝对的领导地位，他的一言一行影响着每个人的生活轨迹。他的粗暴打骂曾使"我"口吃到中学，也使"我"懂得了什么是一个男人的尊严。宽容、坚忍的母亲在他面前总像一只温顺的羊。父亲强烈的自我意识，使他宁愿相信算命先生的"克女"之说，也不听医生的真诚忠告，最终延误了姐姐的治疗时机，导致姐姐幼年夭折。也是由于他的严厉、粗暴和无知，让一心奔前程的哥哥大学理想未竟就疯了……这些破碎的记忆甚至带有伤痛的感觉，都深深地印在"我"的脑海，无法抹掉。但这并不意味着"我"不尊重父亲，不敬爱父亲，他也有值得敬重的地方。比如他是壮实的山东大汉，不叹气，不抱怨，也不哀求。他的生活原则就是"万事不求人"。他的脊梁像大山一样的结实，一个人默默地承受着六口之家的生计重压。

梁晓声先生笔下的父亲是个优秀的多次获得奖状的建筑工人，在退休后开始了他的"演员"生涯，准确说是在他74岁时开始做群众演员的生涯，演的净是"迎着镜头走过来或是背着镜头走过去的角色"。他说："不同的服装，使我的老父亲在镜头前成为老绅士、老乞丐、摆烟摊的或挑菜行卖的……"有时为一句台词反复练习揣摩，家人劝他别太认真,而他却说要都像你们这态度,那电影能拍好么?一句台词脸上模样不对不就嘴里说阴,脸上作晴了么?梁晓声的父亲就是这样一个个性鲜明、为人正派、做事认真,对生活、人生有着自己独到见解的中国人的典型。梁晓声在《父亲》一文中是这样写他父亲的:关于父亲,我写下这篇忠实的文字,为一个由农民成为工人阶级者"树碑立传",也为一个儿子保存将来献给儿子的记忆……

这是一个有血有肉的父亲形象,在他的身上看到了梁晓声的潜质,或者说,一个山东大汉滚烫的血在他的血管里流淌。梁晓声的一些作家和非作家的朋友回忆,梁晓声是一介书生,身体羸弱,却偏偏有关东大汉慷慨悲歌的遗风,疾恶如仇,常常路见不平,拔刀相助。有一年的夏天,在儿童电影制片厂北面的十字路口,有几个膀大腰圆的京城恶少,只因一个外地民工无意挡了他们的路,便不由分说,将其围在当中往死里殴打。麻木的看客们躲在一旁冷眼旁观,任被殴民工苦苦哀号而无动于衷。就在此时,突然一声怒喝:"住手!"只见一个文弱的书生,手举木棒冲进重围,推开恶少,用身体护住被殴者。这群恶少先是一愣,接着打量一下对手,便一脸鄙夷地奸笑,正要撒野,但见书生双目怒瞪:"要文的,要武的,我都奉陪!"一脸的凛然正气,一身的豁出性命的虎威,几个年轻人目瞪口呆,接着就拔腿要溜。中年人用棒子一横:"向民工道歉,不然休想离开!"见此状,围观的人也来了精神,一起指责数落恶少们。看这阵势,恶少们乖乖地道了歉,灰溜溜地在众人的哄笑声中逃之夭夭。此公便是儿影厂副厂长的梁晓声。从这个不惧邪恶、挥舞大棒的文弱书生的身上让人看到了乃父"山东大汉"的影子。

《普通人》给我们带来了梁晓声对父亲的感恩,更让我们认识到"父亲"人生中一个做人的原则就是"认真"。梁晓声不止一次感慨中国老百姓的善良与朴实。在《中国生存启示录》里,他说,中国的老百姓是全世界最仁义、最厚道的老百姓。哪个国家的老百姓比中国的老百姓更仁义、更厚道呢？哪个国家的老百姓比中国的老百姓更善于忍耐、更善于在忍耐之中仍怀抱着不泯的希望呢？

　　是父亲，也是普通人，但在硬汉梁晓声先生的心中是崇高的形象。

独

立宣言

◇[美]杰斐逊

在处理人类事务的过程中,当一个民族必须解除与另一个民族彼此之间的政治联系,依照自然的法则和上帝的意旨,在世界各国之中,接受独立与平等的地位时,出于对人类信念的尊重,必须宣布迫使他们独立的原因。

我们认为以下真理是不言而喻的:人人生而平等,造物主赋予他们若干不可剥夺的权利,其中包括生命权、自由权和追求幸福的权利——为了保障这些权利,政府才得以建立于人类之中,而且必须经被统治者同意,才能获得其正当权力。若任何形式的政府破坏这些目标,则人民有权改变或废除该政府,建立新的政府;并使其基础原则,及其组织权力之方

本文选自乔伊·哈克姆《自由的历程:美利坚图史》(复旦大学出版社2015年版)。托马斯·杰斐逊早年专门学法律,于1767年获得了律师执照。做了7年律师,并为以后从政打下了良好的基础。1769年成功竞选为弗吉尼亚议会议员,开始走向政坛。1775年5月,北美殖民地第二届大陆会议在费城召开,杰斐逊作为弗吉尼亚

代表参加了这次具有重大历史意义的会议。杰斐逊作为美国开国元勋中最具影响力者之一，出任美利坚合众国第三任总统。

式，能最大限度地实现人民的安全和幸福。为了慎重起见，成立多年的政府，不应当由于微不足道的暂时原因而改变。过去的一切经验都说明，任何苦难，只要是尚能忍受，人类都宁愿容忍，也不会废除他们久已习惯了的政府以纠正弊端。但是，如果一连串追逐同一目标的滥用职权和强取豪夺之事表明政府企图把人民置于专制统治之下，那么人民就有权利、也有义务推翻这个政府，并为他们未来的安全建立新的保障——这些殖民地过去就曾如此逆来顺受，这也是它们现在被迫改变以前政府制度的必然原因。

现今的大不列颠国王的历史，乃是接连不断的伤天害理和强取豪夺的历史，所有这些暴行的直接目标，就是想在这些州建立绝对暴政。为了证明所言属实，让我们向公正的世界宣布下列事实：

他拒绝批准对公众利益最有益、最必要的法律。

他禁止其政府批准迫切而紧要的法律，将这些法律搁置一旁，直到获得他的同意，才能实施；而一旦这些法律被搁置起来，他对它们就完全置之不理。

他拒绝批准为广大地区的人民提供居住之地的其他法律，除非那些人民情愿放弃自己在立法机关中的代表权；但这种权利对他们有无法估量的价值，且唯有暴君才畏惧这种权利。

他召集各州立法团体开会的地方，都十分异常、不便，且远离他们的档案库，唯一的目的是陷他们于精疲力竭之中，因而不得不顺从他的意旨。

他一再解散各州的议会，因为它们以勇敢的坚定态度，反对他侵犯人民的权利。

在解散各州议会之后的很长时间里，他拒绝另选新议会；但立法权是无法取消的，因此这项权力仍归还给一般人民来行使，而与此同时各州仍处于外敌入侵与内部骚乱并存的危险境地。

他竭力抑制我们各州增加人口；为此目的，他阻挠外国人入籍法的通过，拒绝批准其他鼓励外国人移民的法律，并提高占有新土地的条件。

他拒绝批准建立司法权力的法律，以阻挠司法机关的管理。

他把法官的任期、薪金数额和支付，完全置于他个人意志的支配之下。

他建立大量新官署，派遣大批官员，侵扰我们的人民，并耗尽人民的生活物质。

他在和平时期，未经我们的立法机关同意，就在我们中间维持常备军。

他力图使军队独立于民政之外，并凌驾于民政之上。

他与他人勾结，把我们置于一种不适合我们的体制且不为我们的法律所承认能管辖之下；他还批准那些人炮制各种伪法案来达到以下目的：

切断我们同世界各地的贸易；

未经我们同意便向我们强行征税；

在许多案件中剥夺我们受陪审团审判的权益；

罗织罪名押送我们到海外去受审；

在一个邻省废除英国的自由法制,建立专制政府,并扩大该省的疆界,企图立刻把该省变成一个样板和得心应手的工具,以便向这里的各殖民地推行同样的极权统治;

取消我们的宪章,废除我们最宝贵的法律,并且从根本上改变我们的政府形式;

中止我们自己的立法机关行使权力,宣称他们自己有权就一切事宜为我们制定法律。

他宣布我们已不属他保护之列,并对我们作战,从而放弃了在这里的政府。

他在我们的海域大肆掠夺,蹂躏我们沿海地区,焚烧我们的城镇,残害我们人民的生命。

他此时正在运送大批外国雇佣兵来完成杀戮、破坏和暴政的勾当,这种勾当早就开始了,其残酷卑劣之状无以复加,甚至在最野蛮的时代都难以找到先例。他完全不配做一个文明国家的元首。

他在公海上俘虏我们的同胞,强迫他们拿起武器反对自己的国家,成为残杀自己亲友的刽子手,或是死于自己亲友的手下。

他在我们中间煽动内乱,并且竭力挑唆那些残酷无情、没有开化的印第安人来杀掠我们边疆的居民;众所周知,印第安人的作战规则是不分男女老幼地位高低,一律格杀勿论。

在这些压迫的每一个阶段中,我们都曾用最谦卑的言辞请求纠正压迫行为;但屡次请愿所得到的答复是屡次遭受伤害。一个君主,如果其品格已打上种种暴君行为的烙印，他就不配做自由人民的统治者。

我们不是没有顾念我们英国的弟兄。我们时常提醒他们，他们的立法机关企图把无理的管辖权横加于我们头上。我们也曾把自己移民和定居于此的情形告诉他们。我们曾经求助于他们天生的正义感和雅量，我们恳求他们念在同种同宗的份上，弃绝这些掠夺行为，以免影响彼此的关系和往来。但是他们对于这种正义和血缘的呼声，也同样充耳不闻。因此，我们迫于无奈，必须宣布脱离他们，并且像对待世界上其他民族一样对待他们：战则为敌；和则为友。

因此，我们作为美利坚合众国的代表，聚集于大陆会议，以各殖民地善良人民的名义和授权，向全世界最崇高的审判者呼吁，说明我们的公正意图，同时郑重宣布：这些联合一致的殖民地，按照其权利，从此成为且必须成为自由与独立的国家，它们取消一切对英国王室效忠的义务，它们和大不列颠国之间的一切政治关系从此全部断绝，而且必须断绝；作为自由独立的国家，它们完全有权宣战、缔和、结盟、通商，以及采取独立国家有权采取的一切行动。

为了支持这篇宣言，我们坚决信赖神明上帝的庇佑，以我们的生命、我们的财产和我们神圣的名誉，彼此宣誓。

独立宣言

简评

1775年5月,北美殖民地第二届大陆会议在费城召开,本文作者杰斐逊作为弗吉尼亚代表参加了这次具有重大历史意义的会议。在会上,杰斐逊当选为"独立宣言起草委员会"的首席委员,执笔起草《独立宣言》。之后,杰斐逊作为美国开国元勋中最具影响力者之一,出任美利坚合众国第三任总统。除了政治事业外,杰斐逊同时也是农业学、园艺学、建筑学、词源学、考古学、数学、密码学、测量学与古生物学等学科的专家;又身兼作家、律师与小提琴手;也是弗吉尼亚大学的创办人。许多人认为他是历任美国总统中智慧最高者。他在任期间不仅保护农业,发展民族资本主义工业,还派遣远征队西行,使美国的西部边界伸向太平洋海岸。同时,进行过一些民主改革,领导了反对亲英保守势力、争取保持资产阶级民主的斗争,为美利坚资本主义的迅速发展创造了条件。他还从法国人手中"购买"了路易斯安那地区,使美国领土近乎增加了一倍。

《独立宣言》是英属北美殖民地人民宣告独立的纲领性文件,起草人是资产阶级民主派人士托马斯·杰斐逊。全文约2500字,分三部分:一、阐明资产阶级革命的基本原则,提出了著名的人权原则;二、谴责英国殖民当局的暴政;三、宣告与英国断绝关系,"联合一致的殖民地从此是自由和独立的国家"。《独立宣言》反映了北美殖民地人民争取自由独立的愿望,激发了美国人民的自信心和自豪感,鼓舞了各阶层群众奋起参加独立战争。对争取各国人民的同情和支持,推动后来的欧洲资产阶级革命,特别是对法国大革命和法国《人权宣言》都产生了积极的影响。马克思称赞《独立宣言》是"第一个人权宣言"。

杰斐逊以行文雄辩有力而著称。《独立宣言》的文风简洁辛辣,却又不失高雅,糅合了托马斯·潘恩朴素的语言和约翰·洛克高深的阐述。其中某些论点摘自洛克1690年所著《政府论》。杰斐逊通过将人人平等的观点建立在自然界诸多常见事实以及人类普遍境况基础之上，进一步发展了洛克思想。杰斐逊起初写的是"人人生而平等"，后来改变想法，写为"造物者赋予"人类"若干不可剥夺的权利"，他可能想借此来阻止自然神论者和基督徒之间的冲突。洛克把"生命权、自由权和财产权"称作天赋人权（自然权利），而杰斐逊则因其"生命权、自由权和追求幸福的权利"而闻名。结构上，宣言的最大特点在于开宗明义地阐明了作者的观点，并紧接着做出严谨的逻辑论证，既展望了为了人权的美好，又毫不留情地解析了英国殖民者的历历罪行。从而缔造了美国走向独立的第一个理论动力。他用经典、精辟的语言，阐述了美国的立国原则，欧洲的"社会契约论"在北美大陆上结出丰硕的果实。这种立国思想第一次在一份民族独立宣言这样正式的政治文件里被如此全面透彻地阐述。宣言主要历数英王在法治上，包括立法、司法方面的专制，这从一个侧面说明了殖民地人民民主观念、权利义务观念的成熟。在历数这些罪状中，可以看到殖民地人民对"三权分立"原则的信仰和认同。通过阅读这些历数的罪恶，可以看到北美殖民地人民在政治上的成熟。同时，作者在罗列罪行时也是经过深思熟虑的理性揭露，而没有罗列那些具体的罪行，更多的是充满理性的权利上的诉求，这反而使理由显得更具有力量，即使现在读来仍令人心动，理性的力量继续洋溢其中。在其独立宣言中，在历数了宗主国的罪恶后，进而表示愿意与其在和平时期和平相处，令人赞叹宣言起草人的战略眼光和理性力量。在语言的表达上，又显得十分精炼，特别是在罗列英国殖民者的所有不人道行为时表现得尤为突出，直指问题所在，简明扼要，流利酣畅。

但是，执笔起草《独立宣言》并非杰斐逊伟大的全部。

在独立战争最艰苦的日子里，已经登上政治舞台的杰斐逊就不止一次地在弗吉尼亚州的议会上发表议案，画出了战争结束后教育与图书馆建设的蓝图。在以后的岁月里,一直为实现这一理想而呕心沥血。当他谴责英国人在美英战争中烧毁国会图书馆是一种"文明时代不应有的野蛮行为"的同时,把自己花了50年时间收集的6500册藏书以自由付款的方式卖给国会。1819年,杰斐逊与他的同学,当时的美国总统詹姆斯·门罗共同创建了公立弗吉尼亚大学。当他告别总统职位之后,便将自己的全部精力放在弗吉尼亚大学的建设上。从筹集资金到校园规划,从建筑设计到聘请教授,都浸透了他的心血。今天,该大学已成为美国乃至世界最著名的高等学府之一,在美国仅次于普林斯顿,排名在哈佛、耶鲁之上。杰斐逊说:"我以创办和扶植一所教育我们后来人的学校,作为结束生命的最后一幕。"

大学建成后的第二年,1826年7月4日美国建国50周年这一天,杰斐逊与世长辞。他被安葬在蒙蒂塞洛山坡的墓地。生前他为自己设计了墓碑,撰写了墓志铭,并叮嘱"不得增添一字":"托马斯·杰斐逊,美国《独立宣言》和弗吉尼亚宗教自由法的执笔人;弗吉尼亚大学之父;安葬于此。"在杰斐逊那里,把一所大学的筹建和一个国家的独立,作为自己最终的追求。这说明,他认为政治与文化的建设同样重要。

烦

扰的心灵

◇ [美] 霍桑

当你第一个从午夜梦中惊起，在半梦半醒之间挣扎时，那是多么奇异的一刻呀！突然睁开双眼，你似乎惊奇于梦中的角色已全部汇集到你的床边。在其迅速变模糊之前，你放眼扫视过他们。或者，换一种比喻，一瞬间你发现自己在幻觉的王国里（睡眠是通往该王国的通行证）完全清醒着，看到了王国中幽灵般的居民和美丽的风景，感受着他们的奇妙，仿佛只要梦境被扰，你就永不会得到。遥远的教堂钟声在风中微弱地飘来。你半严肃地问自己，是否有人从某座伫立在你梦境里的灰塔中为你那只醒着的耳朵偷来这钟声。悬而未决中，越过沉睡的城镇，另一座钟又发出了巨大的鸣响，声音如此洪亮清晰，在周

本文选自朱自清等著《精美散文》（中国华侨出版社2014年版）。纳撒尼尔·霍桑，19世纪美国最伟大的浪漫主义小说家。其代表作品有短篇小说集《古宅青苔》《重讲一遍的故事》等，长篇小说《红字》《带七个尖顶的阁楼》《福谷传奇》《玉石人像》等。

遭的空气中留下长长的、低沉而连续的回声,你确信它一定是发自最近角落的一座教堂尖塔。你数着钟鸣——一下——二下——然后它们停在那儿,伴随着一声沉重的回响,就如同这座钟拼尽全力又敲响了第三下。

如果你能从一整夜中选出清醒的一小时,那就是此刻。你有合理的入睡时间(十一点钟),所以你的休息已足以消除昨日疲惫的重压;一直到来自"遥远的中国"的阳光照亮你的窗口,你面前呈现的几乎是整个夏夜的空间;一个小时陷入沉思,将心门半掩,两个小时在快乐的梦中流连,再留两个小时沉浸在那些最奇妙的享受中。快乐和忧愁同样健忘。起床属于另一段时间,而且显得如此遥远。带着灰心沮丧想从暖暖的被窝里爬出来置身于寒冷的空气中,简直是不可能的。昨天已经消失在过去的影子里;明天还未从未来中显现。你发现了一个中间地带,生活的琐事还未侵扰它的安宁;眼前的时刻在这里徘徊不去,真正地变成现实;时间老人发现在这儿无人注视他,便在路边坐下来喘口气:哈,他会沉沉睡去。让人们长生不老!

迄今你一直极安静地躺着,因为哪怕是最轻微的动作也会使人持续的睡眠消失无踪。现在,你感到一种无法回避的清醒。透过拉到一半的窗帘向外偷瞥,看到玻璃上装饰的满是冰霜的杰作,而每块窗玻璃都代表着一种类似于冻结的梦一样的东西。等待吃早饭的召唤时会有足够的时间找出其中的相似。透过玻璃上未结霜的部分看去,被冰雪覆盖的银白色的山峰并没有上升。最触目的东西是教堂的尖顶;白色的塔尖引你望向风雪交加的天空。你几乎可以辨别出刚刚报过时的那座钟上的数字。如此寒冷的天空,覆满皑皑白雪的屋顶,冰冻的街道那长长的远景,到处都是耀眼的白色,远处的水已凝成冰岩,尽管身上裹着四床毛毯和一条毛制盖被,这一切仍会使人不寒而栗。但是,你看那颗光彩夺目的星!它的光束不同于所有其他的星星,竟然用深于月光的一束光芒将窗影洒在床上,尽管轮廓如此的模糊。

你将身体缩进被窝,蒙住头,一直颤抖着,但来自体内的寒冷远逊于直接想到极地空气所带来的寒冷。实在是冷极了,连思想都不敢外出冒险。用尽了床上所有的御寒物,你思索着自己的奢华和舒适,如同一只壳中牡蛎,满足于一种无行动的懒散的沉迷,除了那诱人的温暖,就像你现在重新感觉到的一样,你昏昏沉沉地意识不到任何东西。啊!那个念头带来了可怕的后果。想到那些死人正躺存他们冰冷的裹尸布和狭窄的棺木中,想到墓地那阴郁窒闷的冬天,当雪花不断吹积在他们的墓丘上,刺骨的冷风在墓穴的门外怒号时,你无法说服自己不去想象他们正在恐缩发抖。这种阴郁的想法会越积越重,最终扰乱你清醒的那一小时。

每颗心灵的深处都有一座墓穴和地牢,尽管外界的光、音乐及狂欢可能使我们暂时忘却它们和它们中所掩埋的死者及关押的囚犯。但有时,最经常的是在午夜,那些黑暗的藏身之所的大门会砰然大开。在像这样的一小时中,心灵会产生一种消极的敏感,但却没有任何活力了;想象就如同一面镜子,没有任何选择和控制的力量,而使思维变得栩栩如生;然后祈求你的悲伤睡去,祈求悔恨的兄弟不要打碎其锁链。太晚了!一辆灵车滑到你的床边,"激情"与"感情"以人形出现在车中,而心中的一切则在眼中幻化成模糊的幽灵。这里有你最早的"悲哀",一个年轻的苍白的哀悼者,具有一个与初恋相似的姐妹,那是一种哀绝的美,忧郁的脸上现出一种神圣的甜蜜,黑貂皮外衣中流露着典雅。接着出现的是被毁坏了的可爱的幽灵,金发中带着尘土,鲜艳的衣服都已褪色且破烂不堪,她低垂着头不时地偷看你一眼,像是怕受责备;她就是你多情而虚妄的"希望";现在人们叫她"失望"。然后又出现了一个更严厉的影子,他双眉紧锁,表情和姿态中显出铁样的权威;除了"灾难"再无其他名字更适合于他,他是控制你命运的不祥之兆;他是个魔鬼,在生活的开端你也许会因犯了某些错误受制于他,而一旦屈从于他,你就会永远受他奴役。看哪!那些刻在黑暗中的凶残的脸,那因轻蔑而扭歪的唇,那只活动的眼中流露出的嘲弄,那尖尖的手指,触痛着你心中的疮疤!还记得某件即使躲在地球上最偏僻的山洞里你也会为之脸红的大蠢事吗?那么承认你的"羞耻"。

走开,这帮讨厌的家伙!对一个清醒而又极悲惨的人来说,没有被一群更凶残的家伙围住就算不错了。那群家伙是藏在一颗负罪的心中的魔鬼，而地狱就筑在那颗心中。假如"悔恨"以一个被伤害的朋友的面目出现会怎样？假如魔鬼穿着女人的衣裙，在罪恶和孤寂中带着一种苍白凄恻之美慢慢躺在你身边，又会怎样？假如他像具僵尸一样站在你的床脚，裹尸布上带着血迹，那又会怎样？没有这样的罪行，心灵的梦魇也就足够了，这灵魂沉沉的堕落；这心中寒冬般的阴郁；这脑海里模糊的恐惧与室内的黑暗融合在一起。

通过绝望的努力，你终于坐直了身子，从一种神志清醒的睡眠中挣扎出来，疯狂地盯着床的四周，仿佛除了你烦扰的心灵外魔鬼们无处不在。同时，炉中昏昏欲睡的炉火发出一道光亮，把整个外间屋映得一片灰白，火光透过卧室的门摇曳不安，但却未能完全驱散室内的昏暗。你的双眼搜寻着任何能够提醒你有关这个活生生的世界的东西。你热切而细密地注意到炉旁的桌子，桌上的一本书，书页间一把象牙色的小刀，未折的书页，帽子及掉落的手套。很快，火焰就熄灭了，整个景象也随之消失，尽管当黑暗吞噬了现实时，其画面还片刻存留于你心灵的眼中。整个室内一如从前的模糊暗淡。但在你心中却已不再是相同的阴郁。当你的头又落回枕上的时候，你想（小声地说了出来），在这样的夜的孤寂中，感受一种比你的呼吸更轻柔的呼吸起落，一个更柔软的胸脯的轻轻触压，一颗更纯洁的心灵静静的跳动，并把它的和平宁静传给你那烦扰的心灵，就如同一位多情的睡美人正在将你拖入她的黑甜乡,那是怎样的一种至乐呀!

她感染了你,尽管她只存在于那幅转瞬即逝的画面中。在梦与醒的边界。你常常陷入一片繁花似锦的地方,这时你的思想便走马灯般以图画的形式出现在眼前,彼此毫无关联,但却被一种弥漫着的喜悦和美好全部同化了。那些美丽的回忆在阳光下闪闪发光,不停地旋转飞舞,伴着教室门旁、老树下隐约闪现的斑驳树影中及乡间小路的角落里孩子们的欢笑。你在太阳雨中伫立,那是一场夏季阵雨,你在一片秋天的森林中阳光辉映下的树木间漫步,抬头仰望那道最灿烂明亮的彩虹,如一道弯弓架在尼亚加拉大瀑布在美国境内的那片完整的雪被子上。一位年轻人刚刚娶了新娘,幸福的喜悦正在洞房中跳荡,春天里鸟儿们在为它们新筑的巢兴奋地飞来飞去,不停地在鸣啭歌唱,而你的心却在二者之间快乐地挣扎。封冻之前你感受到一只船欢快的跳动;灯火斑斓的舞厅中,当玫瑰花似的少女在她们最后的、最欢快的舞曲中旋转时,你发觉自己正盯视着她们极富韵律感的双脚;当大幕落下,遮住那优美活泼的一幕场景时,你发现自己正置身于一家拥挤不堪的剧院中灯火辉煌的二楼厅座。

你不情愿地开始抓住意识,通过在人的生活及现在已消逝的那一小时之间所做的模糊的比较,你证明自己处于半梦半醒之间。在这二者之中,你都是从神秘中出现,通过一种你能够产生却不能完全控制的变化,向上进入到另一神秘。现在远处的钟声又传了过来,声音越来越弱,而此时你却更深地陷入了梦中的旷野。这是为暂时的死亡而鸣响的丧钟。你的灵魂已经出发,像一个自由公民到处流浪。置身于朦胧世界的人群中,看到奇异的风景,却没有一丝惊异和沮丧。那最后的变化或许会如此平静,那灵魂通向永恒的家的入口处或许会如此毫无干扰,就像置身于熟识的事物之中!

简 评

　　父亲是个船长,在霍桑四岁的时候死于海上。霍桑在母亲抚养下长大。1821年霍桑在亲戚资助下进入缅因州的博多因学院,在学校中与朗费罗、富兰克林·皮尔斯成为好友。1824年大学毕业,霍桑回到故乡,开始写作。霍桑的作品想象丰富、结构严谨。他除了进行心理分析与描写外,还注重揭示人物内心冲突和心理刻画。在《烦扰的心灵》中,充分显示了作者运用纯意识的象征主义手法,暗寓了生活中各种失望、希望和追求,营造捉摸不定的氛围,来比照现实生活中人的生存环境,乍看似略显晦涩的文字,却达到了"余音绕梁"的艺术效果。不过,他的构思精巧的意象,虽然增添了作品的浪漫色彩,加深了寓意。但是,在某种程度上,他的一些作品也因此不乏神秘晦涩之处。

　　霍桑是美国19世纪最杰出的小说家。创作中他擅长揭示人物内心深处的冲突和心理描写,充满丰富想象,且擅长运用象征手法,能做到集中笔墨潜心挖掘潜藏在事物背后的深层的内涵,同时往往带有浓厚的宗教气氛和神秘色彩。鉴于此,在美国国内、外文学史上,人们习惯称之为"浪漫主义作家";作为心理小说的开创者,擅长剖析人的"内心"和揭示人物内心的冲突,因此,还自称"心理罗曼史作家"。不仅在他的小说中,他的散文也同样富于想象力,字里行间饱含诗意,内容和形式高度地和谐、统一，熔铸成一种完美强烈的艺术效果。

散文名篇《烦扰的心灵》也让读者有同样感受。在这篇散文中，他在营造一种离奇神秘气氛的同时，深刻挖掘了隐藏于事物背后的深层含义。丰富的想象和朦胧的意象，引领我们在阅读中感受到浓厚的宗教气氛和神秘的心理活动。《烦扰的心灵》是作者创作上成熟时期一篇较为知名的散文作品。他用象征、隐喻的手法，为读者描写了一个人由午夜惊醒到再次入睡的过程，其中充满了各种光怪陆离的梦境和多种荒诞怪异的意象。作者极尽想象的能力的发挥，在看似晦涩的文字背后，暗藏着一种似是而非的哲理，并在不经意中达到了一种曲径通幽、朦朦胧胧的艺术效果。

在文中我们看到，作者午夜惊起，意识中仍是"王国中幽灵般的居民和美丽的风景"，当再次处于"一种清醒的睡眠"中时，"灵车"、"具有哀绝的美"的"年轻的苍白的哀悼者"、虚妄的"希望"的幽灵、"灾难"的魔鬼，仿佛使人从阴冷的梦境中惊醒。接下来，是又一次的醒而复睡、渐入梦境的清晰的过程，过程的清晰似乎使人身处现实的生活中："斑驳的树影""孩子们的欢笑""舞厅中玻璃花似的少女"，以及沉沉梦境世界中的捉摸不定、时隐时现的人群。奇诡的想象和精彩的描写将孤独、恐惧、欣喜等，这些纯意念的东西，融入反反复复、纷呈迭出梦境意象中，这种纯意识的象征手法，把生活中的各类失望、希望和追求表现得淋漓尽致，以一种梦里梦外、似有似无、捉摸不定的特定氛围，来映衬现实生活中存在着一种个体的、孤寂的、心灵找不到依附和归宿的生存困境。深夜中醒来的境况是如此可怕：啊！那个念头竟成了引爆可怕后果的导火索。一想到那些逝去的人正裹着冰冷的裹尸布躺在狭小的棺木里；想到这阴沉的天空笼罩下的墓地正被飘落的花瓣层层覆盖，凄厉的寒风正在陵墓外呼号时，你不得不产生这样的幻想——这样的环境中，他们正蜷缩着身体瑟瑟发抖。实在是冷极了，连思想都不敢外出冒险。这样心灵必然产生不尽的烦扰,这里就融入了作者对人生世事的思考。即使是在写景散文名篇《春日迟迟》中,"园中树木虽还未抽芽著叶,但也脂遂液饱,满眼生机。只需魔杖一点,便会立即茂密葱茏,蓊森浓郁,而如今枯枝上的低吟悲啸到时也会从那簇叶中间突然响出一片音乐。几十年来一向荫翳西窗的那株著满苔衣的老柳也必将首先披起绿装。……我书窗下的淡紫丁香同样也已开始生叶;不消几天,只要伸出手去就会触着它那最嫩绿的高枝。这些丁香,由于不复年轻,久已失去其昔年的丰腴。……这些尤物,既以美为其生命,便似乎只应活在它们的不死青春——至少在其衰竭到来之前就该及时死去"。由园中的老柳、不复年轻的紫丁香联想到"那些风致翩翩,生来便仅为给整个世界添色增美的人,按理也应该早些死去"。这是作者对青春之美的赞颂,同时,也会使读者产生一种飘忽、捉摸不定的感觉。

读霍桑的作品,包括散文和小说,必须强调一点的是,描写社会和人性的阴暗面是霍桑作品的突出特点,这与作者接受"加尔文教"关于人的"原罪"和"内在堕落"的理论的影响是分不开的。霍桑是心理小说的开创者,擅长剖析人的"内心"。他着重探讨道德和罪恶的问题,主张通过善行和自忏来洗刷罪恶、净化心灵,从而得到拯救。然而,霍桑并非全写黑暗,在揭露社会罪恶和人的劣根性的同时,对许多善良的主人公寄予极大的同情。正如他的好朋友、美国最有影响的伟大作家之一麦尔维尔所指出的,霍桑笔下的黑暗使在这黑暗中不停前进的黎明显得更加明亮。美国文学史称:霍桑对美国文学的发展做出了很大的贡献,具体说来,他对在美国文学史上享有盛名的亨利·詹姆斯、福克纳及马拉默德等后来作家的影响是显而易见的。

但是他的歌仍然是活着的；通过这些歌，古代的英雄和神仙也获得了生命。

图画一幅接着一幅地从日出之国，从日落之国现出来。这些国家在空间和时间方面彼此的距离很远，然而它们却有着同样的光荣的荆棘路。生满了刺的蓟只有在它装饰着坟墓的时候，才开出第一朵花。

骆驼在棕榈树下面走过。它们满载着靛青和贵重的财宝。这些东西是这国家的君主送给一个人的礼物——这个人的歌是人民的欢乐，是国家的光荣。嫉妒和毁谤逼得他不得不从这国家逃走，只有现在人们才发现他。这个骆驼队现在快要走到他避难的那个小镇。人们抬出一具可怜的尸体走出城门，骆驼队因为送葬的队伍而停下来了。这个死人就正是他们所要寻找的那个人：菲尔多西——他在这光荣的荆棘路上一直走到生命终结！

在葡萄牙的京城里，在王宫的大理石台阶上，坐着一个圆面孔、厚嘴唇、黑头发的非洲黑人，他在向人求乞。他是卡蒙斯的忠实的奴隶。如果没有他和他求乞得到的许多铜板，他的主人——叙事诗《卢济塔尼亚人之歌》的作者——恐怕早就饿死了。

现在卡蒙斯的墓上立着一座贵重的纪念碑。

还有一幅图画！

铁栏杆后面站着一个人。他像死一样的惨白，长着一脸又长又乱的胡子。

"我发明了一件东西——一件许多世纪以来最

伟大的发明,"他说,"但是人们却把我放在这里关了二十多年!"

他是谁呢?

"一个疯子!"疯人院的看守说,"这些疯子的怪想头才多呢! 他相信人们可以用蒸汽推动东西!"

这人名叫萨洛蒙·得·高斯,蒸汽动力的发现者,黎塞留读不懂他的预言性的著作,因此他死在疯人院里。

现在哥伦布出现了。街上的野孩子常常跟在他后面讥笑他,因为他想发现一个新世界——而且他居然发现了。欢乐的钟声迎接他的胜利归来,但嫉妒的钟声敲得比这还要响亮。他,这个发现新大陆的人,这个把美洲黄金的土地从海里捞起来的人,这个把一切贡献给他的国王的人,所得到的酬报是一条铁链。他希望把这条链子放在他的棺材里,让世人可以看到他的时代的人对他的贡献所给予的回报。

图画一幅接着一幅的出现,光荣的荆棘路真是没有尽头。

在黑暗中坐着一个人,他量出了月亮里山岳的高度。他探索星球与行星之间的太空。他这个巨人懂得大自然的规律。他能感觉到地球在他的脚下转动。这人就是伽利略。老迈的他,又聋又瞎,坐在那儿,在尖锐的苦痛中和人间的轻视中挣扎。他几乎没有气力提起他的一双脚,当人们不相信真理的时候,他在灵魂的极度痛苦中曾经在地上跺着这双脚,高呼着:"但是地在转动呀!"

这儿有一个女子,她有一颗孩子的心,但是这颗心充满了热情和信念。她在一个战斗的部队前面高举着旗帜,她为她的祖国带来胜利和解放。空中起了一片狂欢的声音,于是柴堆烧起来了,大家在烧死一个巫婆——贞德。是的,在接下来的一个世纪中人们唾弃这朵纯洁的百合花,但智慧的鬼才伏尔泰却歌颂《拉·比塞尔》。

在微堡的议会里,丹麦的贵族烧毁了国王的法律。火焰升起来,把这个立法者和他的时代都照亮了,同时也向那个黑暗的囚楼送进一点彩霞。一位老人就关在那儿,他的头发斑白,腰也弯了;他坐在那儿,用手指在石桌上刻出一条槽来。他曾经统治过三个王国。他是一个民众爱戴的国王,他是市民和农民的朋友:克利斯蒂安二世。他是一个莽撞时代的一个有性格的莽撞人。敌人写下他的历史。我们一方面不忘记他的血腥的罪过,一方面也要记住:他被囚禁了二十六年。

有一艘船从丹麦开出去了。船上有一个人倚着桅杆站着,向汶岛作最后的一瞥,他是杜却·布拉赫。他把丹麦的名字提升到星球上去,但他所得到的报酬是伤害、损失和悲伤。他跑到国外去。他说:"处处都有天,我还要求什么别的东西呢?"他走了,我们这位最有声望的丹麦人,这位天文学家在国外得到了尊荣和自由。

"啊,解脱!只愿我身体中不可忍受的痛苦能够得到解脱！"好几个世纪以来我们就听到这个声音。这是一张什么画片呢？

这是格里芬菲尔德——丹麦的普罗米修斯——被铁链锁在木克荷尔姆石岛上的一幅图画。

我们现在来到美洲,来到一条大河的旁边。有一大群人集拢来,据说有一艘船可以在坏天气中逆风行驶,因为它本身具有抗拒风雨的力量。那个相信能够做到这件事的人名叫罗伯特·富尔敦。他的船开始航行,但是它忽然停下来了。观众大笑起来,并且"嘘"起来——连他自己的父亲也跟大家一起"嘘"起来:

"自高自大！糊涂透顶！他现在得到了报应！就该把这个疯子关起来才对！"

一根小钉子摇断了——刚才机器不能动就是因为这个缘故。现在轮子转动起来了,轮翼在水中向前推进,船在开行！蒸汽机的杠杆把世界各国间的距离从钟头缩短成为分秒。

人类啊,当灵魂懂得了它的使命以后,你能体会到在这清醒的片刻中所感到的幸福吗？在这片刻中,你在光荣的荆棘路上所得到的一切抑郁和创伤——即使是你自己所造成的——也会痊愈,恢复健康、力量和愉快;噪音变成谐声;人们可以在一个人身上看到上帝的仁慈,而这仁慈通过一个人普及到大众。

光荣的荆棘路看起来像环绕着地球的一条灿烂的光带。只有幸运的人才被送到这条带上行走,才被指定为建筑那座连接上帝与人间的桥梁的、没有薪水的总工程师。

历史拍着它强大的翅膀，飞过许多世纪，同时在光荣的荆棘路的这个黑暗背景上，映出许多明朗的图画，来鼓起我们的勇气，给予我们安慰，唤醒高贵的思想。这条光荣的荆棘路，跟童话不同，并不在这个人世间走到一个辉煌和快乐的终点，但是它却超越时代，走向永恒。

简评

世界著名童话作家安徒生的童年生活十分贫苦。父亲是鞋匠，母亲是用人。早年在慈善学校读过书，当过学徒工。受父亲和民间文学影响，安徒生从小就热爱文学。11岁时父亲病逝，母亲改嫁。为了追求艺术，他14岁时就只身来到首都哥本哈根。举目无亲的他，开始只得在剧院打杂。经过8年奋斗，终于在诗剧《阿尔芙索尔》的剧作中崭露才华，与此同时，在一些艺术家的帮助下，他进斯拉格尔塞文法学校和赫尔辛欧学校免费上学读书。1828年，升入哥本哈根大学。自此，逐步走进童话的殿堂。安徒生的辉煌的童话成就，生前就得到德国、法国、瑞士等国家的肯定，并被高度赞扬：给全欧洲的一代孩子带来了欢乐。安徒生是世界文学童话的代表人物之一，被誉为"世界儿童文学的太阳"。他的作品《安徒生童话》已经被译为150多种语言，成千上万册童话书在全世界陆续出版，惠及世界一代又一代儿童。

《光荣的荆棘路》是安徒生的一篇很有童话色彩的经典散文，在我国曾被选入《世纪经典散文》《外国名家散文经典》《国外散文百年精华》等书中。作者运用了记叙、议论、抒情等语言方式，为读者展现了人类文明史上伟大的先驱者们为真理而披荆斩棘、顽强不屈、至死不渝的壮阔的历史画面。这些"造福人类的善人和天才殉道者"实际上构成了一部世界政治思想文化史,他们走过的人生道路无一例外的都是"荆棘路"。

安徒生说,"光荣的荆棘路看起来像环绕地球的一条灿烂的光带。只有幸运的人才被送到这条带上行走"。它没有终结,"超越时代,走向永恒"。今天这些被认为是"伟大的人物"或"造福人类的善人",而在他们活着的时候却往往被看成是另类的、不合时宜的。他们为了探求真理或人类的幸福之路与时代进行了艰苦卓绝的抗争,在后人看来是"光荣"的壮举,但对于其个人却是一条充满血泪的荆棘路。科学进步和历史的前行永远是艰难的,在通向真理的道路上,总会有惨重的代价。这条路,安徒生称之为"光荣的荆棘路"。在他的心中是无上光荣的,他说:"历史拍着它强大的翅膀,飞过许多世纪,同时在光荣的荆棘路的这个黑暗背景上,映出许多明朗的图画,来鼓起我们的勇气,给予我们安慰,唤醒高贵的思想。这条光荣的荆棘路,跟童话不同,并不在这个人世间走到一个辉煌和快乐的终点,但是它却超越时代,走向永恒。"这是安徒生对于逝去者的肯定和告慰。在历史的长河中总是会有这样的人,他们同丹柯一样,掏出燃烧的心举过头顶,摘下肋骨当火把,照亮前行的路。可当人们欢呼地向前跑去的时候,谁也不曾注意到,在被无数人踩躏过的草地上,静静地躺着一颗早已被碾碎却依然闪闪发光的心。在安徒生的笔下,苏格拉底、萨洛蒙、哥伦布、贞德等伟大的人都曾经遭受过世俗的唾弃与嘲弄,其实,他们完全可以放弃这条荆棘路,去过舒适的生活。但是他们没有。他们用力地支撑着手中的拐杖,一步一步踏实地行走着。在这条荆棘路上,有别人的白眼,有刺耳的笑声,有生命的威胁,更可怕的是有时候连亲人也不相信你,乃至众叛亲离。可是在他们眼里,这一切都可以不在乎,他们所要做的只是抬头仰望着黑夜里的星星,借着闪烁的星光,在黑暗的包围中摸索、前进。

是的,走在这条荆棘路上的殉道者是光荣的,是值得赞美的,他们是人类追求真理无畏献身的标杆,是永恒的光;但是,我们不由得反过来想:为什么会有这么些荆棘挡道?这些荆棘又是怎么生成的?要知道荆棘的生长绝不是人类的荣耀,而是人类的罪恶和耻辱的标记。他们是人类自身的蒙昧和愚蠢长出的果子! 曾几何时,当中世纪的宗教裁判所迫害伽利略,将宣扬哥白尼(因生前未曾发表自己的学说而免于受难)日心说的意大利科学家布鲁诺送上火刑架时,他们就抛弃了"上帝的爱和仁慈",捍卫的是教会价值观和以教皇为首的教士集团核心利益。尽管历史进入19世纪后,宗教裁判所寿终正寝,现代的教皇也为犯下的罪恶发表了道歉的声明,然而教会在"善人"身上烙下的野蛮和耻辱的一页,不会在人类的文明史上被抹去。但是,应该道歉和忏悔的仅仅是天主教会吗?我们相信:随着人类良知的被唤醒、文明的进步和宽容精神被大力倡导,那么,荆棘不再会生长,血迹自然就会减少。这是全人类的期盼。

应该说,安徒生比许多在这条荆棘路上行走的历史人物要幸运得多,尽管生活中也曾受尽了艰难困苦的折磨,但他在活着的时候,就得到了承认并获得了极大的荣誉。《光荣的荆棘路》也可以说就是写给他自己的。因为他在文章中说,人文的事业就是一片着火的荆棘,智者仁人就在火里走着。当然,《光荣的荆棘路》更是为那些献身真理的人而作,他们包括苏格拉底、荷马、高斯、哥伦布……对此,已故作家王小波在一篇文章中评论说:"真理直率无比,坚硬无比,但凡有一点柔顺,也算不了真理。"我们相信,安徒生在写作《光荣的荆棘路》这个故事时,他的心中一定荡漾着激情,这种激情闪耀着理性的光辉,足以面对所有的荆棘和苦痛。

人
生
◇［丹麦］勃兰兑斯

这里有一座高塔，是所有的人都必须去攀登的。它至多不过有一百级。这座高塔是中空的。如果一个人一旦达到它的顶端，就会掉下来摔得粉身碎骨。但是任何人都很难从那样的高度摔下来。这是每一个人的命运：如果他达到注定的某一级，预先他并不知道是哪一级，阶梯就从他的脚下消失，好像它是陷阱的盖板，而他也就消失了。只是他并不知道那是第二十级或是第六十三级，或是哪一级；他所确实知道的是，阶梯中的某一级一定会从他的脚下消失。

最初的攀登是容易的，不过很慢。攀登本身没有任何困难，而在每一级上从塔上的瞭望孔望见的

本文选自楼肇明、天波主编《世界散文经典（西方卷）》（北方文艺出版社1995年版）。格奥尔格·勃兰兑斯，丹麦文学批评家，文学史家。重要著作有《波兰印象记》《俄国印象记》等；还著有一系列关于文化巨匠的名人传记，如《莎士比亚》《歌德》《伏尔泰》《恺撒》《米开朗琪罗》。

景致是足够赏心悦目。每一件事物都是新的。无论近处或远处的事物都会使你目光依恋流连,而且瞻望前景还有那么多的事物。越往上走,攀登越困难了,而且目光已不大能区别事物,它们看起来似乎都是相同的。同时,在每一级上似乎难以有任何值得留恋的东西。也许应该走得更快一些,或者一次连续登上几级,然而这是不可能做到的。

通常是一个人一年登上一级,他的旅伴祝愿他快乐,因为他还没有摔下去。当他走完十级登上一个新的平台后,对他的祝贺也就更热烈些。每一次人们都希望他能长久地攀登下去,这希望也就显露出更多的矛盾。这个攀登的人一般是深受感动,但却忘记了留在他身后的很少有值得自满的东西,并且忘记了什么样的灾难正隐藏在前面。

这样,大多数被称作正常人的一生就如此过去了,从精神上来说,他们是停留在同一个地方。

然而这里还有一个地洞,那些走进去的人都渴望自己挖掘坑道,以便深入到地下。而且,还有一些人渴望是去探索许多世纪以来前人所挖掘的坑道。年复一年,这些人越来越深入地下,走到那些埋藏金属和矿物的地方。他们使自己熟悉那地下的世界,在迷宫般的坑道中探索道路,指导或是了解或是参与到达地下深处的工作,并乐此不疲,甚至忘记了岁月是怎样逝去的。

这就是他们的一生,他们从事向思想深处发掘的劳动和探索,忘记了现时的各种事件。他们为他们所选择的安静的职业而忙碌，经受着岁月带来的损失和忧伤，和岁月悄悄带走的欢愉。当死神临近时，他们会像阿基米德在临死前那样提出请求："不要弄乱我画的圆圈。"

在人们眼前，还有一个无穷无尽地延伸开去了广阔领域，就像撒旦在高山上向救世主显示的所有世上的那些王国。对于那些在一生中永远感到饥渴的人，渴望着征服的人，人生就是这样：专注于攫取更多的领地，得到更宽阔的视野，更充分的经验，更多地控制人和事物。军事远征诱惑着他们，而权力就是他们的乐趣。他们永恒的愿望就是使他们能更多地占据男人的头脑和女人的心。他们是不知足的，不可测的，强有力的。他们利用岁月，因而岁月并不使他们厌倦。他们保持着青年的全部特征：爱冒险、爱生活，爱斗争，精力充沛，头脑活跃，无论他们多么年老，到死也是年轻的。好像鲑鱼迎着激流，他们天赋的本性就是迎向岁月之激流。

然而还有这样一种工场——劳动者在这个工场中是如此自在，终其一生，他们就在那里工作，每天都能得到增益。在不知不觉中他们变得年老了。的确，对于他们，只需要不多的知识和经验就够了。然而还是有许多他们做得最好的事情，是他们了解最深、见得最多的。在这个工场里生活变了形，变得美好，过得舒适。因而那开始工作的人知道他们是否能成为熟练的大师只能依靠自己。一个大师知道，经过若干年之后，在钻研和精通技艺上停滞不前是最愚蠢的。他们告诉自己：一种经验(无论那可能是多么痛苦的经验)，一个微不足道的观察，一次彻底的调查，欢乐和忧伤，失败和胜利，以及梦想、臆测、幻想、人类的兴致，无不以这种或另一种方式给他们的工作带来益处。因而随着年事渐长，他们的工作也更必需要丰富。他依靠天赋的才能，用冷静的头脑信任自己的才能，相信它会使他们走上正路，因为天赋的才能是属于他们自己的。他们相信在工场中，他们能够做出有益的事情。在岁月的流逝中，他们不希望获得幸福，因为幸福可能不会到来。他们不害怕邪恶，而邪恶可能就潜伏在他们自身之内。他们也不害怕失去力量。

如果他们的工场不大，但对他们来说已够大了。它的空间已足以使他们在其中创造形象和表达思想。他们是够忙碌的，因而没有时间去察看放在角落里的计时沙漏计，沙子总是在那儿下漏着。当一些亲切的思想给他以馈赠，他是知道的，那像是一只可爱的手在转动沙漏计，从而延缓了它的停止。

简评

格奥尔格·勃兰兑斯，曾在哥本哈根大学攻读法律、哲学，受黑格尔影响比较深。大学毕业后，走出书斋，到欧洲各地旅行，认识和结交了很多文学艺术界的朋友，在法国结识了泰纳、易卜生等大师级人物，并深受他们的影响。

勃兰兑斯的散文《人生》以"高塔""地洞""广阔领域"和"工场"为喻，从不同角度描述人的生命旅程的种种不同境况，表达了作者对人的生命本质、对人类社会生活的深刻理解，也表达了他对生命的珍爱及让一生过得更有意义的信念和志向。文章全面地展现了一个智者对人生历程的感悟，将人生作了四种不同的比喻，实际上是描述了四种不同的人生状态，以阐发自己对人生问题的认识和理解。作者把第一种人的人生比喻为攀登高塔,攀登者会有摔下来的时候,只是他不知道是在高塔的哪一个台阶。不停地攀升只是岁月的徒增,大多数被称为正常的人在精神上却总停留在同一地方。第二种人生好比是挖掘地洞。不断地挖掘坑道是别样的人生境况,他们愈挖愈深就愈沉溺下去,全然不管地上面的现实情况了,哪怕是在生命的尽头也浑然不知。第三种人的人生就像是无穷无尽的征服领地,永远是充满着激情与斗志,到死都年轻。最后,作者谈到了人生的第四种人生比喻——工场的劳作。他们依靠自己的才能,每天都能得到增益,在不知不觉中变老。岁月被忙碌所充溢,内心却愈加丰富。四种人生,各得其妙,但读罢全文,我们无疑会感受到,作者自己的选择显然是最后一种人生。

作者描写了人类攀登高塔的共同情景,以及几种人在各自不同的领域中奋斗、劳作的情景,根据这一思路,我们不妨把作者的"人生"理解为"奋斗"和"劳作"。按理说还可以描写更多的人的生活劳动的场面和情景,但作者只是举例性地做了简单的概述,突出这几种人的一些特点和优秀品质。这属于以小见大的写法,也就是通过个别展现一般。作者把人生比作高塔。我们该如何攀登自己的人生高峰呢?《人生》的答案是:一类人只停留在某一固定的层次上而从未发生变动,这里说的是第一种人;还有一类人,是真正的生命的探索者,他们抛开世俗的喧嚣杂念,只为自己的伟大发现,例如阿基米德;还有一类人则是在什么也不用知道的忙碌中幸福地过完自己的一生。三个不同层次的结构框架明显地带有作者强烈的思想价值取向,可供借鉴意义也在于此。作者描写他们劳作的情景,着重写他们工作的琐碎、微小,他们的专心、细致、勤奋,以及取得成就的道路的漫长。而且他们工作性质和他们的性格都是二元对立的:一方面他们的工作琐碎、微小,但另一方面他们必将经过漫长的道路成为"大师";一方面他们的工场不大,另一方面他们却生活在一个广大的"空间";一方面"在不知不觉中他们变老了",另一方面他们以辛勤的劳动和丰硕的成果"延缓了沙漏计的转动,让时间放慢了脚步"。与描写前几类人相比,对这一类人的描写显然更为充分、细致。人生如一高塔,永远向上才有价值。他的顶级是有限度的,如果想不拾级而上,而靠投机取巧,不仅不可能显示出自己真正的价值,而且一定会从什么地方摔下来,被摔得粉身碎骨。每个人注定可以达到某一级,但是他预先并不知道是哪一级,而且某一级一定会在他脚下消失,也就是说他无法确定什么时候哪一级是他自己的顶点。因而,只有依据他自身的秉性、毅力和智慧努力向上,才可能踩到真正属于他的那一级。

然而,这又不是一帆风顺的,困难不在于攀登本身,而是从塔上瞭望到的景致既能让你赏心悦目,也能使你眼光模糊。虽然人生似一场旅行,不在乎最终的目的地,而在于沿途的风景。可是由于自己的欣欣然或者飘飘然也会影响观赏风景的心境,更会干扰你的攀登。越往上走,困难越大,因为每上一级会增加难度,也会增添让你留恋的东西。这时似乎可以走快一些,而事实上走得更慢,一不留神也许会摔下来。到了一定的境地,他便会在一段时间上一个台阶,也会得到旅伴的祝愿和喝彩,随着级别的升高,祝贺声愈来愈热烈,他既感动了别人,也感动了自己,同时在身后留下更多的让自己留恋和自满的东西,所以,稍不留神灾难就潜伏在前面。人生就是这样,普天之下,谁见过百分之百完满的人生?所以,智慧的人就说:不完满才是人生。苏东坡词曰:"人有悲欢离合,月有阴晴圆缺,此事古难全。"这是洒脱、达观的苏东坡所参悟的人生真谛。但是,作者的态度是积极的。"对于那些在一生中永远感到饥渴的人,渴望着征服的人,人生就是这样:专注于攫取更多的领地,得到更宽阔的视野,更充分的经验,更多地控制人和事物。"这是对待生命的睿智的声音,对人生有积极的意义。

但是,高速发展的时代,一定会给我们带来高频率快节奏的生活。

如同作者笔下描绘的那样，"他们是够忙碌的，因而没有时间去察看放在角落里的计时沙漏计，沙子总是在那儿向下漏着"。各尽其妙的四种人生都难逃"忙碌"结局，其实，"真理是简单的，生活也是简单的。真诚地对待自己，单纯地对待他人，也许，当你有一天回首凝望来路的时候会惊奇地，在你成功的路上最值得骄傲的，是你比别人活得单纯而快乐"（武俊平《中国人文思想——寻找自己的精神家园》）。这里不是评判、否定四种不同的人生状态，作者在《人生》中告诉我们的道理：忙碌中千万不要忘掉"单纯而快乐"。这大概是作者对"人生"的向往。

雅

舍

◇梁实秋

本文选自梁实秋《雅舍小品》(江苏文艺出版社2010年版)。梁实秋,中国著名的散文家、学者、文学批评家、翻译家。代表作有《莎士比亚全集》《文艺批评论》《雅舍小品》《槐园梦忆》等。

到四川来,觉得此地人建造房屋最是经济。火烧过的砖,常常用来做柱子,孤零零的砌起四根砖柱,上面盖上一个木头架子,看上去瘦骨嶙嶙,单薄得可怜;但是顶上铺了瓦,四面编了竹篦墙,墙上敷了泥灰,远远的看过去,没有人能说不像是座房子。我现在住的"雅舍"正是这样一座典型的房子。不消说,这房子有砖柱,有竹篦墙,一切特点都应有尽有。讲到住房,我的经验不算少,什么"上支下摘","前廊后厦","一楼一底","三上三下","亭子间","茅草棚","琼楼玉宇"和"摩天大厦",各式各样,我都尝试过。我不论住在哪里,只要住得稍久,对那房子便发生感情,非不得已我还舍不得搬。这"雅舍",

我初来时仅求其能蔽风雨，并不敢存奢望，现在住了两个多月，我的好感油然而生。虽然我已渐渐感觉它是并不能蔽风雨，因为有窗而无玻璃，风来则洞若凉亭，有瓦而空隙不少，雨来则渗如滴漏。纵然不能蔽风雨，"雅舍"还是自有它的个性。有个性就可爱。

"雅舍"的位置在半山腰，下距马路约有七八十层的土阶。前面是阡陌螺旋的稻田。再远望过去是几抹葱翠的远山，旁边有高粱地，有竹林，有水池，有粪坑，后面是荒僻的榛莽未除的土山坡。若说地点荒凉，则月明之夕，或风雨之日，亦常有客到，大抵好友不嫌路远，路远乃见情谊。客来则先爬几十级的土阶，进得屋来仍须上坡，因为屋内地板乃依山势而铺，一面高，一面低，坡度甚大，客来无不惊叹，我则久而安之，每日由书房走到饭厅是上坡，饭后鼓腹而出是下坡，亦不觉有大不便处。

"雅舍"共是六间，我居其二。篾墙不固，门窗不严，故我与邻人彼此均可互通声息。邻人轰饮作乐，咿唔诗章，喁喁细语，以及鼾声，喷嚏声，吮汤声，撕纸声，脱皮鞋声，均随时由门窗户壁的隙处荡漾而来，破我岑寂。入夜则鼠子瞰灯，才一合眼，鼠子便自由行动，或搬核桃在地板上顺坡而下，或吸灯油而推翻烛台，或攀援而上帐顶，或在门框桌脚上磨牙，使得人不得安枕。但是对于鼠子，我很惭愧地承认，我"没有法子"。"没有法子"一语是被外国人常常引用着的，以为这话最足代表中国人的懒惰隐忍的态度。其实我对付鼠子并不懒惰。窗上糊纸，纸一戳就破;门户关紧,而相鼠有牙,一阵咬便是一个洞洞。试问还有什么法子?洋鬼子住到"雅舍"里,不也是"没有法子"?比鼠子更骚扰的是蚊子。"雅舍"的蚊风之盛,是我前所未见的。"聚蚊成雷"真有其事!每当黄昏时候,满屋里磕头碰脑的全是蚊子,又黑又大,骨骼都像是硬的。在别处蚊子早已肃清的时候,在"雅舍"则格外猖獗,来客偶不留心,则两腿伤处累累隆起如玉蜀黍,但是我仍安之。冬天一到,蚊子自然绝迹,明年夏天——谁知道我还是住在"雅舍"!

"雅舍"最宜月夜——地势较高,得月较先。看山头吐月,红盘乍涌,一霎间,清光四射,天空皎洁,四野无声,微闻犬吠,坐客无不悄然!舍前有两株梨树,等到月升中天,清光从树间筛洒而下,地上阴影斑斓,此时尤为幽绝。直到兴阑人散,归房就寝,月光仍然逼进窗来,助我凄凉。细雨蒙蒙之际,"雅舍"亦复有趣。推窗展望,俨然米氏章法,若云若雾,一片弥漫。但若大雨滂沱,我就又惶悚不安了,屋顶湿印到处都有,起初如碗大,俄而扩大如盆,继则滴水乃不绝,终乃屋顶灰泥突然崩裂,如奇葩初绽,砉然一声而泥水下注,此刻满室狼藉,抢救无及。此种经验,已数见不鲜。

"雅舍"之陈设,只当得简朴二字,但洒扫拂拭,不使有纤尘。我非显要,故名公巨卿之照片不得入我室;我非牙医,故无博士文凭张挂壁间;我不业理发,故丝织西湖十景以及电影明星之照片亦均不能张我四壁。我有一几一椅一榻，酣睡写诗，均已有着，我亦不复他求。但是陈设虽简，我却喜欢翻新布置。西人常常讥笑妇人喜欢变更桌椅位置，以为这是妇人天性喜变之一证。诬否且不论，我是喜欢改变的。中国旧式家庭，陈设千篇一律，正厅上是一条案，前面一张八仙桌，一旁一把靠椅，两旁是两把靠椅夹一只茶几。我以为陈设宜求疏落参差之致，最忌排偶。"雅舍"所有，毫无新奇，但一物一事之安排布置俱不从俗。人入我室，即知此是我室。笠翁《闲情偶寄》之所论，正合我意。

"雅舍"非我所有，我仅是房客之一。但思"天地者万物之逆旅"，人生本来如寄，我住"雅舍"一日，"雅舍"即一日为我所有。即使此一日亦不能算是我有，至少此一日"雅舍"所能给予之苦辣酸甜，我实躬受亲尝。刘克庄词："客里似家家似寄。"我此时此刻卜居"雅舍"，"雅舍"即似我家。其实似家似寄，我亦分辨不清。

长日无俚，写作自遣，随想随写，不拘篇章，冠以"雅舍小品"四字，以示写作所在，且志因缘。

简评

梁实秋先生是国内第一个研究莎士比亚的权威人物，在现代文学史上，尤其是莎士比亚戏剧的文学翻译，让千万人瞩目。梁实秋1915年考入清华学校，后与闻一多等成立清华文学社，开始写文艺批评文章和创作新诗。同样留在人们记忆中的，还有他在不同历史时期和不同的历史条件下曾与鲁迅等左翼作家笔战不断。1928年与叶公超、徐志摩等人成立"新月社"，先后与鲁迅等就"文学描写中的人性"等问题展开论战。梁实秋先生一生给中国文坛留下了两千多万字的著作，他的散文集创造了中国现代散文著作出版的最高纪录，代表作有《莎士比亚全集》（译作）等。

　　《雅舍》是梁实秋先生的一篇行文雅洁、潇洒幽默的散文。文章描写了作者所居住的"雅舍"的地理位置、环境、特点以及对其陈设的看法：论建筑，"雅舍"可说"经济"；论环境，"雅舍"处在半山腰、屋内还得爬坡；论气氛，"雅舍"老鼠自由往来、蚊子"聚蚊成雷"；论陈设，"雅舍""只当得简朴二字"，但梁实秋则处之泰然，体现了作者淡然超脱的心境。

　　1940 年开始写作别具一格的"雅舍小品"。1949 年赴台任职于"编译馆"，1966 年退休。在此期间，《雅舍小品》出版，风靡一时。《雅舍小品》中的"雅舍"，即作者的居室，拿一般的标准衡量是算不得"雅舍"的。作者因避战火而到了四川的北碚，跟同学吴景超夫妇合资在北碚建了一幢房子。由于房子筑在路边的山坡上，没有门牌，邮递不便，便用吴景超夫人龚业雅的名字，替居室命名为"雅舍"。后来，他应邀在重庆出版的《星期评论》写专栏，以"雅舍小品"为栏目，每星期一篇，每篇二千字，以笔名"子佳"发表，写了十多篇。虽然后来《星期评论》停刊，但"雅舍小品"还是继续写下去，散见于重庆、昆明的一些刊物。

　　雅舍，在一般人看来，说不上雅。雅舍之"雅"，缘于其在梁实秋先生笔下，缘于梁实秋先生的心境之雅。作者以为，雅舍之雅在于其"最宜月夜"，在于其简朴。雅舍曾因地势较高给友人探望带来不便，却又因此得月较先；因其简朴，又可随意布置。于是，观月、陈设便给作者带来无限的乐趣。即使是"细雨蒙蒙之际"，也能使身居雅舍的作者能体会到其中的趣味。个中乐趣，非心境旷达明净之人焉能领受？

　　"雅舍"既为舍，自然具有"舍"的一切特点，只是这舍实在简陋，"孤零零的砌起四根砖柱，上面盖上一个木头架子，看上去瘦骨嶙嶙，单薄得可怜；但是顶上铺了瓦，四面编了竹篾墙，墙上敷了泥灰"。如此简陋之舍，却又不能说不是座房子，如此简陋之舍，何以称"雅"？更何况并不能蔽风雨。然而，作者却称之为"雅舍"，认为"'雅舍'还是自有它的个性。有个性就可爱"。这一切皆因作者对生活,对雅舍有着处之泰然,从容平和的心态。于是,雅舍之不雅反而变为雅的了,雅舍之不足反而使人以为它是有个性的了。

《雅舍》开篇以客观介绍的方式,声色微露,不显山不显水,内心宁静表情坦然。"这'雅舍',我初来时仅求其能蔽风雨,并不敢存奢望,现在住了两个多月,我的好感油然而生。"何况作者"亭子间""茅草棚""琼楼玉宇""摩天大厦",都尝试过。之后,叙述雅舍的优劣条件,仍然是见优不见喜、见劣不见愁,平平淡淡直叙下去。既然如此:"若说地点荒凉,则月明之夕,或风雨之日,亦常有客到,大抵好友不嫌路远,路远乃见情谊。"即使有些不便又有何妨?到了这时候,文章的一缕生气才得以显现,读者也不知不觉随之渐入佳境。虽然"共是六间,我居其二",但是"篦墙不固,门窗不严,故我与邻人彼此均可互通声息。邻人轰饮作乐,咿唔诗章,喁喁细语,以及鼾声,喷嚏声,吮汤声,撕纸声,脱皮鞋声,均随时由门窗户壁的隙处荡漾而来,破我岑寂"。再加上"鼠子瞰灯""聚蚊成雷",只能得过且过罢了。读者会感受到作者才华横溢,古文典雅之句法,使句子如大珠小珠滚动盘中,使人有情动意切之感。"'雅舍'最宜月夜——地势较高,得月较先。看山头吐月,红盘乍涌,一霎间,清光四射,天空皎洁,四野无声,微闻犬吠,坐客无不悄然!"雅舍的环境深深地触动了探访者之后,又趋于平实。不讲繁文缛节,不从流俗时髦,只求"人入我室,即知此是我室。笠翁《闲情偶寄》之所论,正合我意"。到此"雅"该说的说完了,惯用的"叙议结合",且用议论作结了。"我此时此刻卜居'雅舍','雅舍'即似我家。其实似家似寄,我亦分辨不清。"最后一句收束全文。冠以"雅舍","以示写作所在,且志因缘"。

综观全文,自然中有起伏,平淡中有变化。读其文观其屋,观其屋,见其人,以"雅舍"名之实不敢恭维。"有个性就可爱",可以看出在梁实秋先生的笔墨中显示出多么旷达宽阔的胸怀!

今天读者阅读中应该注意到的是,雅舍之雅,与作者的人生态度和心境是分不开的。作者对所居住的"雅舍"并没有过高的要求,表现出来的是一种自由洒脱的人生襟怀、恬淡自然的心境和随遇而安的生命意识。因此,在文章中,作者多次表现他的这种心境。如:"我久则安之","但是我仍安之","我初来时仅求其能蔽风雨,并不敢存奢望","我亦不复他求"等都是作者"雅"的心境的体现。再如大雨滂沱,屋顶灰泥突然崩裂时,本是一件凄凉的事情,作者却把它写成"如奇葩初放";对陈设的布置更能体现作者的自由洒脱,随意心境。在文章的结尾处,作者由雅舍而抒发出对人生的感慨:"人生本来如寄。"人如同寄游于天地的蜉蝣,哪里都可为家,却又是哪里都不为家。或许正是由于这种感慨,使作者能亲尝雅舍之酸甜苦辣的经历而不同于他人!

所以,我们在《雅舍》中读出作者的旷达是理所当然的了。

数学与文化

◇齐民友

　　讨论文化问题,固然可以列举文化的各个部门:科学、文学、艺术、政治、宗教、伦理……请注意,数学也是文化的一部分,我们可以讨论数学对其它文化部门的影响。但是在我看来更根本的是宁可去思索一下人类的精神生活以及数学对它的影响。我愿这样来看待文化问题。

　　教学和任何其它学科不同,它几乎是任何科学所不可缺少的。没有任何一门科学能像它那样泽被天下。它是现代科学技术的语言和工具,这一点大概没有什么人会怀疑了。它的思想是许多物理学说的核心,并为它们的出现开辟了道路,了解这一点的人就比较少了。它曾经是科学革命的旗帜,现代科

本文选自齐民友《数学与文化》(湖南教育出版社1991年版)。齐民友,撰写有《线性偏微分算子引论》《现代偏微分方程理论》《数学与文化》《世纪之交话数学》《重温微积分》等著作。

学之所以成为现代科学,第一个决定性的步骤是使自己数学化。这一点正是本书所要讨论的主题之一。为什么会这样? 因为数学在人类理性思维活动中有一些特点。这些特点的形成离不开各个时代的总的文化背景,同时又是数学影响人类文化最突出之点。我这里并不想概括什么是数学文化,而只是就它对人类精神生活影响最突出之处提出一些看法。诚然,其它的学科也可能有这些特点,但大抵是与受数学的影响分不开的。

首先,它追求一种完全确定、完全可靠的知识。在这本小书里可以看到许多被吸引到数学中来的人正是因为数学有这样的特点。例如说,欧几里德平面上的三角形内角和为180°,这绝不是说"在某种条件下","绝大部分"三角形的内角和"在某种误差范围内"为180°。而是在命题的规定范围内,一切三角形的内角和不多不少为180°。产生这个特点的原因可以由其对象和方法两个方面来说明。从希腊的文化背景中形成了数学的对象并不只是具体问题,数学所探讨的不是转瞬即逝的知识,不是服务于某种具体物质需要的问题,而是某种永恒不变的东西。所以,数学的对象必须有明确无误的概念,而且其方法必须由明确无误的命题开始,并服从明确无误的推理规则,借以达到正确的结论。通过纯粹的思维竟能在认识宇宙上达到如此确定无疑的地步,当然会给一切需要思维的人以极大的启发。人们自然会要求在一切领域中这样去做。一切事物的概念都应该明确无误,绝对不允许偷换概念,作为推理出发点的一组命题又必须清晰而判然,推理过程的每一步骤都不容许有丝毫含混,整个认识和理论必须前后一贯而不允许自相矛盾。正是因为这样,而且也仅仅因为这样,数学方法既成为人类认识方法的一个典范,也成为人在认识宇宙和人类自己时必须持有的客观态度的一个标准。就数学本身而言,达到数学真理的途径既有逻辑的方面也有直觉的方面,但就其与其他科学比较而言,就其影响人类文化的其它部门而言,它的逻辑方法是最突出的。这个方法发展成为人们常说的公理方法。迄今为止,人类知识还没有哪一个部门应用公理方法得到如数学那样大的成功。当然,我们也看不出为什么其它的知识部门需要这样高标准的公理化。但是,如果到今天某个知识部门还只是只有论断而没有论据,只是一堆相互没有逻辑联系的命题,前后又无一贯性,恐怕是不会有人接受得了。每个论点都必须有根据,都必须持之有理。除了逻辑的要求和实践的检验以外,无论是几千年的习俗、宗教的权威、皇帝的敕令、流行的风尚统统是没有用的。这样一种求真的态度,倾毕生之力用理性的思维去解开那伟大而永恒的谜——宇宙和人类的真面目是什么?——是人类文化发展到高度的标志。这个伟大的理性探索是数学发展必不可少的文化背景,反过来也是数学贡献于文化最突出的功绩之一。

　　数学作为人类文化组成部分的另一个特点是它

不断追求最简单的、最深层次的、超出人类感官所及的宇宙的根本。所有这些研究都是在极抽象的形式下进行的。这是一种化繁为简以求统一的过程。从古希腊起，人们就有一个信念，冥冥之中最深处宇宙有一个伟大的、统一的、而且简单的设计图，这是一个数学设计图。在一切比较深入的科学研究后面，必定有一种信念驱使我们。这个信念就是：世界是合理的、简单的，因而是可以理解的。对于数学研究则还要加上一点：这个世界的合理性，首先在于它可以用数学来描述。在古代，这个信念有些神秘色彩。可是一直到现代，科学经过了多次伟大的综合，多少随意地列举一些：欧几里德的综合；牛顿的综合；马克斯威尔的综合；爱因斯坦的综合；量子物理的综合；计算机的出现，哪一次不是或多或少遵循这个信念？也许有例外：达尔文和孟德尔，但是今天已经开始，人们在用数学去讨论物种的进化与竞争，讨论遗传的规律。人们会又一次看见宇宙的根本规律表现为一种抽象的、至少是数学味很重的设计图。这不是幻想而是现实。为什么DNA的双螺旋结构是在卡文迪什实验室完成，受了研究分子结构的X射线衍射方法那么多好处？难道看不出这也是一种把生命归结为最简单成分的不同位置、不同形式、不同数量而成的数学味很重的结构吗？这种深层次的研究是能破除迷信的，它鼓励人们按照最深刻的内在规律来考虑事物。我们为世界图景的精巧和合理而欣喜而惊异。这种感情正是人类文化精神的结晶。数学正是在这样的文化气氛中成长的,而反过来推动这种文化气氛的发展。现在应该提出的问题是,对这样一种信念应该怎样去估价。是否还应该同时也看到它的不足的一面。从科学史看来,一直存在一种"还原"的倾向:把复杂的现象归结为一些最简单的最原始的因素的作用。物体分成了"质点""电荷";分成了分子、原子、亚原子的粒子;生物分成了细胞,然后又是细胞核、细胞质、染色体、基因、核酸……丰富无比、千差万别的世界的多样性似乎越来越被归纳为这些基本的成分或称为宇宙的砖石在数量上、形状上、结构上的差别,这当然是数学发挥作用的大好场所。同时也就产生了一种越来越深刻的疑问:大千世界真是这些最简单的成分叠加的吗? 难道线性的迭加原理竟是宇宙的最根本法则吗? 由一堆砖石固然可以建成宏伟的纪念碑,却也可以搭起一座马棚,它们的区别究竟何在? 可是,每一个从事数学研究的人仍然抱有下面说的信念:想解决这个更深刻的问题——我把它称为综合,而把那种还原的倾向称为分析——仍然要靠数学,当代数学的发展将越来越证实这一点。

数学的再一个特点是它不仅研究宇宙的规律,而且也研究它自己。在发挥自己力量的同时又研究自己的局限性,从不担心否定自己,而是不断反思、不断批判自己,并且以此开辟自己前进的道路。它不断致力于分析自己的概念,分析自己的逻辑结构(例如希腊人把一切几何图形都分解为点、线、面,把所有几何命题的相互关系分解为公理、公设、定义、定理）。它不断地反思：自己的概念、自己的方法能走多远？从希腊时代起，毕达哥拉斯认为宇宙即数（他是指自然数），可是遇到了无理数，后来的希腊人只好采用不可公度理论，因为弄不清，就干脆不讲无理数，而讨论一般的线段长。希腊人甚至不讲数，使希腊数学与其它民族——例如中国——相比呈现了缺点。但即令如此，也要保持高度严整，而不允许采取折中主义的态度。历史终于证明，正是希腊人开辟了研究无理数系的道路。他们研究数学，却同时考虑数学研究的对象是否存在。希腊人考虑数学对象的存在问题，把存在归结为可构造，然后就问："用直尺与圆规经有限步骤去三等分任意角可能吗？"因为弄不清是否可能，即没有构造的方法以证明三等分角的存在，他们的几何学中干脆不讲一个角的三分之一，只讲平分线，从不讲角三分线。越向后面发展，数学就出现了越来越多的"不可能性"：$x^2+1=0$ 不可能在实数域中求解，五次以上的方程不能用根式求解，平行线公理能不能证明？到 20 世纪初才知道是既不能证明又不能否证。大家都说，数学最需要严格性，数学家就要问什么叫严格性？大家都说，数学在证明一串串的定理，数学家就要问什么叫证明？数学越发展，取得的成就越大，数学家就越要问自己的基础是不是巩固。越是在表面上看来没有问题的地方，越要找出问题来。乘法明明是可以交换的，偏偏要研究不可交换的乘法。孟子自嘲地说：

"予岂好辩哉,予不得已也!"数学家只需要换一个字:"予岂好'变'哉,予不得已也!"当然,任何科学要发展就要变。但是只是在与实际存在的事物、现象或实验的结果发生矛盾时才变。惟有数学,时常是在理性思维感到有了问题时就要变。而且,其他科学中"变"的倾向时常是由数学中的"变"直接或间接引起的。当然,数学中许多重要的变是由于直觉地感到有变的必要,感到只有变才能直视宇宙的真面目。但无论如何,是先从思维的王国里开始变,即否定自己。这种变的结果时常是"从一无所有之中创造了新的宇宙"。

到了最后,数学开始怀疑起自己的整体,考虑自己的力量界限何在。大概是到了19世纪末年,数学向自己提出的问题是:"我真是一个没有矛盾的体系吗?我真正提供了完全可靠、确定无疑的知识吗?我自认为是在追求真理,可是'真'究竟是指什么?我证明了某些对象的存在,或者说我无矛盾地创造了自己的研究对象,可是它们确实存在吗?如果我不能真正地把这些东西构造出来,又怎么知道它是存在的呢?我是不是一张空头支票,一张没有银行的支票呢?"

总之,数学是一株参天大树,它向天空伸出自己的枝叶,吸收阳光。它不断扩展自己的领地,在它的树干上有越来越多的鸟巢,它为越来越多的学科提供支持,也从越来越多的学科中吸取营养。它又把自己的根伸向越来越深的理性思维的土地中,使它越来越牢固地站立。从这个意义上来讲,数学是人类理性发展最高的成就(或者再加上"之一"二字更好一些?)。

……数学深刻地影响人类精神生活,可以概括为一句话,就是它大大地促进了人的思想解放,提高与丰富了人类的整个精神水平。从这个意义上讲,数学使人成为更完全、更丰富、更有力量的人。爱因斯坦说的"得到解放",其实正是这个意思。

数学作为文化的一部分,其最根本的特征是它表达了一种探索精神。数学的出现,确实是为了满足人类的物质生活需要。可是,离开了这种探索精神,数学是无法满足人的物质需要的。"风调雨顺"是人类的物质生活不可少的。可是"巫师"的"祈雨"不也是满足需要的"手段"之一吗? 人总有一个信念:宇宙是有秩序的,数学家更进一步相信,这个秩序是可以用数学表达的,因此人应该去探索这种深层的内在的秩序,以此来满足人的物质需要。因此,数学作为文化的一部分,其永恒的主题是"认识宇宙,也认识人类自己"。在这个探索过程中,数学把理性思维的力量发挥得淋漓尽致。它提供了一种思维的方法与模式,提供了一种最有力的工具,提供了一种思维合理性的标准,给人类的思想解放打开了道路。现在人人都知道实验方法的重要性,但是任何科学实验,离开了一定的逻辑思维,将是没有意义的。在伽利略的时代就是这样,他的许多实验都是所谓理想实验,在近代就更是这样。在不同的时代有不同的文化,不同的民族有不同的文化。但是,数学在文化中的这一地位是不可移易的,而只有日益加强。有人认为数学是现代文化的核心或基石,始终处于中心地位,而影响到人类知识的一切部门。似乎没有必要去争这个"中心"或"核心"的地位,但是历史已经证明,而且将继续证明,一种没有相当发达的数学的文化是注定要衰落的,一个不掌握数学作为一种文化的民族也是注定要衰落的。

简评

本文作者齐民友教授在数学专业上的研究工作主要集中在微分方程领域,在双曲线方程柯西问题研究中取得丰硕成果。更重要的是,长期从事高等教育的齐民友教授,十分重视数学思想的推广与普及。《数学与文化》论述了在各门学科数学化的趋势下,数学作为科学语言处于重要地位。文中分析了数学能够影响人类精神生活的几个特点,即它的确定性、简单性、深刻性、抽象性和自我完善性,高度评价了数学促进人类思想解放、使人类摆脱宗教迷信历史功绩,把数学提到文化兴亡、民族盛衰的高度来认识等等。这一系列观点别开生面,令人耳目一新,尤其在数学界产生了极其广泛的影响。

在书中,作者主要的观点集中在人总要有一个这样的信念:宇宙是有秩序的。数学家更要进一步相信,这个秩序是可以用数学表达的,因此人应该去探索这种深层的内在的秩序,以此来满足人的物质需要。这大概是从应用的价值上来说数学的。实际上,数学是研究"数与形"的科学,它来源于生产,服务于生活,并不是空中楼阁。在古代的埃及,根据尼罗河周期性的河水泛滥,就发展了几何学;古代的中国,发达的农业生产及天文观测的需要,也催生了数学的产生与发展。所以说,数学与社会文化始终是密切相关的。在今天的社会里,如果探讨数学与

数学与文化

文化的问题,情况可就不一样了。因为现代数学越来越朝着艰深方向发展,远离了普通人的生活视野,变得越来越抽象,成为少数人摆弄的学问以及少数精英研究、探索的专利。

显然,离开了这种探索精神,数学是无法满足人的物质需要的。在这个探索过程中,数学把理性思维的力量发挥得淋漓尽致。它提供了一种思维的方法与模式,提供了一种最有力的工具,提供了一种思维合理性的标准,给人类的思想解放打开了道路。现在人人都知道实验方法的重要性,但是任何科学实验,离开了一定的逻辑思维,将是没有意义的。意大利伟大的物理学家、天文学家伽利略在人类历史上首先通过科学实验的方法融会贯通了数学、物理学和天文学三门知识,在物理学上阐明了惯性原理和加速度原理,是科学革命的先驱者,他的许多实验都是所谓理想实验,在近代就更是这样,在不同的时代有不同的文化,不同的民族有不同的文化。但是,数学在文化史上的这一地位是不可动摇的,并且日益加强。

数学作为人类文化组成部分的另一个特点是它不断追求最简单的、最深层次的、超出人类感官所及的宇宙的根本。所有这些研究都是在极抽象的形式下进行的。这是一种化繁为简以求统一的过程。从古希腊起,人们就有一个这样的信念:冥冥之中最深处宇宙有一个伟大的、统一的、简单的设计图,这是一个数学设计图。在一切比较深入的科学研究后面,必定有一种信念驱使我们。这个信念就是:世界是合理的,简单的,因而是可以理解的。对于数学研究则还要加上一点:这个世界的合理性,首先在于它可以用数学来描述。……丰富无比、千差万别的世界的多样性似乎越来越被归纳为这些基本的成分或称为宇宙的砖石在数量上、形状上、结构上的差别,这当然是数学发挥作用的大好场所。同时也就产生了一种越来越深刻的疑问:大千世界真是由这些最简单的成分叠加的吗?难道线性的叠加原理竟是宇宙的最根本法则吗？每一个从事数学研究的人仍然抱有下面说的信念：想解决这个更深刻的问题，我把它称为综合，而把那种还原的倾向称为分析，这一切仍然要靠数学，当代数学的发展将越来越证实这一点。

"从某一角度看，科学是在讲'天道'，人文是在讲'人道'。""没有科学的人文是残缺的人文，人文有科学的基础与精髓。没有人文的科学是残缺的科学，科学有人文的精神与人文的内涵。"（杨叔子《科学人文，和而不同》）所以，有人认为数学是现代文化的核心或基石，始终处于中心地位，而影响到人类知识的一切部门。不过，数学似乎没有必要去争这个"中心"或"核心"的地位，但是历史已经证明，而且将继续证明，一种没有相当发达的数学的文化是注定要衰落的，一个不把掌握数学作为一种文化的民族也是注定要衰落的。齐民友教授在本文中，反复论证了一个民族和它的文化的兴衰与其数学兴衰的对应关系，说明了"没有现代的数学就不会有现代的文化"的道理。未来社会的快节奏与高效率，要求新一代具备很高的文化素养和很强的创新意识，虽然不要求人人成为数学家，但人人都应具有"数学头脑"。因为，数学是文化的一部分，没有任何一门科学能像它那样广泛而又细致地造福于天下。

不朽的失眠

——写给没考好的考生

◇张晓风

本文选自张晓风《张晓风文集》(当代世界出版社2012年版)。张晓风,中国台湾著名散文家。主要作品有《白手帕》《红手帕》《春之怀古》《地毯的那一端》《愁乡石》等。

他落榜了!一千二百年前。榜纸那么大那么长,然而,就是没有他的名字。啊!竟单单容不下他的名字,"张继"那两个字。

考中的人,姓名一笔一画写在榜单上,天下皆知。奇怪的是,在他的感觉里,考不上,才更是天下皆知,这件事,令他羞惭沮丧。

离开京城吧!议好了价,他踏上小舟。本来预期的情节不是这样的,本来也许有插花游街、马蹄轻疾的风流,有衣锦还乡、袍笏加身的荣耀。然而,寒窗十年,虽有他的悬梁刺股,琼林宴上,却并没有他的一角席次。

船行似风。

江枫如火,在岸上举着冷冷的烛焰,这天黄昏,船,来到了苏州。但,这美丽的古城,对张继而言,也无非是另一个触动愁情的地方。

如果说白天有什么该做的事,对一个读书人而言,就是读书吧!夜晚呢?夜晚该睡觉以便养足精神第二天再读。然而,今夜是一个忧伤的夜晚。今夜,在异乡,在江畔,在秋冷雁高的季节,容许一个落魄的士子放肆他的忧伤。江水,可以无限度地收纳古往今来一切不顺遂之人的泪水。

这样的夜晚,残酷地坐着,亲自听自己的心正被什么东西啮食而一分一分消失的声音。并且眼睁睁地看自己的生命如劲风中的残灯,所有的力气都花在抗拒,油快尽了,微火每一刹那都可能熄灭。然而,可恨的是,终其一生,它都不曾华美灿烂过啊!

江水睡了,船睡了,船家睡了,岸上的人也睡了。唯有他,张继,醒着,夜愈深,愈清醒,清醒如败叶落余的枯树,似梁燕飞去的空巢。

起先,是睡眠排拒了他。(也罢,这半生,不是处处都遭排拒吗?)而后,是他在赌气,好,无眠就无眠,长夜独醒,就干脆彻底为自己验伤,有何不可?

月亮西斜了,一副意兴阑珊的样子。有鸟啼,粗嘎嘶哑,是乌鸦。那月亮被它一声声叫得更黯淡了。江岸上,想已霜结千草。夜空里,星子亦如清霜,一粒粒零绝凄绝。

在鬓角在眉梢,他感觉,似乎也森然生凉,那阴阴不怀好意的凉气啊,正等待凝成早秋的霜花,来贴缀他惨绿少年的容颜。

　　江上渔火二三,他们在干什么?在捕鱼吧?或者,虾?他们也会有撒空网的时候吗?世路艰辛啊!即使潇洒的捕鱼人,也不免投身在风波里吧?

　　然而,能辛苦工作,也是一项幸福呢!今夜,月自光其光,霜自冷其冷,安心的人在安眠,工作的人去工作。只有我张继,是天不管地不收的一个,是既没有权利去工作,也没福气去睡眠的一个……

　　钟声响了,这奇怪的深夜的寒山寺钟声。一般寺庙,都是暮鼓晨钟,寒山寺却敲"夜半钟",用以警世。钟声贴着水面传来,在别人,那声音只是睡梦中模糊的衬底音乐。在他,却一记一记都撞击在心坎上,正中要害。钟声那么美丽,但钟自己到底是痛还是不痛呢?

　　既然无眠,他推枕而起,摸黑写下"枫桥夜泊"四字。然后,就把其余二十八字照抄下来。我说"照抄",是因为那二十八个字在他心底已像白墙上的黑字一样分明凸显:

　　　　月落乌啼霜满天,
　　　　江枫渔火对愁眠。
　　　　姑苏城外寒山寺,
　　　　夜半钟声到客船。

　　感谢上苍,如果没有落第的张继,诗的历史上便少了一首好诗,我们的某一种心情,就没有人来为我们一语道破。

　　一千二百年过去了,那张长长的榜单上(就是张继挤不进的那纸金榜)曾经出现过的状元是谁? 哈! 谁管他是谁? 真正被记得的名字是"落第者张继"。有人曾记得那一届状元披红游街的盛景吗? 不! 我们只记得秋夜的客船上那个失意的人,以及他那场不朽的失眠。

简评

　　20世纪60年代中期,张晓风在台湾即以散文成名,1977年其作品被收入《台湾十大散文家选集》。台湾评论界称"她的作品是中国的,怀乡的,不忘情于古典而纵身现代的,她又是极人道的"。余光中也曾称其文字"柔婉中带刚劲",将她列为"第三代散文家中的名家"。还有人称其文"笔如太阳之热,霜雪之贞,篇篇有寒梅之香,字字若璎珞敲冰"。《张晓风自选集》中的《行道树》一文,曾被选入人教版语文七年级课本中。

　　《不朽的失眠》既是一篇小小说,又是一篇诗化散文。张晓风以细腻、敏锐的笔触,塑造了一个美妙绝伦的文学世界,读后让人沉浸其中,回味不已。本文讲述的是张继落榜失意泊船苏州而夜作《枫桥夜泊》的故事,其中警策世人的是亘古流传的哲理:一时的功名荣华都是过眼烟云,而艺术的永恒才是"不朽"的,值得人们为之倾心竭力。全文以张继落榜失意的心理变化为线索,按照"考试落榜—离开京城—夜泊姑苏—秋夜无眠—创作诗篇"的顺序来结构全篇,给读者一种新颖的审美享受,让读者体验"意识流动"的美感。

　　本文体现了作者所抱有的"人以文传"的价值观,启迪世人对"得与失""成与败"做出辩证的理解。

作为小说，本文并不注重对人物性格的刻画，但注重用环境的渲染来表现人物的心理，让人物触景生情，因情入景。"江枫渔火"应该是美丽醉人的景物，可是在落榜者张继看来，"美丽的古城""无非是一个触动愁绪的地方"，"粗嘎嘶哑的乌啼"让张继"听自己的心正被什么东西啮噬而一分一分消失的声音"，寒山寺的"钟声"更是"一记一记都撞击在心坎上正中要害"——"一切景语皆情语"，人物心理刻画和景物描写紧密结合在一起，景为情设，情为景生，融情于景，情景交融。作者用细腻的笔触描摹了主人公内心的波澜。落榜人的心理是不好受的，即"沮丧"—"忧伤"—"验伤"。由落榜失意而感到"羞惭沮丧"，到夜泊姑苏"触动愁情"而"放肆他的忧伤"，最后"无眠就无眠，长夜独醒，就干脆彻底来为自己验伤"。诗人的情绪发展，由落榜而沮丧，由触景添愁而变得忧伤，由忧伤而失眠，由失眠而不眠，由不眠而进入姑苏秋夜特有的意境，于是一首经典不衰的《枫桥夜泊》问世了。作者的语言活泼生动，富于变化，再加上她娴熟的修辞技巧，更使本文语言充满诗情画意。如"这样的夜晚"一段，夸张而不浮夸，煽情而不媚俗，以风中残灯譬喻生命与时光抗衡的无力，表达渴望建立功名的焦虑感，有着既古典又十分现代的情感内涵。再如"江水睡了"一段，运用排比、对比写出了夜的宁静，反衬了张继内心的孤独，两个比喻句更生动确切地描述出了张继内心的落寞。还有，这篇小说在句式、词语的使用和搭配上，也力求突破日常语言习惯的束缚，但又不过分生涩，如"那月亮被它一声声叫得更暗淡了"，"那阴阴不怀好意的凉气啊"。总之，《不朽的失眠》确实是一篇美丽的佳作，正如张晓风自己所说的："也许，真正留住我容颜的，是这些美丽的方块字的魂魄吧！"不朽的失眠，不朽的美丽。都出新出奇又妥帖，给人以语言上的审美享受。

既然是竞争，就必然有落败者；既然是选拔考试，就必然有落榜者。在考试中名落孙山，当然不是什么值得庆贺的事，即使在落榜者的队伍中出现了"夜半钟声到客船"的名家，人们也不会把"落榜"看作一件很荣耀的事。不过，在今天你的名字如果真的出现在落榜者中间，那也不必觉得自己到了世界末日而想不开，即使不能像张继那样名垂后世，也不至于从此就江河日下，日暮途穷。榜上无名，脚下有路，这路还必须你自己走。

由落榜而失眠，失眠何以能不朽？我们知道本文着重写的是失眠，而要突出的却是不朽。作者还有一篇《高处何所有——赠给毕业同学》散文，虽说不是写的考试，但终究和即将走出校门的学生有关。文中有一个小故事，很久很久以前，很远很远的地方，一个病危的老酋长在即将告别人世的时候，给三个年轻人出了一道智力测验题：攀登一座神圣大山，然后回来告诉他在山顶上见到了什么。三天过去了前面两个回来报告：一个看到了繁花流泉，一个看到了树林秃鹰，显然这都不是山顶。一个月过去了，第三个年轻人回来报告：高处一无所有，只有"个人"被放在天地间的渺小感，只有想起千古英雄的悲激心情。落榜者在这里看到了什么？

没有"孤单的长途"，没有"全身的伤痕"，也就没有落榜后的"不朽的失眠"。

论

老之将至

◇［英］罗素

本文选自普鲁斯特等著《世界美如斯：外国经典美文》（上海社会科学院出版社2004年版）。伯特兰·罗素，英国哲学家、数学家、逻辑学家、历史学家、散文家、社会活动家。代表作品有《幸福之路》《西方哲学史》《数学原理》《哲学问题》《婚姻与道德》《物的分析》《罗素自传》等。

虽然有这样一个标题，这篇文章真正要谈的却是怎样才能不老。在我这个年纪，这实在是一个至关重要的问题。我的第一个忠告是，要仔细选择你的祖先。尽管我的双亲皆属早逝，但是考虑到我的其他祖先，我的选择还是很不错的。是的，我的外祖父六十七岁时去世，正值盛年，可是另外三位祖父辈的亲人都活到八十岁以上。至于稍远些的亲戚，我只发现一位没能长寿的，他死于一种已罕见的病症：被杀头。我的一位曾祖母是吉本的朋友，她活到九十二岁高龄，一直到死，她始终是让子孙们全都感到敬畏的人。我的外祖母，一辈子生了十个孩子，活了九个，还有一个早年夭折，此外还有过多次流产。可是守寡以后,她马上就致力于妇女的高等教育事业。她是格顿学院的创办人之一,力图使妇女进入医疗行业。她总好讲起她在意大利遇到过的一位面容悲哀的老年绅士。她询问他忧郁的缘故,他说他刚刚失去了两个孙子。"天哪!"她叫道,"我有七十二个孙儿孙女,如果我每失去一个就要悲伤不止,那我就没法活了!""奇怪的母亲。"他回答说。但是,作为她的七十二个孙儿孙女的一员,我却要说我更喜欢她的见地。上了八十岁,她开始感到有些难于入睡,她便经常在午夜时分至凌晨三时这段时间里阅读科普方面的书籍。我想她根本就没有功夫去留意她在衰老。我认为,这就是保持年轻的最佳方法。如果你的兴趣和活动既广泛又浓烈,而且你又能从中感到自己仍然精力旺盛,那么你就不必去考虑你已经活了多少年这种纯粹的统计学情况,更不必去考虑你那也许不很长久的未来。

至于健康,由于我这一生几乎从未患过病,也就没有什么有益的忠告。我吃喝皆随心所欲,醒不了的时候就睡觉。我做事情从不以它是否有益健康为依据,尽管实际上我喜欢做的事情通常都是有益健康的。

从心理角度讲,老年需防止两种危险。一是过分沉湎于往事。人不能生活在回忆当中,不能生活在对美好的往昔的怀念或对去世的友人的哀念之中。一个人应当把心思放在未来,放到需要自己去做点什么的事情上。要做到这一点并非轻而易举,往事的影响总是在不断地增加。人们总好认为自己过去的情感要比现在强烈得多，头脑也比现在敏锐。假如真的如此，就该忘掉它；而如果可以忘掉它，那你自以为是的情况就可能并不是真的。

另一件应当避免的事是依恋年轻人，期望从他们的勃勃生气中获取力量。子女们长大成人之后，都想按照自己的意愿生活。如果你还想像他们年幼时，那样关心他们，你就会成为他们的包袱，除非他们是异常迟钝的人。我不是说不应该关心子女，而是说这种关心应该是含蓄的，假如可能的话，还应是宽厚的，而不应该过分地感情用事。动物的幼子一旦自立，大动物就不再关心它们了。人类则因其幼年时期较长而难于做到这一点。

我认为，对于那些具有强烈的爱好，其活动又都恰当适宜，并且不受个人情感影响的人们，成功地度过老年绝非难事。只有在这个范围里，长寿才真正有益；只有在这个范围里，源于经验的智慧才能不受压制地得到运用。告诫已经成人的孩子别犯错误是没有用处的，因为一来他们不会相信你，二来错误原来就是教育所必不可少的要素之一。但是，如果你是那种受个人情感支配的人，你就会感到，不把心思都放在子女和孙儿女身上，你就会觉得生活很空虚。假如事实确是如此，那么当你还能为他们提供物质上的帮助，譬如支援他们一笔钱或者为他们编织毛线外套的时候，决不要期望他们会因为你的陪伴而感到快活。

有些老人因害怕死亡而苦恼。年轻人害怕死亡是可以理解的。有些年轻人担心他们会在战斗中丧生。一想到会失去生活能够给予他们的种种美好事物，他们就感到痛苦。这种担心并不是无缘无故的，也是情有可原的。但是，对于一位经历了人世的悲欢、履行了个人职责的老人，害怕死亡就有些可怜且可耻了。克服这种恐惧的最好办法——至少我是这样看的——逐渐扩大你的兴趣范围并使其不受个人情感的影响，直至包围自我的围墙一点一点地离开你，而你的生活则越来越融合于大家的生活之中。每一个人的生活都应该像河水一样——开始是细小的，被限制在狭窄的两岸之间，然后热烈地冲过巨石，滑下瀑布。渐渐地，河道变宽了，河岸扩展了，河水流得更平稳了。最后，河水流入了海洋，不再有明显的间断和停顿，而后便毫无痛苦地摆脱了自身的存在。能够这样理解自己的一生的老人，将不会因害怕死亡而痛苦，因为他所珍爱的一切都将继续存在下去。而且，如果随着精力的衰退，疲倦之感日渐增加，长眠并非是不受欢迎的念头。我渴望死于尚能劳作之时，同时知道他人将继续我所未竟的事业，我大可因为已经尽了自己之所能而感到安慰。

简评

罗素的一生涉足大量的社会活动，包括和平主义运动和核裁军运动等。他的一些谈论社会与人生的文章，被人们视为当代优秀的散文作品。1950 年，罗素获得诺贝尔文学奖，以表彰其"多样且重要的作品，持续不断的追求人道主义理想和思想自由"。《论老之将至》是一篇论述如何正确对待老年和死亡的散文。这是一个全人类所面临的共性问题，也是一个见仁见智、很难统一、很难阐述清楚的问题，但是作者恰当地选取了立论的角度，全面、深刻、透彻地表明了自己的观点。

全文分三个部分：

1.论述了"怎样才能不老"的问题。作者以自己的外祖父、外祖母、祖父以及曾祖父为例，提出了"保持年轻的最佳方法"是自己要有广泛而浓烈的兴趣和活动，随心所欲地生活。

2.论述了老年人需要避免的两种危险：过分沉湎于往事和依恋年轻人。告诫老年人应着眼于未来，做点有益的事，这样长寿才有价值。

3.以河水做对比、衬托，规劝老年人抛开因"害怕死亡"而产生的"苦恼"，坦然面对死亡。

在上述几个问题中，尤其是因年老而"害怕死亡"一定会在读者的心中，特别是老年人的心中产生强烈的共鸣。

"死亡"是一个复杂的"意象"。鲁迅先生的散文诗《过客》中，坟，是一个意象，出自老人之口，只有老人才说得出，再往前走是坟，他迫于已有的意识与能力，所见自然如此。野花，出自小女孩之口，代表着新生的力量，所以她的回答天真烂漫，了无心事。而过客呢，最无奈的那个。"走到什么地方去呢？走到西边坟那里，这是一切人的归宿。"然而"过客向野地里跄踉地闯进去，夜色跟在他后面"。季羡林先生在《讲真话——人生箴言录》里也说到了"死亡"与"坟"："我并不怕坟，只是在走了这么长的路以后，我真想停下来休息片刻。然而我不能，不管你愿意不愿意，反正是非走不行。聊以自慰的是，我同那个老翁还不一样，有的地方颇像那个小女孩，我既看到了坟，也看到了野百合和野蔷薇。"季羡林老先生的洒脱是对《论老之将至》最好的解读。

自然规律就是这样无情，大可不必过分伤感。一个人能安享晚年，在经历了一生的曲折坎坷、惊涛骇浪之后，还能傲然独处，俯仰于天地之间，这是很值得庆贺的。南宋词人辛弃疾有一次大病痊愈之后写了一首《鹧鸪天》，结尾是："不知筋力衰多少，但觉新来懒上楼。"有一种老之将至之感，词人依然改变不了的是"一丘一壑也风流"。怎样才能不老？生物科学告诉我们，家庭长寿的遗传基因是一个至关重要的问题。但是，祖先的选择是由不得自己的，那是人类自然延续的结果。我们能让自己不老的最好办法是不要刻意地去留意自己的衰老。罗素说这是保持年轻的最佳方法。广泛而浓烈的兴趣能让你感到自己精力旺盛，那么就不用去考虑"你已经活了多少年"和"我还能活多少年"这种纯粹统计学上的资料。随心所欲，率性而为，想吃就吃，一切顺其自然，放松身心的生活是非常有益于老年人健康的。

人到了一定的年纪，生理和心理的变化往往会出现作者所说的"两种危险"。过分沉湎于往事，甩不掉年轻时代的光辉业绩和难以磨灭的种种生活的记忆，也是人之常情；依恋年轻人，期望从他们身上获取力量，也正是一个人步入老年的标志。要做到正确处理好这两点确非轻而易举的事：老年人曾经所经历的美好时光以及许多切肤之痛很难让人忘记；与幼小的子女与母亲的断乳相比，父母与子女之间的"断乳"要痛苦得多。子女断乳意味着成长，而父母"断乳"意味着衰老。尊重自然法则，承认自己老了，人生自要轻松很多。

罗素曾有这样一段话："三股简单而非凡强烈的激情一直控制着我的一生：对爱的渴望，对知识的追求和对人类苦难不堪忍受的怜悯。这三股激情，像阵阵飓风，把在痛苦的海洋的路途中的我吹得任意东西，变动无常，直吹到了绝望的边缘。"这就是罗素的一生。他觉得很值得的一生。他说："如果我还有机会的话，我将乐意再度过这样的一生。"

文章行文灵活自如，语言清晰朴素，境界崇高，向人们传达了精神自由的快乐和使生活本身获得解放的勇气、思想。在赋予死亡以从容优雅的诗意美的同时，给人以清静的精神享受。

“第三条道路”存疑

◇ 杨淼

本文选自杨淼《中国人的心态》（北京出版社2013年版）。杨淼，作家、杂文家，长期从事教学工作。著有《雁过留声》《红楼撷趣》《历史七读》等。

为历史人物翻案的事从来都有，但像近年来这么大的声势，倒还不多见。有的案是翻得好的，譬如对辜鸿铭、吴宓；有的案翻得就不怎么成功，譬如对曾国藩、吴三桂和冯道。任凭怎么“观念更新”，使尽解数，可大多数人就是不买你的账，原因何在？

且以冯道为例。冯道是五代时的一个大官僚，一生历仕唐、晋、汉、周四朝十帝，而且都是“位极人臣”，做到宰相、三师、三公那样的高位。史书上说他“滑稽多智，浮沉取容”，“依违两可，无所操决”（《资治通鉴》）。凭着这一手，他在五代这样一个战乱频仍、朝代更迭像走马灯一样的时代里，居然始终得到重用，有“不倒翁”之称。他自称“长乐老”，并作《长乐老自叙》,对于自己的宦途春风颇以为荣。他最后得罪了周世宗,被罚去监修陵墓,死在任上。这是他一生中唯一的一次失算。

问题的焦点是冯道历仕四朝,屈附契丹,不以亡国丧君为意的行为是否"无耻"。为冯道辩护的人认为,特殊情况应当特殊看待。冯道所事的四朝连同契丹在内总共不过三十一年,平均每朝仅六年余。这些小朝廷都是靠阴谋、武力夺权起家的,那些皇帝基本都是劣迹昭彰的昏君。因此,冯道朝秦暮楚的行为就谈不上"忠"与"不忠"。同时,他们又指出:冯道一生清廉俭朴,不受四方之贿,关心民间疾苦,注意减轻农民负担,首创雕版翻印佛经等。由此来证明冯道的无辜。有人进而认为在这样一个动乱的年代里,只有三种选择:一是逃避现实,匿迹山林;二是忠于其中一朝,矢志不渝;三是不顾个人毁誉,打破"狭隘的国家、民族观念",调和矛盾,弥合创伤,寻求和平与恢复的道路。冯道所走的正是这"第三条道路"。

其实,对冯道评价的分歧,是早就有了的。比如王夫之便是贬斥一派的代表。他说,"李从珂之入篡也,冯道遽命速具劝进文书,卢导欲俟太后命,而道曰:'事当务实。'此一语也,道终身覆载不容之恶尽矣。'实'者何也?禽心兽行之所据也。无食而绐兄臂。无妻而搂处子。务实而不为虚名所碍耳。呜呼!岂徒道之终身迷而不复哉?此言出,而天下顾锱铢之利,求俄顷之安,蒙面丧心,上不知有君,内不

『第三条道路』存疑

夫纣也,未闻弑君也"(《梁惠王》)。这样看来,像桀纣那样的昏君暴君,不但可弃,而且人人可得而诛之,不为不忠。商汤讨桀,武王伐纣,不但谈不上"不忠",而且是正义之师。但这只是事情合乎逻辑的一个方面。另一方面就不大好理解:明明是昏君、暴君,可依旧对他们忠贞不二的人,也同样受到人们的赞赏。伯夷、叔齐这哥儿俩便是代表。殷纣可杀,但当武王起兵东征时,哥儿俩便急忙赶去叩马而谏,还要义正辞严地责问:"以臣弑君,可谓仁乎?"夷齐这样的人物一直受到后世的推崇,司马迁作《史记》,把他俩列在"列传"第一,地位不低。屈原又是一个例子。楚怀王和顷襄王都是十足的昏君,听信谗言,被佞臣艳妾所包围,屈原的谏诤一句也听不进去,还嫌他碍眼,把他远远流放,欲置之于死地。可就是这样,屈大夫依旧是"低回而小遽舍""一篇之中三致志焉"。他的忠诚,也被誉为"千古独绝之忠"(王夫之《楚辞通释》)。

问题有点儿混乱。简括起来说:若是贤君,忠诚自不成问题。对于昏君、暴君,杀了也不为大过,但"愚忠"在国人的心目中似乎也值得称道。一句话,不管是何等皇帝,只要能"忠",总可以博得大家的同情,送了性命的则评价更高(如比干);相反,反复无常的臣子,即便是弃暗投明,择木而栖,终究是大节有亏,靠不住的。总之,忠孝节义是大节,好事做得多多,终归是小节。这是中国人的传统心态。冯道之病,就在于他的反复无常。一个首鼠两端、全无操持的人物,最终是不会留下什么好口碑的。"气节者,君子之梗概也。"要走"第三条道路",至多只能在纸上发发议论,真要改写大众心中这一部久成定论的"铁函心史",只怕是很难办到的呢!

简 评

杨淼先生的《中国人的心态》亦庄亦谐的风格,生动幽默的笔调,使"国民性"这样一个似乎沉重的话题,谈论时变得饶有兴味。杨淼先生秉承鲁迅先生对"国民性"问题的洞见,结合当今现实,从更广层面、更细微处着眼,作了深层次的探讨和剖析。

文章题目所谓"第三条道路",不是学术界所说的基于20世纪西方两大政治思潮之外的新的政治学说,它是指在改朝换代的动乱时期一种"调和矛盾,弥合创伤,寻求和平与恢复的"政治态度。对人物的评价不能离开当时的具体环境,在"朕即国家"的封建时代,爱国和忠君是一样的。维护本民族利益的人,常常能赢得敌人的尊敬,而出卖本民族利益的人往往遭到唾弃。

著名学者葛剑雄先生《乱世的两难选择——冯道其人其事》一文所持的观点和本文不同。作者认为历史上冯道出名,来由主要是三种:一是官做得大,经历的事多;二是欧阳修作《五代史记》(通称《新五代史》),骂他"无廉耻";三是主持用雕版技术印刷《九经》。葛剑雄是中国历史地理学大师谭其骧先生的学生,他在这篇文章的开头写道,一次听谭其骧先生说:"欧阳修对冯道的评价是不公允的,还是《旧五代史》说得全面,只看《新五代史》是要上当的。"所以葛剑雄先生就提出个疑问:生在乱世的知识分子,除了效忠一君,君败亡则竭节致死或灭迹山林之外,就不能走冯道的第三条路吗?作者的意见是可以走第三条路,他在文章的结尾部分说:"如果有第三条道路,那就是以人类的最高利益和当地人民的根本利益为前提,不顾个人的毁誉,打破狭隘的国家、民族、宗教观念,以政治家的智慧和技巧来调和矛盾、弥合创伤,寻求实现和平和恢复的途径。这样做的人或许只是为了实现自己的价值,但他对人类的贡献无疑会得到整个文明社会的承认。……与'灭迹山林'或效愚忠于一姓一国的人相比,他无疑应该得到更多的肯定。"当代散文家黄裳先生就针对这种说法表达了完全不同的一种看法:"话说得堂皇而正大,但放在家国危亡之际来考察,就不能不产生大的疑惑。请原谅我浮想联翩,拟于不伦,忽然想到这与汪精卫'我不跳火坑,谁跳火坑'的'高论'何其相似乃尔。"

"忠君爱国"在中国算是一个流传千年的原命题,几乎就成为一个做臣下的必修课基本原则。奉之,则忠臣顺民;不从,则乱臣贼子。然而,这个命题有许多含混之处。首先值得厘清的是:在中国人传统观念中,"朕即国家","忠君"和"爱国"基本上就是一回事——因为忠君,所以要爱国;忠君就是爱国。所以会有这样的观念,也不奇怪,中国传统社会就是一个政教合一的社会:皇帝既是国家元首,又是思想坐标行为规范,还是文化上国家象征代表的。

以家喻户晓的南宋名将岳飞为例,一生以忠君报国为念。率军抗金十几年,屡破强敌,屡建奇功。然而就在形势大好,收复失地指日可待的情况下,奉行投降政策的宋高宗却下令岳飞撤军。这样的命令,使岳飞陷入到了深深的矛盾之中。如果从命,便是忠君,然而却不能报国。如果不从命,便是报国,却不能忠君。最后,岳飞选择了忠君,抗金的大好局面由此葬送。而岳飞的忠君也没有换回君主的好感,最后仍然演绎了一曲"风波亭"的悲剧。与岳飞面临同样困境的是明代的于谦,所不同的是,他做出了相反的选择。当瓦剌俘获了明英宗后,他没有受制于忠君的理念,而是以国家社稷为重,拥立英宗的弟弟为景帝,最终保住了京师。然而，这样的选择也没有使他避免悲剧的命运。后来，明英宗复位，于谦终被杀害。

尽管古人的忠君爱国思想容易给人们带来选择上的困境。然而，作为官场文化的核心理念之一，它大大强化了人们的责任意识和集体意识。从《孟子》"乐以天下，忧以天下"，到西汉贾谊的"国而忘家，公而忘私"，再到范仲淹"先天下之忧而忧，后天下之乐而乐"，最后到林则徐"苟利国家生死以，岂因祸福避趋之"，无一不是这种理念的体现。正是出于对这一理念的追求，一代代仁人志士前赴后继，为我们创造了无数佳话，留下了无数的感人事迹。

论
宽容

◇[英]爱德华·摩根·福斯特

本文选自朱自清等著《中国最美的散文：世界最美的散文》（华文出版社2009年版）。爱德华·摩根·福斯特，20世纪英国著名作家。福斯特一共写了六部长篇小说：《天使们不敢踏上的地方》《最长的行程》《看得见风景的房间》《霍华兹庄园》《印度之行》和《莫里斯》。《印度之行》被公认为福斯特最杰出的作品。

现在所有人都在谈论重建。我们的敌人在规划以其秘密警察来维持欧洲的新秩序，为此提出了各种方案，而我们这边在谈论重建伦敦，重建英格兰，甚至重建整个西方文明，并且对如何达成目标作出了设想。这一切真是不错，可是当听到这类谈论，看到建筑师削尖铅笔，承包商搞出预算，政治家划分出势力范围，每个人都开始为此各尽其力时，不由想起了一句名言："除非上帝想要使房建成，否则建房人只能是白费力气。"这句话有诗一般的意境，然而却隐含着铁一样的科学真理。它告诉我们，除非我们拥有健全的心态和正确的心理，否则不可能建成或者重建任何能够长久存在的事物。这句话所包含的道理不仅适用于基督徒，而且适用于所有建设者，无论他持有怎样的世界观。我们的历史学家阿诺德·约瑟夫·托恩必博士在他的《文明盛衰史》中将此话作为卷首语，其中自有深意。毋庸置疑，一个文明唯一可靠的基础就是健全的精神状态。建筑师、承包商、国际经纪人、营销委员会和广播公司仅凭他们自己的力量想建成一个新世界，那真是痴人说梦。他们必须被一种适当的精神所激励，而他们所为之工作的人们也要拥有这种适当的精神。比如说，有朝一日人们会拒绝住在丑陋的房子里，而在此之前我们不会拥有一个美丽的伦敦。现在的人们并不在意丑陋；他们要求舒适，但不关心城市的美化，因为他们的确还不具备审美能力。我自己就住在一幢奇丑无比的单元楼里，可我并不因为它的丑陋而觉得烦恼。不等到大家都为此而感到烦恼的那一天，所有想要重建一个美丽伦敦的规划注定都要失败。

不过到底什么是适当的精神呢？我们可以达成下面几点共识：问题的根源在于心理状态；只有上帝参与，建设才能保持长久；先要拥有一种健全的精神，然后外交、经济学和贸易会谈才能起作用。不过，什么样的精神状态是健全的呢？在这一点上我们产生了分歧。假如问，重建文明需要什么样的精神素质，大多数人会说，我们需要的是"爱"。照这种说法，人们要彼此相爱，国家亦应如此，只有这样才能制止正在对我们产生毁灭性威胁的一系列灾难。

对持以上观点的人们我表示敬意，却不敢苟

同。在个人事务中，爱是一种伟大的力量，可以说是最伟大的事物；但是在公共事务中，爱却于事无补。它曾屡次尝试过：先有中世纪的基督教文明，其后的法国大革命又从世俗的角度重申了人类的亲情。然而，爱所付出的一切努力都归于徒劳。想让国与国之间相爱，想让商业财团或者营销商们相爱，想让一个葡萄牙人爱一个他根本不认识的秘鲁人，这种想法不仅荒谬、虚妄，而且有害。它使我们陷入迷蒙而危险的多愁善感之中。"我们所需要的是爱！"我们这么唱着，唱过了就算完事，任由世界照老样子延续下去。事实在于一个人只可能爱他自己所认识和了解的那些有限的人和事。在公共事务中，在文明的重建过程中，我们需要的是一种不像爱那样戏剧化、感情化的东西，那就是宽容。宽容是一种很乏味的美德。它让人厌烦，它比不上爱，向来没给人留下什么好印象；它是被动的，它只是要求你去容忍别人，去忍受别的事物。从未有人想到要为宽容写赞歌，或者为它塑像。然而，宽容正是战后我们所需要的品质，正是我们所寻求的健全的精神状态。只有依靠它的力量，不同的种族、不同的阶层、不同的利益集团才有可能聚在一起为重建出力。

世界上现在挤满了人，拥挤到了前所未有的、可怕的程度，这些人不断地互相磕磕碰碰。在这些人当中，多数是你不认识的，有些是你不喜欢的，比如说不喜欢他们的肤色，不喜欢他们鼻子的形状，不喜欢他们擤鼻子的样子，不喜欢他们总不擤鼻子，不喜欢他们讲话的方式，不喜欢他们的气味、他们的服饰、他们对爵士乐的迷恋或者他们对爵士乐的反感等等。那么你该怎么办呢？你有两种处理方法可以选择。一种是纳粹式的：对于你不喜欢的某些人，你把他们杀掉、流放，或者隔离，然后你就昂首阔步地向世人宣称只有你才是人类的精华。我喜欢的是另一种方法，它远不如上一种那样激动人心，可是它符合民主国家的立国原则。如果你不喜欢某些人，你要尽可能地容忍他们。别试图去爱他们，那只会徒劳无获。你要努力对他们采取宽容的态度。只有以这种宽容为基础，我们才有可能建设一个文明的未来。除此之外，我想不出还有什么能够作为战后世界发展的基础。

我所以这么认为，是因为这个世界现在正需要静态的美德，傲慢、暴躁、愤怒和复仇欲都解决不了问题。我已经对一切动态的、攻击性的理想失去了信心，因为它们一旦实施起来，几乎总要使成千上万的人受到残害或者监禁。对于"我要清理这个国家"或者"我要把这个城市清洗干净"这一类的话，我的反应是恐惧和厌恶。这种做法在从前也许不那么可怕，因为那时世界还比较空；现在则不同了。在当今世界，国与国相互交织在一起，一个城市与周围地区也有着不可分割的有机联系。我还要指出一点：迅速重建不太可能。无论建筑家们怎样精心设计，我依然不相信我们拥有适于重建的心理状态。按照人类走过的历史来判断，重建的前景也许不错，但那是从长远来看。文明总不免经历一些奇异的倒退,而我觉得我们正处于这样一个倒退阶段。我们须承认这个事实,并以此为出发点来采取行动。我相信,在建立和平之后,宽容就成为必不可少的东西。举个实例来说:我一直在想,假如和约签订之后,我遇到了曾与之战斗的德国人,我该作出何种反应。我不该试图去爱他们,我在心里找不到这种情感,我至少还记得他们打碎我那窄小丑陋的公寓楼里的一扇窗的情景。但是,我会努力去容忍他们,因为那符合常理,因为战后我们还要与德国人共同生活在这个世界上。我们不可能铲除他们,正像他们未能成功地铲除犹太人一样。我们将容忍他们,这并非出于什么高尚的理由,而仅仅是因为我们有必要这样做。

我并不把宽容视为一种伟大的、永久的、神圣的原则,虽然我可以引用基督的名言"在我主的房中有许多间屋"来支持这一观点。宽容只是权宜之计,适用于一个过挤过热的星球。当爱消退时,宽容依然存留,而爱消退起来是很快的:我们只要走出家门,离开亲友,与一群陌生人一起排队买土豆,爱马上就消退了。在队列中需要宽容,否则你就会想:"这队为什么这么慢?"在地铁中也需要宽容,否则你就会想:"这些人为什么这么胖?"在打电话时也需要宽容,否则你就会想:"这人为什么这么聋?"或者"这人为什么这么口齿不清?"在街头,在办公室,在工厂里都需要宽容,而最需要宽容的莫过于阶级之间、种族之间和国家之间了。宽容本身是单调的,但它要依靠想象力来获得,因为你必须为别人设身处地着想,这算得上是一种有益的精神训练。

为容忍别人而不断努力看上去好像是柔弱甚至没有骨气的行为,因而它有时引起性格豪爽之人的反感。伟大人物提倡宽容的例子,我并不能举出很多。圣保罗不讲宽容,但丁也不讲。不过,毕竟还是能想起一些名字的。在两千多年前的印度,笃信佛教的国王阿索卡让人镌刻碑文,不是要记载他本人的丰功伟业,而是告诫世人要存宽恕之心,要相互理解,要维护和平。在400年前,荷兰学者伊拉斯莫超然于狂热的新教和旧教徒的争斗之外,并因此受到了两派的夹击。同属16世纪的法国作家蒙田在他那宁静的乡村房子里写出了诙谐、精妙、机智的文字,直到今天,文明的人们还能从中获得乐趣和信心。在英国则有哲学家约翰·洛克,自由党成员、开明的神甫西德尼·史密斯,还有劳维斯·狄更生,他的《现代论集》是论宽容的经典之作。在德国——没错,是在德国——出现了歌德。所有这些人都支持我在前文中尽力要表达的信条。它尽管是静态的,但对于拯救这个拥挤不堪的世界却是必不可少的。

最后我还有两句话。首先,狂热表现在别人身上就很明显,表现在自己身上就难以觉察了。比如说,我们很容易看到纳粹在搞种族歧视,他们从得势以来在这方面的所作所为早就臭名远扬了。可是,我们自己真的是无可指责的吗?与纳粹相比,我们的罪责要轻得多。然而,不列颠帝国里果真不存在种族歧视吗？不存在肤色问题吗？假如对你来说，宽容不仅仅是一个虔诚的字眼，那么我请求你仔细想一想这个问题。我的另一句话是要反驳某些人可能会提出的异议。宽容不等于软弱。容忍别人不等于向他们让步。这样一来，问题就变得复杂了。可是文明的重建必然是个复杂的过程。我只是坚信一点：除非上帝想要使房建成，否则建房人只能是白费力气。也许，当房子建成之后，它会迎来爱的光临。到了那一天，这个在私人生活中最伟大的力量也将主宰公共生活。

简评

爱德华·摩根·福斯特是英国著名的作家，在 20 世纪西方文学史上有广泛的影响。他出身于一个充满仁爱和幸福的家庭。父亲是建筑师，福音派信徒，强调一个人应有道德责任感；母亲则对所有的人都比较随和、宽容。在作者的创作生涯中，以长篇小说闻名于世。他的长篇小说几乎都是反映英国中上层阶级的精神贫困，在所有作品中，主人公都试图通过挣脱社会与习俗的约束来求得个人解放。福斯特的作品语风清新淡雅，虽然人物的个性很容易被把握，但命运安排往往令人不可预测却又铺叙自然。

《论宽容》是一篇很有影响力的散文佳作。作者在《论宽容》里说："'除非上帝想要使房建成，否则建房人只能是白费力气。'这句话有诗一般的意境，然而却隐含着铁一样的科学真理。它告诉我们，除非我们拥有健全的心态和正确的心理，否则不可能建成或者重建任何能够长久存在的事物。"我们身边这样的事还少吗？"对于新的真理的发现者，新的信仰的建立者，舆论是最不肯宽容的。如果你只是独善其身，自行其是，它就嘲笑你的智力，把你说成一个头脑不正常的疯子或呆子，一个行为乖僻的人；如果你试图兼善天下，普度众生，它就要诽谤你的品德,把你说成是一个心术不正、妖言惑众的妖人、恶人、罪人了。"(周国平《舆论的不宽容》)在今天这个文化建树的时代,健全的心态和正确的心理更显得比尖刻和偏激的批判重要。而健全的心态和正确的心理无非就是一种宽容和包容的心态。本文作者对宽容的认识并融入到创作过程中的基本看法是:"在公共事务中,在文明的重建过程中,我们需要的是一种不像爱那样戏剧化、感情化的东西,那就是宽容。宽容是一种很乏味的美德。""然而,宽容正是战后我们所需要的品质,正是我们所寻求的健全的精神状态。"

　　美国已故的实业家约翰·华纳克曾说:"早在30年前,我就懂得苛责他人是件愚蠢至极的事。"这个道理,古埃及阿克图国王早在四千年前就知道了,他告诫自己的儿子说:"圆滑一点。它可使你予求予取。"本文作者也正科学地把握了这一原则。在文章中作者对人和人之间、国家与国家之间的共存问题提出了社会性的思考。在他看来,在如此拥挤的地球生活中,要求像基督徒那样以爱行走于天下,是不可能的,但是,至少我们可以以宽容的方式来化解彼此之间的尴尬和尴尬中产生的"敌意",起码维持住表面的和平,让环境和氛围暂时得以安宁。

　　文章中还说:"我们将容忍他们,这并非出于什么高尚的理由,而仅仅是因为我们有必要这样做。"世上的大道理往往都很简单,但大家并不会总是按正确的道理去做,有时以利害得失为标准,对自己有利就乐于助成,对自己不利就反对、阻挠;有时以"面子"为标准,有面子就喜欢,没面子就生气;有时以自我好恶为标准,"我"喜欢的就是好的,"我"不喜欢的就是坏的;有时以亲疏关系为标准,对亲近的人可以让三分,对疏远的人寸步不让;有时以心情好坏为标准,心情好什么都可以迁就,心情不好什么都不能原谅……。在不同的标准下,人们经常的做法是——"我选择,我喜欢",让道理见鬼去吧!按照作者的说法,不管你是否对别人有过不理解,只要你真心宽容,一切都会朝着好的方面发展。现实中，人人都会犯错，人人都有"不讲道理"的时候，怎么办呢？唯有尽可能地宽容。你不太可能像爱自己一样爱那些跟自己有利害冲突、意见冲突、情感冲突的人，但可以像宽待自己一样宽待他们。

福斯特的这种包容式的辩证思考让我们在阅读中时时感觉到作者论证的逻辑力量，从重建世界联系起宽容的人生思考，进而从西方文明史的角度多方举证，全面、深刻地阐述宽容在现实人生中所具备的伟大力量。《论宽容》一文语言朴实而富有张力，我们会在阅读中感受到作者的人生感悟。这样，或许会改变我们的生活中的人生观、价值观。

关于蔡先生的回忆

◇陈西滢

蔡先生与稚晖先生是我生平所师事的两个人。"高山仰止,景行行止,虽不能至,然心向往之",这几句诗,完全可以表出我对于两位先生的情绪。在黑暗中摸索前进的人生的旅途上,他们是悬在天际的巨大的两颗明星,所以虽然有时会迷途,有时不免脚下绊倒,可是由于星光的照耀,仍然可以起来,仍然可以向正确的方面前进。

蔡先生与吴先生,在我心中,常常是联系在一起,不容易分开的。蔡先生去世的消息传出后,有一天夜间不能入睡,回想起蔡先生与自己的关系,处处地方便连带的想到吴先生。可是很奇怪的,蔡先生与吴先生虽同样的给我以不可磨灭的印象而细细追

本文选自陈西滢《西滢文录》(辽宁教育出版社2000年版)。陈西滢,著有《西滢闲话》《西滢后话》。

想起来，我与蔡先生的接触，实在是很少。

知道蔡先生却很早。因为在六七岁的时候，曾经在上海泥城桥爱国学社里上过几个月学，可以说是蔡先生与吴先生的学生。那时候住在吴先生的家中，天天见到，可是蔡先生却只听到过名字。至于是不是认识，甚至于是不是见过，现在已经完全想不起来了。

以后看到蔡先生的名字，是在吴先生自英法写给先父等几个老朋友的数千字长信里面。这样的长信，一连大约有两封或三封，里面叙述事物很多，所以也当常会提到蔡子民在柏林怎样，怎样。那时候的"蔡子民"还只是一个名字。

武昌起义之后，吴先生与蔡先生都是先后回国。在他们未到以前，他们的一位朋友，商务印书馆主编"辞源"的陆炜士先生，常常对先父等说，将来修清史，只有"稚晖与鹤卿"。那时候已经十五六岁了，知道鹤卿就是以翰林公而提倡革命的蔡子民。听了陆先生的谈话又知道蔡先生是文章家。

蔡先生回国后住在上海的时候，似乎曾经跟了吴先生到他的府上去过。但是除上一所一楼一底的房子之外，什么也不记得。也许这一楼一底的房子还记忆的错误，实在不曾去拜访过也说不定。但是那时候一个印象是相当清楚的。也可以说是蔡先生给我的第一个印象。大约是在张园举行的许多群众大会之一吧，蔡先生的演讲是在那里第一次听到。他的演讲，声音不高，而且是绍兴口音的官话，内容是朴质的说理,不打动听众的情感,所以他在台上说话,台下的人交头接耳的交谈,甚至于表示不耐烦。所以演讲辞更不能听到。蔡先生的演说也就很快的完毕了。十年以后听众对蔡先生的态度不同了,演辞不至于听不见,然而他演说态度,声音,与内容似乎与我第一个印象没有多大的出入。蔡先生不能说是一位雄辩家。

再会见蔡先生,是在十年后的伦敦。那时候蔡先生是五四运动,新文化运动的策源地北京大学校长,到欧洲去游历。在伦敦摄政街的中国饭店里,北大学生开了一个欢迎会。名义上虽是北大学生,可是原先与北大没有关系的也多人在场,我自己便是一个。此外记得起的还有张奚若,钱乙藜,张道藩。在场的北大教员有章行严与刘半农两位,学生则有傅孟真,徐志摩,徐彦之,刘光一等。那时我新买了一个照相机,初学照相。即在中国饭店的楼上照了两张团体相。这相片到抗战以前还存在,现在可无法找得到了。

蔡先生在伦敦时的故事,现在只记得二三个,大约因为稍微带些幽默,所以至今没有忘掉。有一次伦敦大学政治学教授社会心理学者怀拉斯请蔡先生到他家去茶叙,座中有他的夫人与女儿。陪蔡先生去的是志摩与我两人。起先我们任翻译。忽然志摩说蔡先生在法国住好久,能说法语。怀夫人与小姐大高兴,即刻开始与先生作法语谈话。一句句法文箭也似的向先生射去,蔡先生不知怎样回答。我为了解围，说蔡先生在法国只是作寓公，求学是在德国，所以德文比法文好。怀夫人、怀小姐不能说德语，只好依旧作壁上观。怀拉斯说他从前到过德国，可是德话好久不说已不大能说了。他与蔡先生用德文交谈了几句话。我记得怀指窗外风景说 SCHON，蔡先生说 IEBRACBON，可是这样的片言只字的交换，没有法子，怀先生说还是请你们来翻译吧。

一次我与志摩陪蔡先生参观一个油画院。里面有约翰孙博士的一张油画像。我与志摩说起约翰孙博士的谈吐，骨气，生活状态，很像中国的吴先生。在出门的时候，蔡先生选购了几张画片，微笑着的说"英国的吴先生的画像也不可不买一张"！

最难忘的一次是某晚在旅馆中蔡先生的房间里。一向总是有第三人在一处。此时第三人却因事出去了，房内只有我与蔡先生两个人。那时与蔡先生还不知己，自己又很怕羞。要是他做他自己的事倒好了。可是蔡先生却恭恭敬敬陪我坐着，我提了两三个谈话的头，蔡先生只一言半语便回答了。两个人相对坐着，没有谈话。心中着急，更想不出话来。这样的坐也许不到半点钟，可是在那时好像有几点钟似的。幸而第三人来了，方才解了当时的围。

民国二十一年冬与吴先生同船由法回国，到了上海，得北大之聘，又与吴先生同乘津浦北上。拜访蔡先生后没有几天，蔡先生即在一星期日中午在香厂的菜根香请吃饭。吴先生坐首席，同座都是从前在英国的熟朋友。饭后一干人一同步行从先农坛走到天桥。当时感觉到一种北平闲暇的趣味。可是没有多少时候,空气突然紧张,蔡先生离京南下,此后他便有十年没有到过北平。

大约是民国二十一年的春天,蔡先生到武昌珞珈山住过几天。武汉大学的同人给他一个很热烈的欢迎。可是那时候我正病卧在床上,不能够行动。倒是蔡先生走上百余级石级,到我住的高高在山坡上的家,作病榻前的慰问。对于一个后辈,而且实在是很少见的人,看作亲切的朋友,这是蔡先生待人接物的本色,是他所不可及的一个特点。

就是这一年的夏末——还是次年?暑假时我从南昌去北平,因平津路突然不通,乘船到南京,改由津浦路北上。到南京后得知蔡先生正在此时北上,出席中华文化基金董事会,同相约同行。在车上除了一位基金会的美国董事外,没有什么很熟识的人,所以有一天以上的朝夕相处。这时与伦敦旅馆中大不同了。自己没有了拘束的感觉,没有话的时候也并不勉强的想话说。可是这一次蔡先生谈话很多,从中国的政治教育到个人琐事。特别是过泰安附近时,我们在窗口凭吊志摩遇难的地点,谈了不少关于志摩的回忆。蔡先生带了几瓶南京老万全的香雪酒,是朱骝先送他在车上喝的。第一天晚餐时我们两人喝了一瓶——应该说是蔡先生一人喝一瓶,因我只能陪二三杯。那晚上蔡先生虽没有醉,脸却红得厉害。第二天中晚两餐喝了一瓶。蔡先生说这样正好,听说他每餐得喝一点酒,但并不多。

车快到北平时，他对我说，中央委员乘车是不用花钱的，所以这一次一个钱也没有花。心里觉得有些不安，饭车的账请我让他开销了罢。他说得这样诚恳委婉，我觉得没有什么话可说。可是第二天早晨发现不仅饭费，连睡车上茶房的小费他都付过了。车到站时，他又说他带了一个当差，而且有人来接，行李有人招呼，我的行李也不如放在一处运去。所以这一次与蔡先生同行，一个年轻三十多岁的我非但没有招呼蔡先生，而且反而受他招呼，这表示自己的不中用，但也可以看到蔡先生待人接物的和蔼体贴的风度。

蔡先生这一次到北平，是十年后重游旧地，盛受各团体、各个人朋友的欢迎招待。常常一餐要走两三个地方。他到一处，一定得与每一客对饮一杯，饮完方离去，所以每晚回家时大都多少有了醺意了。他对一切的兴趣都很厚浓。故宫博物院欢迎他去参观时，他进去看了一天。他的脚有病，走路不大方便，可是毫无倦容。我们从游的年轻些的人，都深为惊异。那时候我们认为蔡先生享八九十以上的高龄，应当是不成问题的事。

那一年以后，除了某年暑假，我与叔华在上海经过愚园路进谒一次蔡先生蔡夫人而外，更没有再会见过了。

追想过去，自己与蔡先生接触的次数实在并不多，但是他在我生命中所给予的影响，却异乎寻常的大，异乎寻常的深刻。是怎样来的呢？仔细分析起来,并不是由于蔡先生的学问文章。蔡先生的书我一本不曾读过。他讲演辞和文章,也只偶然的读到。对于他的学问文章我没有资格说话。也不是由于蔡先生的功业。他办理北大,以致有五四,有新文化运动;他办理中央研究院,使中国在科学各有各种贡献,但是这种种可以使人钦佩,却不一定使人师法,使人崇拜。蔡先生的所以能给予我以不可磨灭的印象,推求起来,完全是由于他人格的伟大。他应小事以圆,而处大事以方。他待人极和蔼,无论什么人有所请托,如写介绍信之类,他几乎有求必应,并不询问来人的资格学问经验。可是到了出处大节,国家大事,他却决不丝毫含糊,而且始终如一,不因事过境迁而有迁就。他是当代最有风骨的一个人。我与他接触的机会虽不多,但是先后有二三十年。我无论在什么时候见到他,蔡先生始终是蔡先生,犹之吴先生始终是吴先生,并不因环境的不同,时运的顺逆,而举止言语有什么不同。这是说来容易,却极难做到的一件事。孟子说,"富贵不能淫,贫贱不能移,威武不能屈,此之谓大丈夫",蔡吴两先生才可以当大丈夫的名称而无愧了。"高山仰止,景行行止,虽不能至,然心向往之!"

简 评

在散文园地里,梁实秋先生曾将陈西滢与胡适、周氏兄弟、徐志摩并称为五四以来"五大散文家"。在中国现代文学史上,陈西滢先生是一位争议颇大的人物。当年陈西滢先生因为被鲁迅骂过,故在传统观念中的"因人而废文"的影响下,导致了我们不读他的文章,因而也就不甚了解他。这是特定背景下的历史旧账,如果因为这笔账就彻底否定一个人,或许失之偏颇。所以,阅读本文,要先说说陈西滢其人。

20年代中期,新文化运动主将鲁迅与北京大学外文系教授、"闲话"作家陈西滢之间发生过一场论战。这场论战以对学生运动的态度为发端,引出了一系列的笔战,也同时涉及了双方对对方作品的评价问题。其中,尤以陈西滢对鲁迅作品的评价令人玩味。1927年,陈西滢发表《新文学运动以来的十部著作》一文,是他向读者推荐的新文学杰作。应当说,陈西滢对这些作品的评价总体较为冷静客观,并无拔高之嫌,但态度却不均衡。尤其对鲁迅小说的评价,与后人对鲁迅小说的评价出入较大,有一定的片面性。

陈西滢先生认为《孔乙己》《风波》《故乡》是鲁迅"描写他回忆中的故乡的人们风物,都是好作品"。但又说,小说里的"乡下人","虽然口吻举止,惟妙惟肖,还是一种外表的观察,皮毛的描写"。他同时又认为《阿Q正传》要高出一筹,但认为阿Q是同李逵、鲁智深、刘姥姥等"同样生动,同样有趣的人物,将来大约会同样的不朽的"。只承认在艺术上的生动有趣,并不谈及鲁迅的思想深度,以陈西滢留英博士的做派,这种评价绝不是眼光问题。他同时更不忘表示对鲁迅杂文的不恭,"我不能因为我不尊敬鲁迅先生的人格,就不说他的小说好,我也不能因为佩服他的小说,就称赞他其余的文章。我觉得他的杂感,除了《热风》中二三篇外,实在没有一读的价值。"而他对鲁迅小说的评价,又何以能用

"佩服"二字概括呢？因为他对其他列入"十部著作"的作家作品的评价，比对鲁迅要宽松得多。

在鲁迅先生的笔战史上，陈西滢要算是鲁迅的第一个论敌，被鲁迅数度痛骂过，因此陈西滢一直被当作反动文人。但有人认为在中国现代文学史上陈西滢是一个有自己个性的作家。著名散文家梁实秋先生曾说，西滢"笔下如行云流水，有意态从容的趣味"；女作家苏雪林则赞其"文笔晶莹透剔，更无半点尘滓绕其笔端"。一位从事现代文学研究的知名学者认为，陈西滢一本《西滢闲话》就足以使他跻身中国现代散文十八家之列。

再说作者"高山仰止"的蔡先生。蔡元培"循思想自由原则，取兼容并包主义"，把北大从"官僚养成所"变成名副其实的中国最高学府。他于五四后提出的"读书不忘救国，救国不忘读书"，无疑开创了北大"读书"与"救国"并重的传统。蔡元培一生出言、行事皆不喜走极端，性情温和，致有"好好先生"之称，但熟悉他的人却知道，在其谦冲和蔼的背后，自有一种坚毅的风骨，所以，蒋梦麟说他是"白刃可蹈之中庸"，陈西滢说他"处小事以圆，而处大事以方"，实乃"当代最有风骨的一个人"，"追想过去，自己与蔡先生接触的次数实在并不多，但是他在我生命中所给予的影响，却异乎寻常的大，异乎寻常的深刻"。

本文的描写中，陈西滢先生通过自己的交往与观察，笔下的蔡元培先生是有血有肉的。至于蔡元培先生，作为近代中国文化界的卓越先驱者，其著名的文化思想和学术观点，曾对中国的历史进程发生过重要的影响。蔡元培任北京大学校长时提出的"兼容并包"的学术思想，不仅成为他主持北大教育工作的重要指导思想，同时也是他所坚持的办学原则。蔡元培为人宽厚、多以恻隐为怀，对中国社会及陋俗有透彻观察；曾两度游学欧洲、亲炙文艺复兴后的科学精神及法国大革命后的思潮。他提倡民权与女权，倡导自由思想，致力革除"读书为官"的旧俗,开科学研究风气,重视公民道德教育及附带的世界观、人生观、美学教育。梁漱溟曾说,蔡先生一生的成就不在学问,不在事功,蔡元培从思想学术上为国人开导出一股新潮流,冲破了旧有习俗,推动了大局政治,影响到全国,收获在后世。这是十分正确的。在他逝世之后,周恩来撰写了挽联,以生动形象的语言高度概括了蔡元培一生光辉伟大的功绩,云:"从排满到抗日战争,先生之志在民族革命;从'五四'到人权同盟,先生之行在民主自由。"

后　记

　　散文,在中国文学史上是与诗、词鼎足而三的重要文体,有着崇高的地位。唐宋以来的古代散文已经被人们奉为经典自不待言,近代以来特别是自"五四"以来的近百年时间里,优秀的散文作品无论在内容构成或是思想情致方面,都可与古代经典比肩。近年来,写作散文的作家越来越多,喜爱阅读散文的读者也越来越多,应运而生的散文集也林林总总地呈现于读者面前。我总觉得散文的选本和阅读方式还存在一些不足之处,特别是对近百年来的散文作品没能很好地梳理和总结,尤其对年轻人来说,缺少必要的指导。于是,我产生了一个较为大胆的想法:梳理一下近百年来的散文精品,对作品及其作者做一些简单的介绍和分析,为读者更好地阅读现当代经典散文提供一个可供选择的读本,也希望通过这样的撷选和推广,能使一部分作品在历史长河的淘漉中留存下来,成为后来人的经典。而这,也是选文和出版的主要动机。

　　在撷选本丛书的作品时,我着眼于选择那些叙述内容真实、表现手法质朴、能真实地记录作者现实生活的思想和感情轨迹之作。所选散文的作者中,著名学者、知名教授、有成就有社会影响的作家占相当的比重,他们的散文,或含蕴深厚,意境优美深邃;或摇曳多姿,情思高蹈浩瀚,无论芸芸众生,峥嵘岁月,抑或江河湖海,大地山川,或灵动飘逸,或凝练深刻,或趣味灵动,或高雅蕴藉……本丛书所选入的散文大多无愧于这样的评价。因此,一册在手,与经典同行,就能与作者进行思想交流,就能以丰富的知识启迪智慧,以睿智的思想陶冶情操,从而在读者的心灵里打开一个情趣盎然而又诗意充沛的境界。在生活节奏日益加快、人们性情渐趋浮躁的今天,我们非常需要这样的阅读。

读书给社会和个人带来的影响都是不可估量的。"一个人的精神发育史,应该是一个人的阅读史。"同样的道理,一个民族的精神境界,在很大程度上取决于全民族的阅读水平;一个国家谁在看书,看什么样的书,决定了这个国家的未来。国际阅读学会曾在一份报告中指出:阅读能力的高低,直接影响到一个国家和民族的未来。具体说来,阅读经典,可以强化文化认同,凝聚国家民心,振奋民族精神;可以提高公民素质,淳化社会风气,建构核心价值观。阅读经典,是接受教育、发展智力、获得知识信息的最根本途径,是人类社会特有的文化传播活动。

基于上面的认识,我编写了《现当代经典散文品读》。本丛书的编纂和作品的入选,是编者这个特定的人在特定的时期对特定作品的看法和眼光,代表着个人的审美体验,不要求读者一定要认同编者的看法,更不能代表作者的原意。因此,对本丛书编写过程中产生的一些想法做一个简略的归纳,供读者朋友参阅。

一、鉴于丛书的容量,首先面临一个不容回避的问题,即是如何在浩瀚的散文中遴选出既恰当又是读者喜闻乐见的作品来?毫无疑问,作为旨在拓宽阅读领域和提升阅读效果的散文读本,唯一的标准,那就是作品本身。真正意义上的阅读,是读者和写作者的心灵对话,一如心仪的挚友,在山间道旁的谈文论道,读者需要的恰恰是不拘任何形式的"随意性"。我们尊重阅读是"很个人"的提法,更何况强调开卷有益的阅读本身,更无须过于条理化、理论化,阅读者的追求也并非一种文学样式的全部、一种文学流派的前世今生、一个作家创作上的成败得失。

二、丛书的编撰体例,每篇散文都附有"作者简介"和"简评"两个部分的内容。了解作者的相关资料,是阅读前的必要准备;简评部分的文字则尽可能地拓宽阅读的视野,是阅读的引申、提炼,两者结合起来,从而建构起一个有机统一且有益于阅读的抓手。比如,读梁思成先生的散文《千篇一律与千变万化——音乐、绘画、建筑之间的通感》,一般读者可能对作者笔下的建筑领域里一些专业问题不是十分了解,"作者简介"和"简评"则对梁思成先生作为古典建筑领域里的顶级专家和教育家所从事的工作大体上予以介绍,为阅读做了必要的铺垫。文本虽是梁思成先生写中国古典建筑的散文,但作者拳拳赤子之心在字里行间很自然地得以升华,也就很容易引起阅读过程中的强烈共鸣,作者笔下的中国建筑艺术给读者带来的心灵上的冲击是难以忘怀的。

三、丛书共分10册:(1)华丽的思维;(2)悠远的回响;(3)精彩的远方;(4)文化的清泉;(5)诗意的栖居;(6)理性的精神;(7)心灵的顾盼;(8)且观且珍惜;(9)现实浇灌理想;(10)岁月摇曳诗情。每个分册写在前面的一段文字,是编者阅读经典的心灵感悟和情感抒发,不能简单地等同于对入选散文的解读,更不能先入为主地影响读者的阅读。

四、选入的散文,内容上可能涉及一些至今尚无定论的思想学术、科学文化等方面的内容,有的尚在研究、探讨之中;有的虽有了比较统一的看法,但也不一定就是最终的结论;有的观点虽然在现实中影响比较广泛,但也不可避免地存在一定的分歧,等等。编者力争在简评文字中尽可能地向读者介绍有代表性、较为流行的观点。即便如此,也未必就可以视为最权威的看法,倒是衷心希望读者阅读时,在认真分析、品味的基础上有自己的比较、鉴别,尽可能地接近比较科学的解读。有兴趣的时候,读者不妨就文中反映出的某些问题,进行深入的研究性阅读,带着这种"问题意识",一定会使阅读欣赏的效果得以增强,阅读欣赏的水平得以提高。比如,读瑞士华裔作家许靖华先生的散文《达尔文的错误》。文中传达了一些不同于传统观点的信息而了解对"进化论"提出挑战的代表作品,无疑对阅读是有帮助的。

五、丛书所选入的近三百篇散文中,绝大部分篇目,由于作者观察生活的特殊视角和独到的眼光,加之作者渊博的知识和雅致的文笔,将读者在现实生活中熟悉的或不熟悉的、遇到的或未曾遇到的人和事,叙述得饶有情致,有巨大的吸引力。但是,世易时移,不要说20世纪早期的作家,即使是与我们同时代的作者,文中所持的看法也并不见得百分之百地为今天的读者所接受。见仁见智,读者在品读之后有不同于作者的看法是很自然的事。比如,读李欧梵先生的《美丽的"中国城"——唐人街随笔》,不可避免地会对作者的观点产生不同看法。再比如,读毕飞宇先生的散文《人类的动物园》。从根本上说,工业文明的社会发展,为满足自己的需要,人类修建了动物园,但是,动物园的出现不是简单地把动物关起来了事,还折射出种种社会问题、人与自然的关系问题等。

六、每一个作家都生活在特定的社会环境中,每一个作家的作品和现实生活都有着千丝万缕的联系,我们能够从每一个作家的作品中读出他们现实的生活记录,感受他们跳动的思想脉搏,尤其是那些在现当代文学史上有一定地位、影响的作家,我们通过他们的作品,不仅能够读出作者其人,还能够从他们充满生命力的文字中,去瞻仰他们在文学史上留给后人的那渐行渐远的背影。比如,读季羡林先生的《赋得永久的悔》。我们看到的是作者用大量的篇幅,回忆了孩提时代吃的东西。为什么一想起母亲就讲起吃的东西呢?原因很简单,民以食为天,穷人家一直过着吃不饱的日子,因此对吃过的东西特别是好吃的东西,留下的记忆当然最难忘。再比如,读五四时期著名女作家石评梅的散文《墓畔哀歌》。面对这个在人生的凄风苦雨中痴守残梦的柔弱女子,谁能说清楚她那样泣血坟茔、奉献了全部的青春年华,且沉浸在对死者的哀悼之中难以自拔是一种幸福,抑或是一种不幸?今天的读者聆听到作者"墓畔哀歌"的时候,自然会联想到民国时期的"才女"形象以及她那逼人的才华。

七、文学源于生活,反过来文学又是对现实生活的阐述和暗示。

所以,阅读一个作家的作品,不能脱离其特定的生活环境。通过阅读,读者可以从不同的侧面感知不同时代作者笔下的现实生活,从而达到了解社会、体悟人生、历练品格、升华灵魂的阅读效果。比如,我们读钟敬文《西湖的雪景——献给许多不能与我共欣赏的朋友》、胡适《九年的家乡教育》、蒙田《与书本交往》、杰克·伦敦《热爱生命》、叶广芩《离家的时候》、宗璞《哭小弟》、刘小枫《苦难的记忆——为奥斯维辛集中营解放四十五周年而作》,等等。只要我们潜下心来,一定会有多方面的感知和启迪。

每一本书的问世都有一定的机缘。本丛书之编撰要追溯到20年前,当时,编者在一所高中教语文,由于教学的需要,为学生奉献了校本教材《诗文鉴赏》。之后,随工作辗转,当年的校本教材也屡次修订增补,才有了今天的《现当代经典散文品读》。其间,安徽师范大学出版社曾为作者提供诸多帮助;时任社长的汪鹏生先生,从策划到出版,均做了大量的工作。北京大学哲学系教授朱良志先生拨冗赐序,为本书增色添彩。在此,一并向上述帮助过我的人致以最真挚的谢忱!

徐宏杰

于淮南八公山下　2018年5月

后记